Sherlock Holmes

His Last Bow

이 은 선

—

연세대학교에서 중어중문학을, 국제학대학원에서 동아시아학을 전공했다. 편집자, 저작권 담당자를 거쳐 전문 번역가로 활동중이다. 코넬 울리치의 『환상의 여인』과 『상복의 랑데부』, 애거서 크리스티의 『끝없는 밤』, 스티븐 킹의 『11/22/63』, 도로시 B. 휴스의 『고독한 곳에』, 매튜 펄의 『에드거 앨런 포의 그림자』 등을 비롯하여 다양한 소설을 번역하고 있다.

*

이 도서의 국립중앙도서관 출판예정도서목록(CIP)은
서지정보유통지원시스템 홈페이지(http://seoji.nl.go.kr)와
국가자료공동목록시스템(http://www.nl.go.kr/kolisnet)에서 이용하실 수 있습니다.
CIP제어번호 : CIP2016026570

—

이 작품의 한국어판은 영국 Penguin Books의 'THE PENGUIN SHERLOCK HOLMES COLLECTION'의
『His Last Bow—Some Reminiscences of Sherlock Holmes』(2011)를 번역 저본으로 삼았으며,
영국 Oxford University Press의 'THE OXFORD SHERLOCK HOLMES'(1993)를 참고하였습니다.

Sherlock Holmes

His Last Bow

셜록 홈스의 마지막 인사

셜록×홈스

Arthur Conan Doyle

아서 코넌 도일 지음 / 이은선 옮김

엘릭시르

*

서문■

가끔 류머티즘이 심해져 거동이 불편하긴 해도 셜록 홈스가 잘 살고 있다는 소식에는 다들 기뻐할 것이다. 그는 오랫동안 이스트본에서 팔 킬로미터 떨어진 다운스의 작은 농장에서 철학과 농업에 전념했다. 복귀하지 않겠다는 굳은 결심 아래, 사건을 해결해달라는 수많은 제안들을 거절하며 휴식을 고집했다. 하지만 독일과의 전쟁이 임박하자, 지적이고 실무적인 활약으로 조국에 봉사해 역사에 남을 업적을 세웠다. 그것이 「그의 마지막 인사」에 자세히 기록되어 있다. 이 작품집을 책으로 엮을 수 있도록 서류 더미에서 묵혀두었던 다른 사건들까지 취합했다.

의학박사 존 H. 왓슨

■ 1917년 존 머리 출판사에서 나온 『셜록 홈스의 마지막 인사』에 아서 코넌 도일이 쓴 서문.

위스테리아 로지의 비밀

1. 존 스콧 에클스 씨의 신기한 경험

내 기록에 따르면 1892년 3월 말의 그날은 음산하고 바람이 많이 불었다. 점심을 먹던 중 전보가 배달되자 홈스는 바로 답신을 휘갈겨 써서 보냈다. 그는 전보에 대해서 일언반구도 없었지만 답장을 보내고 난 뒤에도 자꾸 신경쓰이는지 생각에 잠긴 얼굴로 벽난로 앞에 서서 파이프 담배를 피우며 이따금 전보를 흘끔거렸다. 그러다 문득 장난스럽게 눈을 반짝이며 나를 돌아보았다.

"생각해보니 왓슨, 자네야말로 문인이 아닌가. 자네는 '기괴하다'는 단어가 어떤 의미라고 생각하나?"

"괴상하다, 특이하다."

내가 내놓은 의견을 들은 그는 고개를 저었다.

"그 이상의 의미가 있지. 비극적이고 끔찍한 분위기가 깔려 있으니까. 지금껏 참을성 많은 독자들을 괴롭혔던 자네의 작품 몇 개를 생각해보게. 기괴한 사건을 파헤쳤더니 범죄로 드러난 경우가 얼마나 많은지 알 수 있을 거야. '빨간 머리 연맹' 사건을 생각해보게. 시작부터 기괴하더니 결국 절도 미수 사건으로 끝나지 않았나. 다섯 개의 오렌지 씨앗이 등장하는 참으로 기괴했던 사건도 살인으로 이어졌고. 그래서 나는 기괴하다는 단어를 들으면 경계 태세를 갖추게 된다네."

"전보에 그 단어가 적혀 있나?"

그가 전보를 큰 소리로 낭독했다.

도무지 믿기지 않는 기괴한 경험을 했음. 찾아봬도 될는지요?

스콧 에클스, 채링크로스 우체국

"남자인가 여자인가?"

내가 물었다.

"당연히 남자지. 여자라면 내가 보낼 답신 요금까지 선불 처리한 전보를 보내기보다는 직접 찾아올 걸세."

"만날 생각인가?"

"이봐, 왓슨. 캐러더스 대령을 체포한 뒤로 내가 얼마나 심심해했는지 알잖나. 해야 할 일을 못 하고 있는 지금의 내 정신 상태는 폭주로 부서져가는 기관차와 비슷하다네. 일상은 무료하지, 신문은 따분하지, 대담하고 낭만적인 사건은 범죄 세계에서 영영 사라져버린 듯하네. 이런 상황에서 나더러 새로운 사건을 맡겠느냐고 묻는단 말인가? 사소한 사건으로 드러난다 한들 무슨 상관인가? 그나저나 의뢰인이 오셨나 보군."

계단을 밟고 올라오는 규칙적인 소리가 들렸다. 잠시 후 건장하고 키가 크며 희끗희끗한 구레나룻을 기른, 점잖은 옷차림의 남자가 안내를 받으며 방으로 들어왔다. 굵직굵직한 생김새와 거만한 태도에서 살아온 이력이 드러났다. 각반에서부터 금테 안경에 이르기까지 어느 모로 보나 전통과 인습을 중시하는 보수주의자이자 국교도이자 모범 시민이었다. 하지만 놀라운 일을 겪어 평정심을 잃었는지 머리는 까치집이었고, 화가 나서 두 뺨이 벌겠고, 몹시 흥분해 있었다. 그는 거두절미하고 본론으로 들어갔다.

"몹시 특이하고 불쾌한 일을 경험했습니다, 홈스 씨. 이런 일은 처음이에요. 정말로 부당하고 충격적입니다. 대체 무슨 일인지 영문을 알아야겠습니다."

그는 화가 나서 씩씩댔다.

"우선 앉으십시오, 스콧 에클스 씨. 경찰이 아니라 나를 찾아오신 이유부터 말씀해주시지요."

홈스가 달래는 투로 말했다.

"그게 말입니다. 들으면 아시겠지만 경찰서를 찾아갈 사안은 아닌 듯한데 그냥 내버려두기엔 신경이 쓰여서요. 사설탐정이라는 부류는 탐탁지 않습니다만, 홈스 씨는 워낙 유명한 분이라……."

"그렇군요. 그럼 어째서 곧장 찾아오지 않으셨습니까?"

"무슨 말씀이십니까?"

홈스는 손목시계를 흘끗 확인했다.

"지금 시각이 2시 15분입니다. 선생의 전보가 배달된 시각은 1시쯤이었고요. 그런데 선생의 모습을 보면 잠에서 깬 순간부터 심란해하셨다는 것을 누구라도 알겠는데요."

의뢰인은 그 소리에 헝클어진 머리와 깎지 않은 수염을 매만졌다.

"맞습니다, 홈스 씨. 내 꼴은 안중에도 없었습니다. 그런 집에서 어서 빨리 탈출하고 싶었거든요. 이리저리 돌아다니며 상황을 파악하느라 이제야 홈스 씨를 찾아왔습니다. 부동산에 가서 물어봤는데 가르시아 씨가 월세도 제대로 냈고 위스테리아 로지에는 문제가 없다지 뭡니까."

"자, 자."

홈스는 웃음을 터뜨렸다.

"내 친구 왓슨 박사처럼 이야기 순서를 뒤죽박죽으로 섞는 나쁜 습관이 있으시군요. 생각을 정리하신 뒤에 순서대로 정확하게 말씀해주십시오. 머리도 빗지 않고 구두끈과 조끼 단추도 꿰지 않은, 단정치 못한 차림으로 조언과 도움을 청하러 온 이유를 말입니다."

의뢰인은 자신의 분방한 차림을 유감스러운 표정으로 내려다보았다.

"얼마나 한심해 보일지 압니다, 홈스 씨. 내 평생 이런 적은 처음이에요. 하지만 이 괴상한 사건의 전말을 들으면 홈스 씨도 이럴 수밖에 없겠다고 인정할 겁니다."

하지만 그는 이야기를 시작하지 못했다. 밖에서 부산한 소리가 들리는가 싶더니 허드슨 부인이 문을 열고 공무원처럼 보이는 건장한 두 사람을 안으로 안내했던 것이다. 그중 한 사람은 우리도 잘 아는 런던 경찰청의 그레그슨 경위였다. 그는 미흡한 점이 있긴 하지만 정력적이고 용감무쌍하며 유능한 경관이었다. 그는 홈스와 악수한 후에, 같이 온 서리 주 지방경찰청의 베인스 경위를 소개했다.

"우리가 같이 사냥을 하는 중인데 사슴이 이쪽 방향으로 가지 뭡니까."

그는 불도그처럼 생긴 얼굴을 손님에게로 돌렸다.

"리의 포펌 하우스에 사는 존 스콧 에클스 씨 맞습니까?"

"네."

"아침 내내 선생을 찾아다녔습니다."

"전보를 추적한 모양이로군요."

"맞습니다, 홈스 씨. 채링크로스 우체국에서 단서를 발견하고 여기로 온 겁니다."

"저를 찾으신 이유가 뭡니까? 만나서 어쩌시려요?"

"간밤에 이셔 근처의 위스테리아 로지에서 발생한 앨로이시어스 가르시아 씨의 사망 사건과 관련해서 진술을 확보하고자 합니다."

형사들을 빤히 쳐다보며 꼿꼿하게 앉아 있던 의뢰인의 얼굴이 창백해졌다.

"사망? 지금 그가 죽었다는 말씀이십니까?"

"네, 죽었습니다."

"어떻게요? 사고를 당했습니까?"

"살해당했습니다."

"맙소사! 그런 끔찍한 일이! 설마, 설마 제가 용의자라는 말은 아니죠?"

"시신의 옷 주머니에 선생의 편지가 들어 있었는데, 편지를 보니 어젯밤에 그 집에서 묵을 계획이었더군요."

"묵었습니다."

"아, 그 집에 묵었단 말씀입니까?"

그레그슨 경위가 경찰 수첩을 꺼내 받아 적을 준비를 했다.

"잠깐, 그레그슨 경위님. 경위님은 지금 솔직한 진술을 듣고 싶어서 찾아오신 거 아닙니까?"

셜록 홈스가 말했다.

"그렇습니다. 또한 진술한 내용은 스콧 에클스 씨 본인에게 불리하게 작용할 수 있다고 미리 알려드려야 할 의무가 있죠."

"경위님이 들어왔을 때 에클스 씨가 마침 사건에 대해서 이야기하려던 참이었습니다. 왓슨, 에클스 씨에게 소다수를 탄 브랜디를 드리는 게 좋겠네. 자, 에클스 씨, 듣는 사람이 많아졌지만 신경쓰지 마시고 하려던 이야기를 그대로 들려주시기 바랍니다."

브랜디를 벌컥벌컥 마시자 의뢰인의 얼굴에 다시 혈색이 돌았다. 그는 경위가 꺼낸 수첩을 불안한 눈빛으로 흘끗 쳐다보고 나서 곧바로 기이한 진술을 시작했다.

"저는 미혼이고 사교적인 성격이라 친구가 많습니다. 그중에 양조업에서 은퇴하고 켄싱턴의 애버말 맨션에 사는 멜빌이라는 친구가 있습니다. 몇 주 전에 그의 집에서 식사를 하다가 가르시아라는 젊은 친구와 안면을 텄습니다. 그는 스페인 출신이고 대사관에 연줄이 있다더군요. 영어를 잘하고 성격은 서글서글한데다 살면서 본 중 가장 잘생긴 남자였습니다.

이 젊은 친구와 저는 상당히 가까운 사이가 됐습니다. 그 친구는 처음부터 저를 마음에 들어 하는 눈치더니 알게 된 지 이틀 만에 저를 만나러 리로 찾아왔습니다. 그 뒤로 어찌어찌 하다 보니 이셔와 옥스숏 사이에 있는 위스테리아 로지로 놀러와 며칠 보내라는 초대를 받게 됐습니다. 그래서 약속을 지키려고 어제 저녁에 이셔로 찾아갔죠.

찾아가기 전에 고용인 소개를 미리 들었습니다. 같은 나라 출신의 믿음직한 하인이 모든 뒤치다꺼리를 해준다고 하더군요. 영어도 할 줄 알고 살림도 도맡는다고요. 그리고 여행길에 만나 고용한 솜씨 좋은 혼혈 요리사가 근사한 저녁상을 차려준다고 했습니다. 그가 서리 한복판에 이런 조합의 사람들이 산다니 희한하지 않으냐고 했을 때 맞장구쳤던 기억이 납니다만, 실제로 보니 생각했던 것보다 훨씬 더 희한했습니다.

저는 마차를 몰고 그곳으로 찾아갔습니다. 이셔에서 북쪽으로 삼 킬로미터 정도 가니 나오더군요. 그의 커다란 집은 도로에서 꽤 떨어져 있었는데 키가 큰 상록수가 구불구불한 진입로 양쪽으로 늘어서 있었습니다. 다 낡아 쓰러져가는 집이더군요. 저는 잡초로 뒤덮인 진입로를 지나 비바람으로 바랜 현관 앞에 이륜마차를 세우며 잘 알지도 못하는 사람의 집에 방문한 것이 과연 잘하는 짓인가 하는 회의를 느꼈죠. 그런데 그가 직접 문까지 열고 나와서 열렬하게 저를 환영하지 뭡니까. 음침한 분위기의 까무잡잡한 하인이 제 가방을 들고 방으로 안내했습니다. 집안 전체 분위기가 암울하기 그지없었어요. 저희 단둘이서 저녁을 먹었는데 집주인이 분위기를 띄우려고 갖은 애를 쓰면서도 다른 데 정신이 팔려 횡설수설하는 통에 무슨 소리를 하는지 알아들을 수가 없었습니다. 게다가 계속 손가락으로 식탁을 두드리고 손톱을 물어뜯으며 초조해하지 뭡니까. 저녁 식사는 대접이 훌륭하지도 맛이 기막히지도 않았고, 음산하고 뚱한 하인이 옆에 있으니 분위기가 좋을 리 없었죠. 저녁을 먹는 내내 집으로 돌아갈 핑계가 생각나길 얼마나 간절히 바랐는지 모릅니다.

그러고 보니 두 분께서 수사중인 사건과 연관이 있을지 모르는 일이 하나 생각나네요. 당시에는 대수롭지 않게 흘려보냈는데, 저녁 식사가 거의 끝나갈 무렵에 하인이 집주인에게 쪽지를 건넸습니다. 그는 쪽지를 읽고 나서 전보다 더 산만해지고 이상해 보였습니다. 형식적으로나마 나누던 대화도 뚝 끊고 생각에 잠겨서 담배만 끊임없이 피우지 뭡니까. 쪽지 내용에 대해서는 일언반구도 없고요. 11시 즈음 저는 기쁜 마음으로 잠자리에 들었습니다. 그런데 어느 정도 시간이 지났을 때 가르시아가 문을 열고 컴컴한 방안으로 고개를 들이밀었습니다. 그러고는 대뜸 자기를 부르지 않았느냐고 묻는 겁니다. 저는 부르지 않았다고 대답했죠. 그는 벌써 1시라며, 이렇게 늦은 시각에 깨워서 미안하다고 하더군요. 저는 이후에 곧장 다시 곯아떨어졌고 밤새 단잠을 잤습니다.

이제 흥미진진한 부분이 나옵니다. 눈을 떠보니 날이 환하게 밝았더군요. 손목시계를 보니 9시가 다 됐고요. 8시에 깨워달라고 특별히 부탁을 해두었기에 깜짝 놀랐죠. 벌떡 일어나서 종을 울려 하인을 불렀습니다. 대답이 없더군요. 몇 번을 불러도 마찬가지라 종이 고장났나 보다 생각했습니다. 저는 주섬주섬 옷을 주워 입고, 뜨거운 물을 부탁하려고 언짢은 마음을 달래며 1층으로 서둘러 내려갔습니다. 그런데 집안에 아무도 없었습니다. 제가 얼마나 놀랐겠습니까. 현관 앞에서 소리를 쳐봤지만 아무도 대답이 없었습니다. 그래서 직접 이 방, 저 방 찾아다녔습니다. 전부 텅텅 비었더군요. 집주인이 간밤에 자기 방이라고 가르쳐준 방문을 두드렸는데 역시 대답이 없지 뭡니까. 저는 문을 열고 안으로 들어갔습니다. 사람은커녕 침대에 누가 자고 일어난 흔적조차 없더군요. 다른 사람들과 함께 사라져버린 겁니다. 외국인 집주인, 외국인 하인, 외국인 요리사가 한밤중에 전부 사라졌습니다! 여기까지가 저의 위스테리아 로지 방문기입니다."

손을 비비고 빙그레 웃는 홈스를 보니 이 황당한 사건을 그의 기이한 사건 목록에 추가하기로 결정한 듯했다.

"정말이지 특이한 경험을 하셨군요. 그다음에 어떻게 하셨습니까?"

"머리끝까지 화가 나더군요. 처음에는 저를 상대로 황당한 장난을 치는 건가 싶었죠. 저는 짐을 챙겨서 문을 쾅 닫고 이셔로 출발했습니다. 앨런 브러더스라고, 그 마을에서 가장 큰 부동산 중개업소에 찾아갔는데 저택 임대를 주선한 곳이 바로 그곳이더군요. 저를 골탕 먹이려고 야반도주를 했을 리는 없을 테고 집세를 내지 않으려는 수작인가 보다고 생각했죠. 삼월 말이니까 조금 있으면 사분기 결산일■ 아닙니까. 그런데 제 짐작은 틀렸어요. 중개업소에서 말하길 귀띔해줘서 고맙기는 한데 집세를 선불로 계산했다는 겁니다. 그래서 이번에는 런던에 있는 스페인 대사관을 찾아갔더니 그런 남자는 모른다고 하더군요. 막판에는 멜빌까지 찾아갔는데 그는 가르시아에 대해서 저보다

■ 일 년에 네 번 회계를 새로 시작하는 날. 분기별 요금을 지불하거나 학사 일정을 시작하거나 하인을 고용하는 일이 이 날을 기준으로 이루어졌다. 잉글랜드의 사분기 결산일은 3월 25일(성모 축일), 6월 24일(세례 요한 축일), 9월 29일(미카엘 축일), 12월 25일(성탄절)이다.

더 아는 게 없지 뭡니까. 그의 집에서 가르시아를 만났는데 말이죠. 그러다 홈스 씨가 보낸 답장을 받고 이렇게 찾아온 겁니다. 홈스 씨는 어려운 사건을 해결하는 분이라고 익히 들었으니까요. 그런데 경위님이 들어오면서 하신 말씀을 들어보니 비극적인 사건이 벌어졌다고요? 제가 지금까지 한 이야기는 전부 사실이고 그 밖의 부분은 전혀 모릅니다. 어떻게든 경찰을 돕고 싶은 마음은 굴뚝같습니다만."

"그러시겠죠, 스콧 에클스 씨. 그러시겠죠."

그레그슨이 사근사근하게 맞장구치며 말을 시작했다.

"말씀하신 내용이 저희가 입수한 정보와 대부분 맞아떨어집니다. 예컨대 저녁 식사 중에 그분께 쪽지가 전달됐다고 하셨죠? 쪽지의 행방을 혹시 아십니까?"

"네, 가르시아가 돌돌 말아서 벽난로 안으로 던졌습니다."

"벽난로 안으로 던졌다는데 어떻습니까, 베인스 경위님?"

뚱뚱하고 얼굴이 벌건 시골 형사는 쭈글쭈글한 뺨과 이마에 파묻힌 반짝이는 두 눈이 아니었더라면 둔해 보일 인상이었다. 그는 천천히 미소를 지으며 주머니 속에서 얼룩덜룩한 종잇조각을 꺼냈다.

"장작 받침대 뒤에서 발견되었습니다. 너무 멀리 던지는 바람에 타지 않고 뒤에 고스란히 남았더군요."

홈스는 잘했다는 듯이 미소를 지었다.

"작은 종잇조각을 찾으시다니 온 집안을 꼼꼼하게 뒤지신 모양입니다."

"맞습니다, 홈스 씨. 그게 제 방식이라서요. 제가 읽을까요, 그레그슨 경위님?"

런던 형사는 고개를 끄덕였다.

"비침 무늬 없는 평범한 크림색 박엽지를 4분의 1로 잘라서 썼습니다. 날이 짧은 가위로 두 번에 걸쳐서 잘랐죠. 자른 종이를 세 번 접고 자주색 밀랍을 납작한 타원형 물건으로 잽싸게 눌러 봉인했습니다. 수신인은 위스테리아 로지의 가르시아 씨로 되어 있고 내용은 다음과 같습니다.

'우리 색은 초록색과 하얀색. 초록색은 열림, 하얀색은 닫힘. 중앙 계단, 첫 번째 복도, 오른쪽으로 일곱 번째, 초록색 모직천. 성공을 기원함. D.'

본문은 뾰족한 촉으로 쓴 여자 글씨체인데, 주소는 다른 펜으로 썼거나 다른 사람이 썼습니다. 보시다시피 좀더 굵고 큼직큼직한 글씨죠."

"특이한 쪽지네요."

홈스가 죽 훑어보며 말을 이었다.

"그렇게 세세한 부분까지 살폈다니 대단하십니다, 베인스 경위님. 몇 가지 사소한 부분들을 추가할 수 있겠군요. 봉인하는 데 쓰인 타원형의 물건은 분명 납작한 커프스단추일 겁니다. 그게 아니면 뭐겠습니까? 가위는 둥근 손톱 가위였고요. 한 번에 잘린 길이가 짧고 잘린 모양이 살짝 둥그스름하잖습니까."

시골 형사는 빙그레 웃었다.

"알아낼 수 있는 정보는 전부 파악했다고 생각했는데 조금 남아 있었군요. 무슨 음모가 있고, 늘 그렇듯 배후에 여자가 있다는 것 말고는 쪽지에서 더 알아낼 수 없었습니다."

에클스는 대화가 오가는 동안 자리에서 안절부절못했다.

"제 이야기의 진위를 입증해주는 쪽지를 찾으셨다니 다행입니다. 그런데 가르시아 씨에게 무슨 일이 생겼고 그 집 사람들은 어떻게 됐는지 듣고 싶습니다만."

그레그슨이 대답했다.

"가르시아 씨에 대해서는 간단하게 말씀드릴 수 있습니다. 오늘 아침에 자택에서 1.5킬로미터 떨어진 옥스숏 공원에서 시신으로 발견됐어요. 모래주머니나 뭐 비슷한 것으로 머리를 강타당했습니다. 다쳤다기보다 으스러졌죠. 인적이 드물고 반경 사백 미터 안에 인가가 없는 공원이에요. 첫 공격에 쓰러졌는데 숨이 끊긴 뒤에도 한참 동안 타격이 가해졌습니다. 악의에 사무친 공격이었죠. 범인의 발자국이나 단서는 없습니다."

"강도를 당한 겁니까?"

"아뇨, 강도를 당한 흔적은 없었습니다."

"가슴 아픈 사건이네요. 가슴 아프고 끔찍한 사건입니다. 하지만 저는 정말이지 억울합니다. 그 친구가 한밤중에 산책을 나갔다가 애석한 최후를 맞이했다 한들 저와는 상관없는 일입니다. 어쩌다 제가 이 사건에 휘말린 걸까요?"

에클스가 불만조로 말했다.

"간단합니다. 시신의 옷 주머니에서 나온 단서가 사망 당일 그의 집에서 묵겠다고 적힌 선생의 편지뿐이었거든요. 저희가 사망자의 신원과 주소를 파악한 것도 그 편지 봉투를 통해서였죠. 오늘 오전 9시가 조금 넘은 시각에 그의 집에 찾아가보니 선생은 물론 아무도 없더군요. 그래서 그레그슨 경위님께 런던에서 선생을 찾아달라는 전보를 보내고 저는 위스테리아 로지를 뒤졌습니다. 그런 다음 런던에서 그레그슨 경위님과 만나서 여기로 찾아온 겁니다."

베인스의 설명에 이어 그레그슨이 자리에서 일어나며 말했다.

"이제 이 사건을 정식으로 수사하는 게 좋겠습니다. 함께 서까지 동행해주시겠습니까, 스콧 에클스 씨? 서면 진술서를 작성하고 싶은데요."

"그럼요, 당장 가야죠. 하지만 홈스 씨께서 나를 계속 도와주셨으면 합니다. 비용과 노고를 아끼지 말고 진실을 밝혀주십시오."

내 친구는 시골 형사를 쳐다보았다.

"제가 수사에 참여해도 되겠습니까, 베인스 경위님?"

"저야 영광이지요."

"지금까지 아주 신속하고 효율적으로 대처하셨습니다. 사망 시각을 특정 지을 단서가 있던가요?"

"가르시아 씨는 적어도 1시부터는 공원에 쓰러져 있었습니다. 그 무렵에 비가 내리기 시작했는데 그는 분명 비가 내리기 전에 사망했습니다."

"그건 절대 불가능합니다, 베인스 경위님. 저는 그의 목소리를 들었어요. 1시에 방문을 열고 저에게 말을 건 사람은 정말로 가르시아 씨였습니다."

우리 의뢰인이 외쳤다.

"특이하긴 해도 절대 불가능한 일은 아니죠."

홈스가 웃으며 말했다.

"짚이는 데라도 있으십니까?"

그레그슨이 물었다.

"겉보기에는 그다지 복잡하지 않은 사건입니다만, 특이하고 재미있는 구석이 있네요. 좀더 진상을 파악해야 최종 결론을 내릴 수 있겠습니다. 그나저나 베인스 경위님, 집안을 수색했을 때 쪽지 말고 달리 눈에 띄는 것이 있었습니까?"

시골 형사는 묘한 표정으로 내 친구를 바라보았다.

"이례적인 물건이 한두 가지 있었죠. 제가 런던 경찰청에서 볼일을 마치면 같이 내려가서 의견을 들려주시겠습니까?"

"그러지요."

홈스는 이렇게 말하고 종을 울렸다.

"허드슨 부인, 이분들을 배웅하고 사환편에 전보를 하나 보내주세요. 답장을 받아오면 오 실링을 주겠다고 하고요."

손님들이 떠난 뒤에 우리는 한동안 말없이 앉아 있었다. 홈스는 깊은 생각에 잠길 때면 늘 그렇듯 고개를 앞으로 내밀고 줄담배를 피웠다. 날카롭게 빛나는 눈동자 위로 눈썹을 잔뜩 찌푸린 채였다.

그가 갑자기 나를 돌아보며 물었다.

"왓슨, 자네 생각은 어떤가?"

"스콧 에클스가 겪었다는 어리둥절한 일은 감을 전혀 못 잡겠는데."

"살인 사건은?"

"다른 사람들도 전부 사라졌다고 하니 범행을 저지르고 도망친 게 아닐까?"

"그렇게 볼 수도 있겠지. 하지만 두 하인이 집주인을 제거할 음모를 꾸미고 하필이면 손님이 있는 날 밤에 범행을 저질렀다니 언뜻 보기에도 앞뒤가 전혀 맞지 않아. 손님이 없을 때 언제든지 해치울 수 있었는데 말일세."

"그럼 도망을 친 이유가 뭐지?"

"바로 그걸세. 도망을 친 이유가 뭘까? 그걸 알아내는 게 중요하다네. 우리 의뢰인인 스콧 에클스가 겪은 특이한 사건도 중요하지. 그렇다면 왓슨, 이 두 가지 기묘한 사건을 설명할 수 있는 하나의 이야기를 찾는 일이 인간의 능력으로는 불가능할까? 수상한 문장으로 적힌 의문의 쪽지까지 함께 설명된다면 그 이야기를 가설로 상정해도 되지 않을까? 새롭게 밝혀지는 사실들이 가설에 맞아들어가면 그 가설이 정답으로 굳어지겠지."

"가설이 뭔가?"

홈스는 눈을 반쯤 감고 의자에 기댔다.

"왓슨, 자네도 인정하겠지만 이 사건은 황당한 장난에 그치지 않는다네. 뒤이어 벌어진 사건을 보면 심각한 음모가 진행중이었고, 음모의 연장선상에서 스콧 에클스를 위스테리아 로지로 초대했다는 걸 알 수 있지."

"음모의 연장선상이라니?"

"하나씩 파헤쳐볼까? 스페인 청년과 스콧 에클스가 맺은 특이하고 갑작스러운 우정은 언뜻 보기에도 부자연스러운 구석이 있지. 밀어붙인 쪽은 스페인 청년이었다네. 처음 만난 다음날 곧바로 런던의 반대편 끝에 사는 에클스의 집을 찾아가는가 하면 계속 연락을 이어가서 그를 이셔로 불러들였잖나. 그가 노린 것은 무엇이었을까? 에클스에게서 무엇을 얻어내려 했을까? 에클스는 매력적인 인물이 아닐뿐더러 두뇌 회전이 빠른 라틴계 출신과 죽이 잘 맞을 만큼 유달리 똑똑한 위인도 아니지. 그렇다면 가르시아가 그동안 만난 사람들 가운데 그를 선택한 이유가 무엇이었을까? 그에게 남다른 장점이 있을까? 내가 보기에는 한 가지 있더군. 전형적인 영국 신사라 다른 영국인을 설득할 증인으로 제격이라는 것. 황당한 진술을 하는데도 두 경위가 꼬치꼬치 캐물을 생각조차 하지 않는 것을 자네도 두 눈으로 똑똑히 보았잖나."

"무슨 증인으로 제격이라는 건가?"

"결과적으로 증인이 전혀 필요 없게 되었지만 가르시아의 계획대로 진행되었다면 요긴한 증인이 되었을 거야. 내가 보기에는 그렇다네."

"이를테면 알리바이를 입증하는 증인이 될 수 있다?"

"바로 그걸세, 왓슨. 알리바이를 입증하는 증인이 될 수도 있었지. 위스테리아 로지의 식구들이 어떤 음모를 공모했다고 가정해보세. 이를테면 1시 이전에 어떤 일을 저지르기로 했다고. 시계를 조작해서 스콧 에클스를 실제보다 일찍 침대에 눕혔을 수도 있겠지만, 가르시아가 굳이 그의 방을 찾아가서 1시라고 알렸을 때 사실은 12시밖에 안 됐을 공산이 크다네. 가르시아가 어떤 일을 저지르고 1시까지 돌아온다면 어떤 혐의에도 반박할 수 있는 막강한 카드가 생기지 않겠나. 피의자가 집을 비운 적이 없다고 어느 법정에서건 맹세할 태세를 갖춘, 흠잡을 데 없는 영국인을 확보했으니 말일세. 최악의 사태에 대비한 보험 격이지."

"그래, 그래. 이제 알겠네. 하지만 다른 사람들이 사라진 건 뭔가?"

"아직은 내가 진상을 전부 파악하지 못했다네. 결국에는 알아내겠지만, 그래도 정보를 다 모으기 전에 왈가왈부하면 안 되지. 자칫하다가는 가설에 맞춰 무의식적으로 사실을 왜곡하게 되거든."

"그럼 그 쪽지는?"

"뭐라고 적혀 있었나? '우리 색은 초록색과 하얀색.' 무슨 경마 얘기 같지? '초록색은 열림, 하얀색은 닫힘.' 이건 신호인 게 분명하고. '중앙 계단, 첫 번째 복도, 오른쪽으로 일곱 번째, 초록색 모직 천.' 이건 밀회 장소지. 사건의 배후에는 질투심에 사로잡힌 남편이 있을 수도 있어. 분명 위험한 모험이었을 걸세. 그러니까 '성공을 기원함'이라고 했겠지. 'D'는 안내인일 테고."

"그자가 스페인 출신이었잖나. 스페인에서 여자 이름으로 흔한 돌로레스의 머리글자 아닐까."

"훌륭해, 왓슨, 아주 훌륭해. 하지만 정답으로 인정할 수는 없군. 스페인 사람이라면 다른 스페인 사람에게 스페인어로 편지를 썼겠지. 쪽지를 쓴 사람은 분명 영국인일세. 아무튼 유능한 경위가 데리러 올 때까지 꾹 참고 기다리는 수밖에 없겠어. 그러는 동안 무료함이라는 견딜 수 없는 사역으로부터 몇 시간 동안이나마 우리를 구원해준 행운의 여신에게 감사 인사나 드릴까?"

홈스가 보낸 전보의 답장이 서리의 형사보다 먼저 도착했다. 홈스는 답장을 읽고 수첩에 넣으려다 기대에 찬 내 표정을 언뜻 포착하고는 웃으며 보여주었다.

"고위층 인사들 틈새로 파고들 작정이라네."

전보에 명단과 주소가 적혀 있었다.

해링비 경, 딩글. 조지 폴리어트 경, 옥스숏 타워스. 하인스 하인스 치안판사, 퍼들리 플레이스. 제임스 베이커 윌리엄스 씨, 포턴 올드 홀. 헨더슨 씨,

하이 게이블. 조슈아 스톤 목사, 네더 월슬링.

홈스가 말했다.

"이로써 작전 범위가 좁혀졌어. 베인스도 꽤 논리적인 사람이니까 비슷한 작전을 이미 세워놓았겠지."

"무슨 소리를 하는 건지 잘 모르겠네만."

"왓슨, 가르시아가 저녁 식사 도중에 받은 쪽지가 약속 내지는 밀회에 대해 알리는 내용이라고 우리가 결론을 내리지 않았나. 짐작이 맞는다면 중앙 계단을 올라와서 일곱 번째 방을 찾으라고 했으니 상당히 넓은 대저택을 얘기하는 거겠지. 가르시아는 도보로 이동했고, 내 추측에 따르면 1시까지 위스테리아로지로 돌아와서 알리바이를 만들려고 했으니 옥스숏 반경 이삼 킬로미터 안에 있는 집이라야 하지. 옥스숏 근처의 대저택 숫자에는 한계가 있을 테니 스콧 에클스가 말했던 부동산에 연락해서 명단을 입수하는 빤한 수법을 쓴 걸세. 이 전보 안에 뒤엉킨 실타래의 한쪽 끝이 들어 있겠지."

베인스 경위와 함께 이셔라는 서리의 아름다운 마을에 도착한 때는 거의 6시가 다 되어서였다.

홈스와 나는 하룻밤 묵을 채비를 하고 와서 '불'이라는 아늑한

숙소에 방을 잡고, 형사의 동행 아래 드디어 위스테리아 로지를 찾아갔다. 살을 에는 바람과 보슬비가 얼굴을 때리는 춥고 어두컴컴한 삼월의 저녁이었다. 황량한 공원을 지나 섬뜩한 목적지로 향하는 우리의 행보에 딱 어울리는 날씨였다.

2. 산페드로의 호랑이

추운 저녁 공기를 헤치며 음울한 기분으로 삼 킬로미터쯤 걸어갔을 때 높다란 목제 대문이 나왔다. 그 뒤로 어둑어둑한 밤나무 길이 이어졌다. 어두컴컴하고 구불구불한 길의 끝에 다다르자 짙은 청회색 하늘을 배경으로 시커멓게 보이는 야트막한 집 한 채가 우리를 맞이했다. 현관 왼쪽의 전면 유리창 너머에서 희미한 불빛이 어른거렸다.

베인스가 말했다.

"순경 하나가 집을 지키고 있습니다. 제가 창문을 두드리겠습니다."

그가 풀밭을 넘어가서 유리창을 두드렸다. 부연 유리창 너머 벽난로 옆 의자에서 남자가 벌떡 일어나는 동시에 날카로운 비명소리가 들렸다. 잠시 후 얼굴이 하얗게 질린 경찰관이 거친

숨을 몰아쉬며 문을 열어주었다. 부들부들 떨리는 손으로 촛불을 들고 있었다.

"왜 그러나, 월터스?"

베인스가 날카롭게 물었다.

경관은 손수건으로 이마를 훔치고 안도의 한숨을 길게 내뱉었다.

"와주셔서 감사합니다, 경위님. 저녁이 어찌나 길게 느껴지는지 제 배짱으로는 감당이 안 되네요."

"지금 배짱이라고 했나, 월터스? 자네한테 배짱이 있는 줄은 몰랐군."

"집은 아무도 없고 조용한데다 부엌에 괴상한 물건까지 있잖습니까. 그런 상황에서 창문을 두드리는 소리가 나니 또 그게 왔구나 싶었죠."

"또 왔다니, 뭐가?"

"제가 본 바로는 악귀였습니다. 악귀가 창문 앞에 있었어요."

"뭐가, 언제 창문 앞에 있었다는 건가?"

"두 시간쯤 전이었습니다. 해가 막 저물어가고 있을 때요. 의자에 앉아서 책을 읽다 무심결에 고개를 들었는데 어떤 얼굴이 유리창 아랫부분에서 저를 들여다보고 있지 뭡니까. 그 끔찍한 얼굴이라니! 꿈에 나올까 무섭습니다."

"쯧쯧, 월터스! 경찰이 그런 소리를 하면 쓰나!"

"압니다, 경위님. 저도 알죠. 하지만 정말로 충격을 받았단 말입니다. 까만색도 아니고 하얀색도 아니고, 마치 우유를 섞은 찰흙처럼 지금까지 한 번도 본 적 없는 이상한 색깔의 얼굴이었어요. 게다가 크기가 경위님 얼굴의 두 배였다니까요. 생김새는 어떻고요. 부리부리한 눈알은 툭 튀어나왔고 굶주린 짐승처럼 하얀 이빨을 드러냈더군요. 솔직히 저는 녀석이 휙 사라질 때까지 손가락 하나 까딱 못 하고 숨도 쉬지 못했습니다. 나중에야 달려나가서 관목 숲을 뒤졌는데 다행히 아무것도 없더군요."

"월터스 자네가 얼마나 훌륭한 경찰인지 몰랐다면 이 일을 감점 요인으로 삼았을 걸세. 만약 그게 악귀라 하더라도 근무중인 경찰이라면 놈을 잡았어야지, 못 잡아서 다행이라고 하면 되겠나? 신경이 곤두서서 헛것을 본 건 아니고?"

"그건 간단하게 확인할 수 있습니다."

홈스가 말하면서 조그만 손전등을 켰다. 그는 풀밭을 잠시 살펴보더니 말했다.

"맞네요. 305밀리미터짜리 신발을 신었어요. 발만큼 몸집도 크다면 분명 거인이었겠습니다."

"어디로 갔습니까?"

"관목 숲을 지나서 대로로 나간 것 같습니다."

"흠, 그것의 정체와 목적이 무엇이었을지 몰라도 당장은 보이지 않으니 당면 과제부터 해결할까요? 홈스 씨, 괜찮으시면 집안을 보여드리겠습니다."

생각에 잠겼던 경위가 진지한 표정으로 말했다.

여러 침실과 응접실을 꼼꼼하게 살펴도 별 소득이 없었다. 세입자들은 들고 왔던 물건을 거의 두고 갔다. 막스 앤드 코와 하이 홀번 상표가 달린 옷가지들이 많이 남아 있었다. 이미 전보로 문의한 결과, 막스 앤드 코사에서는 그가 옷값을 제때 지불하는 고객이었다는 사실 말고는 전혀 모르는 것으로 밝혀졌다. 개인적인 소지품으로는 이런저런 잡동사니, 파이프 담배, 스페인어로 된 두 권을 비롯한 소설 몇 권, 구식 공이식 리볼버, 기타가 있었다.

베인스가 촛불을 들고 이 방, 저 방으로 옮겨다니며 말했다.

"여긴 별거 없습니다. 하지만 홈스 씨, 부엌에 주목해주십시오."

어두컴컴하고 천장이 높은, 집 뒤편의 부엌에는 요리사의 침대로 쓰인 게 분명한 짚단이 한쪽 구석에 놓여 있었다. 식탁에는 간밤에 먹다 만 음식과 씻지 않은 접시들이 쌓여 있었다.

베인스가 말했다.

"이걸 보세요. 어떻게 생각하십니까?"

그는 서랍장 뒤편의 기이한 물건 앞으로 촛불을 들이댔다. 워낙 쭈글쭈글하게 시들고 쪼그라들어서 원래 뭐였는지 알 수 없는 물건이었다. 까맣고 질겨 보이며 난쟁이와 닮았다는 것만 확실했다. 처음 보았을 때는 미라가 된 흑인 갓난아이인가 싶었는데, 나중에 보니 오래돼서 심하게 일그러진 원숭이 같기도 했다. 동물인지 인간인지 끝내 알 수 없었다. 하얀 조개껍데기를 실로 꿰어서 두 겹으로 두르고 있었다.

"흥미롭군요. 아주 흥미로워요! 또 없습니까?"

홈스가 으스스한 물건을 자세히 들여다보며 외쳤다.

베인스가 말없이 개수대로 가서 촛불을 내밀었다. 깃털이 달린 커다랗고 하얀 새의 날개와 몸통이 갈기갈기 찢겨 여기저기 흩뿌려져 있었다. 홈스는 잘린 머리의 부리 아래에 늘어진 살조각을 손으로 가리켰다.

"하얀 수탉이로군요. 정말이지 흥미롭습니다! 아주 특이한 사건입니다."

가장 으스스한 증거물이 아직 남았다. 베인스가 개수대 아래에서 피가 가득 든 양동이를 꺼냈다. 그러고 나서 이번에는 새까맣게 탄 조그만 뼈다귀들이 담긴 접시를 식탁에서 집어 들었다.

"뭘 죽여서 태운 모양입니다. 저희가 벽난로를 샅샅이 뒤져서 모았어요. 오늘 아침에 의사가 다녀갔는데 사람 뼈는 아니라고 하더군요."

홈스는 웃으며 손을 비볐다.

"이렇게 특이하고 배울 점이 많은 사건을 맡으신 것에 대해 축하 인사를 드려야겠습니다, 경위님. 이런 말씀 실례일지 모르겠습니다만 지금까지는 능력을 발휘할 기회가 없으셨던 모양이네요."

베인스는 조그만 눈을 반짝이며 좋아했다.

"맞습니다, 홈스 씨. 시골에 있다 보면 정체되기 마련입니다. 이런 사건이라도 터져야 기회가 생기죠. 저는 기회를 제대로 활용할 생각입니다. 이 뼈를 어떻게 생각하십니까?"

"새끼 양이나 새끼 염소 같은데요."

"그럼 하얀 수탉은요?"

"희한하죠, 베인스 경위님. 아주 희한하죠. 정말 특이합니다."

"네, 이 집에는 희한한 생활 방식을 고수하는 희한한 사람들이 살았던 모양입니다. 그중 한 명은 죽었고요. 한 패거리가 가르시아의 뒤를 쫓아가서 죽였다면 모든 항구에 보초를 세웠으니 지금쯤 범인을 잡았겠지요. 제 생각은 다릅니다. 그래요, 홈스 씨. 제 생각은 전혀 다릅니다."

"생각해놓은 가설이 있으시군요?"

"저 혼자 해결해보려고 합니다. 그래야 인정을 받을 수 있으니까요. 홈스 씨야 유명 인사지만 저는 별 볼 일 없는 형사 나부랭이 아닙니까. 나중에 홈스 씨의 도움 없이 혼자서 해결했다고 말할 수 있으면 좋겠습니다."

홈스는 껄껄 웃었다.

"네, 네, 경위님. 경위님은 경위님의 길을 가고 저는 제 길을 가기로 하죠. 제 수사 결과가 궁금하시면 언제든 물어보세요. 이 집에서 볼 건 다 본 듯하니 다른 데서 좀더 유용하게 시간을 활용해야겠습니다. 나중에 또 뵙죠, 행운을 빌겠습니다!"

남들은 눈치채지 못했겠지만 홈스는 추격의 실마리를 제대로 잡은 듯한 인상을 진하게 풍겼다. 무심한 구경꾼 눈에는 무표정하게 보였을지 몰라도 반짝이는 두 눈과 기세 좋은 태도 속에 담긴 옅은 흥분과 긴장감을 보면 게임이 시작됐음을 알 수 있었다. 그는 늘 그렇듯 아무 말도 하지 않았고, 나도 늘 그렇듯 더 이상 묻지 않았다. 괜한 참견으로 그의 집중력을 흐트러뜨리고 싶지 않았다. 게임에 동참해 범인 체포를 조금이나마 거들 수 있으면 충분했다. 때가 되면 다 알게 된다.

때문에 나는 기다렸지만 실망스럽게도 기다림은 수포로 돌아갔다. 하루가 지나고 이틀이 지나도 내 친구의 수사에는 더이상 진전이 없었다. 어느 날에는 오전 중에 런던에 다녀왔다는데,

지나가는 말을 들어보니 영국 박물관에 다녀왔다고 했다. 다른 날에는 혼자서 한참 동안 산책을 하거나 얼굴을 익힌 동네 주민들과 수다를 떨었다.

"왓슨, 시골에서 보내는 일주일이 자네에게도 값진 시간이 될 거라 장담하네. 산울타리 위로 고개를 내민 파릇파릇한 새싹과 개암나무에 다시 열린 꽃송이를 보고 있노라면 눈이 즐겁지 않은가. 꽃삽, 양철통, 초급 생물학 교본만 있으면 유익한 날들을 보낼 수 있어."

그는 장비들을 챙겨 다녔지만 저녁에 들고 오는 식물들은 변변찮았다.

그런 식으로 어슬렁어슬렁 돌아다니다 가끔 베인스 경위를 만나기도 했다. 그는 내 친구를 만나면 투실투실하고 벌건 얼굴 가득 미소를 지으며 조그만 눈을 반짝였다. 그는 사건 이야기를 거의 하지 않았지만, 우리가 입수한 몇몇 정보를 취합해보건대 그의 수사는 만족스럽게 진행되는 눈치였다. 하지만 사건이 벌어지고 닷새 뒤에 조간신문을 펼쳤을 때 커다랗게 적힌 헤드라인을 접하고 솔직히 나는 조금 놀랐다.

옥스숏 미스터리 해결

용의자 체포

내가 헤드라인을 읽어주자 홈스는 뭐에 찔린 사람처럼 의자에서 벌떡 일어나 앉았다.

"맙소사! 설마 베인스가 용의자를 체포한 건 아니겠지?"

"그런 모양인데?"

나는 이어지는 기사를 읽어주었다.

옥스숏 살인 사건의 용의자가 체포되었다는 소식이 어젯밤 늦게 전해지자 이셔와 그 일대가 술렁였다. 위스테리아 로지에 살던 가르시아 씨가 옥스숏 공원에서 시신으로 발견되었을 때 그의 몸에는 극심한 폭행의 흔적이 있었다. 그의 하인과 요리사가 같은 날 밤에 종적을 감춘 것을 보면 범행에 연루되었음을 알 수 있었다. 따라서 고인의 집에 있던 귀중품이 범행의 동기였을 가능성이 대두되었다. 사건을 맡은 베인스 경위는 용의자들의 소재를 파악하기 위해 각고의 노력을 기울였다. 경위는 용의자들이 멀리 가지 못하고 미리 준비한 은신처에 숨어 있을 거라고 짐작했다. 사실 그들의 소재 파악은 처음부터 예정된 일이었다. 창문 너머로 요리사를 몇 번 본 적 있는 상인들의 증언에 따르면 요리사의 외모가 특이했기 때문이다. 그는 거대하고 살벌한 생김새의 흑백 혼혈로, 이목구비는 흑인의 특징이 두드러졌으며 피부색은 누르스름했다. 요리사는 범행 당일 저녁에 뻔뻔하게 위스테리아 로지를 다시 찾았다가 월터스 순경 눈에 띄기도 했다. 베인스 경위는 그가 위스테리아 로지로 돌아온 이유가 있으며 그렇기 때문에 다시 찾을 수 있을 것으로 보고, 병력을 철수하되 관목 숲에 복병을 배치했다. 결국 덫에 걸린 그가 어젯밤에 체포되었는데, 격투 과정에서 다우닝 순경이 심하게 물렸다. 용의자가 치안판사 앞에 서면 경찰 측에서 구금을 요청할 예정이며 그의 체포로 수사에 상당한 진전이 예상된다.

"당장 베인스를 만나야겠군. 지금 나가면 출근하기 전에 만날 수 있을 걸세."

홈스가 외치며 모자를 집었다.

우리는 황급히 시골길을 달렸고 예상대로 이제 막 하숙집을 나선 경위와 만날 수 있었다.

"신문 보셨습니까, 홈스 씨?"

그가 신문을 우리 쪽으로 내밀며 물었다.

"네, 경위님. 봤습니다. 결례일지 모르겠지만 제가 친구로서 경고를 하나 하려고 합니다."

"경고라고요, 홈스 씨?"

"사건을 면밀히 조사해보았습니다만 경위님이 선택하신 노선이 과연 맞을까 싶어서요. 확신이 들기 전에는 너무 앞서나가지 않는 게 좋습니다."

"친절하시네요, 홈스 씨."

"경위님을 생각해서 드리는 말씀입니다."

베인스 경위가 조그만 눈을 찡긋거리며 윙크 비슷한 걸 했다.

"각자 개별적으로 수사하기로 하지 않았던가요, 홈스 씨. 그래서 저는 그렇게 하고 있습니다."

"아, 알겠습니다. 나중에 제 탓은 하지 마시길."

"그럼요. 좋은 뜻에서 하신 말씀이라고 생각합니다. 하지만 누구나 나름의 방식이 있는 법이죠. 홈스 씨에게는 홈스 씨의 방식이, 제게는 제 방식이."

"알겠습니다. 이 이야기는 그만 하겠습니다."

"새로운 소식은 언제든 기꺼이 들려드릴 용의가 있습니다. 이자는 완전히 야만인인데다 짐마차를 끄는 말처럼 힘이 세고 악귀처럼 포악하더군요. 제압당하기 전에 다우닝의 엄지손가락을 물어뜯어서 하마터면 손가락이 잘릴 뻔했지 뭡니까. 영어는 거의 한마디도 할 줄 모르고 으르렁거리는 소리만 낼 뿐입니다."

"그가 주인을 살해했다는 증거라도 있습니까?"

"그렇지는 않습니다, 홈스 씨. 그렇지는 않아요. 하지만 누구나 나름의 방식이 있는 것 아니겠습니까? 홈스 씨는 홈스 씨의 방식대로 하세요. 저는 제 방식대로 할 테니. 서로 그러기로 하지 않았던가요?"

홈스는 어깨를 으쓱했고 우리는 걸음을 옮겼다.

"꿈쩍도 안 하는군. 너무 무모하게 덤비는 것 같은데. 뭐, 그의 말마따나 각자의 방식대로 진행하고 결과는 두고 봐야겠지. 그런데 베인스 경위의 방식에는 이해가 안 되는 부분이 있단 말이야."

숙소로 돌아갔을 때 홈스가 말했다.

"왓슨, 저기 좀 앉아보겠나. 오늘 저녁에 자네 도움이 필요할지도 모르니 상황을 간단하게 설명해주겠네. 내가 지금까지 파악한 사건의 전개 양상을 말일세. 주요 사실들은 단순하지만, 범인을 체포하기까지의 길에 구멍이 나 있기는 하지. 메워야 할 구멍이 있다고 할까.

사망한 날 저녁에 가르시아가 받은 쪽지는 나중에 언급하겠네. 가르시아의 하인들이 살인 사건에 연루되었을 거라는 베인스의 발상은 무시해도 좋아. 왜냐하면 알리바이를 마련하기 위해 스콧 에클스를 불러들인 사람이 바로 가르시아였으니 말일세. 그러니까 그날 밤에 어떤 범죄 계획이 있었던 가르시아가 도중에 죽음을 맞은 거지. 내가 범죄 계획을 운운하는 이유는 그런 속셈이 있는 사람만이 알리바이에 연연하기 때문일세. 그럼 누가 그의 목숨을 앗아갔을까? 계획된 범죄의 표적이겠지. 여기까지는 내 추측이 얼추 맞을 거라고 보네.

이제 가르시아의 고용인들이 몽땅 사라진 이유도 알겠지. 그들은 그 뭔지 모를 범행의 공범이었다네. 만약 가르시아가 계획대로 범죄를 저지르고 돌아왔다면 영국인의 증언으로 모든 의혹이 사라질 테니 문제없이 끝났겠지. 그런데 위험한 계획이라 가르시아가 희생돼서 정해진 시각까지 돌아오지 못할 수도 있었어. 그럴 경우 두 부하는 미리 정해놓은 곳에 숨어서 수사를 피하고 후일을 도모하기로 했다네. 어때, 완벽히 들어맞는 설명 아닌가?"

복잡하게 얽혀 있던 실타래가 눈앞에서 풀리는 듯했다. 예전에도 늘 그랬다시피 왜 나는 지금까지 그걸 몰랐을까 하는 생각이 들었다.

"하인 하나가 돌아온 이유는 뭔가?"

"허둥지둥 도망치느라 차마 두고 갈 수 없는 소중한 물건을 깜빡한 거겠지. 그래서 몇 번이나 돌아온 것 아니겠나?"

"흠, 그럼 이제 어떻게 해야 하나?"

"가르시아가 저녁 식사 도중에 받은 쪽지를 살펴봐야지. 그 쪽지는 다른 데 공범이 있다는 증거야. 과연 어디일까? 아마도 대저택일 테고 대저택이 몇 개 안 된다는 얘기는 자네한테 이미 했지. 나는 이 마을에서 지낸 처음 며칠 동안 산책과 식물채집을 하는 사이사이 여러 대저택을 정찰하고 거주하는 가족의 내력을 조사했다네. 눈여겨볼 만한 저택이 딱 한 군데 있더군. 하이 게이블이라고 제임스 1세 시대에 지어진 오래된 저택인데 옥스숏에서는 1.5킬로미터, 비극의 현장에서는 800미터도 안 떨어져 있다네. 다른 저택에는 모험과는 거리가 먼 평범하고 번듯한 사람들이 살고 있거든. 그런데 풍문에 따르면 하이 게이블에 사는 헨더슨 씨는 어떤 사건을 겪어도 이상하지 않을 만큼 독특한 사람이라네. 그래서 나는 그와 그 집 사람들을 주시했지.

그 집에는 특이한 사람들이 살고 있는데 그중에서도 집주인이 가장 특이하다네. 나는 그럴듯한 핑계를 대서 그를 만날 수 있었지. 움푹 꺼진 어두컴컴하고 음울한 눈을 보니 내 의도를 완벽하게 알아차린 눈치였어. 오십 대인 그는 체구가 탄탄하고 활동적이며 머리는 진회색이야. 까만 눈썹은 숱이 많고, 걸음걸이는 사슴처럼 우아하고, 태도는 황제처럼 오만하다네. 양피지 같은 얼굴 뒤로 불같은 기질을 숨기고 있는 거만한 다혈질이지. 피부가 누르스름하고 생기가 없지만 능직물처럼 질긴 것을 보면 외국인이거나 열대지방에서 오래 살았던 것 같다네. 친구 겸 비서인 루카스라는 사람은 피부가 짙은 갈색인 걸 보니 외국인이 분명해. 행동이 약삭빠르고 깍듯하며 고양이같이 날래고 말이 번드르르하지. 외국인이 위스테리아 로지에 한 명, 하이 게이블에 한 명, 이렇게 벌써 두 명이나 되니 우리의 구멍이 점점 메워지고 있는 게 아니겠나.

속내를 털어놓을 수 있을 만큼 가까운 사이인 집주인과 비서가 그 집의 핵심 인물인데, 지금 상황에서 좀더 눈여겨보아야 할 사람이 한 명 더 있다네. 헨더슨은 아이가 둘이야. 열한 살과 열세 살짜리 딸들이라네. 그리고 마흔 살쯤 되어 보이는 버넷 양이라는 영국인이 두 아이의 가정교사로 일하고 있다네. 믿음직한 하인도 하나 더 있고. 헨더슨은 한시도 가만히 있지 못하는 방랑자 기질이 있는데 진짜 가족 같은 이 사람들은 항상 같이 여행을 다닌다고 해. 이번에도 일 년 동안 하이 게이블을 비웠다가 몇 주 전에야 돌아왔다고 하더군. 그는 엄청난 갑부라서 하고 싶은 게 뭐든 못 할 게 없다네. 그밖에도 영국의 시골 대저택답게 집사, 하인, 하녀 등 먹기는 많이 먹고 일은 하지 않는 일손들로 가득하지.

여기까지가 내가 마을에 떠도는 소문을 취합하고 직접 관찰한 결과 얻은 정보일세. 내쫓겨서 불만이 하늘을 찌르는 하인보다 훌륭한 정보원이 없다는 것 아나? 운 좋게도 내가 한 명을 찾았지 뭔가. 운이 좋았다고는 하지만, 내가 찾아나서지 않았더라면 보이지 않았을 걸세. 베인스도 이야기했다시피 누구나 각자의 방식이 있거든. 나는 나만의 방식으로 하이 게이블에서 정원사로 일했던 존 워너를 찾아냈지. 고압적인 주인이 홧김에 그를 내쫓았다는군. 워너는 집안에서 근무하는 하인들과 친하게 지냈는데, 다들 주인을 무서워하고 싫어한다지. 난 그 집의 비밀을 풀 수 있는 열쇠를 쥐게 된 셈일세.

그 집 사람들이 얼마나 희한한 족속인지 모른다네, 왓슨! 속속들이 아는 척하지는 않겠지만 희한한 족속인 것만큼은 분명해. 그 집은 본채를 반으로 나누어 한쪽에는 하인들이, 다른쪽에는 식구들이 사는 구조일세. 식구들의 식사 시중을 드는 하인이 그 둘을 잇는 유일한 연결 고리이고, 통로 역할을 하는 어떤 문을 통해 식사를 비롯한 모든 것이 운반되지. 가정교사와 아이들은 앞마당이라면 모를까, 외출을 거의 하지 않는다네. 헨더슨은 절대 혼자 다니지 않아. 까무잡잡한 비서를 그림자처럼 달고 다니지. 하인들끼리 수군대길 주인은 뭔가를 끔찍하게 무서워한다더군. 워너의 말에 따르면 악마에게 돈을 받고 영혼을 팔아서 악마가 빚을 받으러 올까 봐 그런다는 거야. 그들이 어디에서 왔는지 정체는 무엇인지 아무도 몰라. 난폭한 자인 것은 확실하다네. 헨더슨이 개 채찍으로 마을 주민을 때린 적이 두 번 있는데 두둑한 지갑으로 합의를 본 덕분에 재판은 면했다고 하더군.

자, 왓슨, 이제 새로운 정보를 근거로 상황을 짐작해볼까? 편지는 이상한 집안의 식구가 보낸 거라고 봐도 무방할 걸세. 이미 세워놓은 계획을 실천에 옮겨도 좋다고 가르시아에게 보내는 초대장이지. 쪽지를 쓴 사람은 누구일까? 그 요새 안에 사는 여자라면 가정교사인 버넷 양일 수밖에 없지 않겠나? 모든 정황상 그녀일 가능성이 크지. 그렇다고 치면 어떤 결론이 나오는지 살펴봅세. 이쯤에서 한 가지 덧붙이자면 나는 처음에는 치정관계를 의심했지만 버넷 양의 연령과 성격상 그럴 가능성은 아주 낮다네.

만약 그녀가 쪽지를 썼다면 가르시아의 친구 겸 공범이었다는 건데, 그가 죽었다는 소식을 접했을 때 어떻게 하기로 되어 있었을까? 그가 범행 도중에 죽음을 맞았다면 모르는 척 함구했겠지. 그래도 그를 살해한 사람들에 대한 원한과 증오는 남아 있을 테니 가르시아의 복수를 위해 물심양면으로 돕지 않겠나. 그렇다면 우리가 그녀를 만나서 도움을 받을 수 있지 않을까? 맨 처음에 한 생각은 그거였다네. 그런데 불길한 소식이 기다리고 있었네. 버넷 양이 살인 사건이 벌어진 그날 밤부터 보이지 않는다는 거지. 그날 저녁부터 완전히 자취를 감추었어. 살아는 있을까? 자기가 불러낸 친구와 같은 날 밤에 최후를 맞이했을까? 아니면 그저 어디 갇혀 있는 걸까? 이 부분이 아직 불분명하다네.

이제 얼마나 난처한 상황인지 알겠지, 왓슨. 영장을 신청할 근거가 없단 말이지. 법정에서 이런 진술을 하면 지어낸 이야기로 들릴 걸세. 여자 하나가 사라진 것쯤은 별일도 아니지. 그 집 사람들이 워낙 특이해서 누가 일주일 동안 보이지 않는 경우도 얼마든지 생길 수 있거든. 하지만 그녀가 지금 생명의 위협을 느끼는 상황일지도 모르지. 지금으로서는 예의 주시하며 워너를 보초병으로 삼아 문 앞을 지키게 하는 수밖에 없다네. 하지만 계속 그럴 수는 없지. 경찰이 어쩔 도리가 없다면 우리라도 나서야 하지 않겠나."

"어쩌려고?"

"그녀의 방이 어딘지 알고 있다네. 창고 지붕으로 들어갈 수 있는 위치일세. 오늘밤에 우리 둘이 찾아가서 수수께끼의 심장부를 파헤치는 게 어떻겠나."

솔직히 별로 솔깃한 제안은 아니었다. 살인의 기운이 감도는, 특이하고 으스스한 사람들이 사는 저택에서 어떤 위험이 기다리고 있을지 모르니 잠입이 내키지 않았다. 하지만 홈스의 냉철한 추론에는 그가 제안하는 모험을 거부할 수 없게 만드는 뭔가가 있었다. 그게 사건을 해결할 유일한 방법이기도 했다. 나는 말없이 그의 손을 잡았고, 이로써 주사위가 던져졌다.

하지만 우리의 수사는 박진감 넘치는 결말을 맞을 운명이 아니었다. 삼월의 어스름이 깔리기 시작한 5시 무렵에 시골 사람

하나가 흥분한 얼굴로 객실에 뛰어들어온 것이다.

"다들 갔습니다, 홈스 씨. 마지막 열차를 타고 떠났어요. 그 여성분은 탈출했기에 제가 마차에 태워서 모시고 왔습니다."

"잘했네, 워너!"

홈스는 벌떡 일어나며 외쳤다.

"왓슨, 구멍이 삽시간에 메워지고 있어!"

신경쇠약으로 탈진하다시피 한 여자가 마차에 타고 있었다. 매부리코의 얼굴이 수척했고 얼마 전에 겪은 비극의 흔적이 남아 있었다. 그녀가 맥없이 가슴 위로 떨구고 있던 고개를 들고 몽롱한 눈으로 돌아보자 팽창된 회색 홍채와 까만 점처럼 작아진 동공이 눈에 들어왔다. 아편에 취해 있다는 증거였다.

"선생님이 시키신 대로 대문을 감시하고 있었습니다."

우리의 밀사인 쫓겨난 정원사가 말했다.

"마차가 나오기에 역까지 쫓아갔습죠. 몽유병 환자처럼 걷던 이분은 놈들이 열차에 태우려고 하니까 정신을 차리고 반항을 했어요. 그들이 억지로 태웠지만 다시 뛰쳐나왔죠. 그때 제가 끼어들어서 마차에 태워 이리로 왔습니다. 멀어져가는 저를 차창 너머로 쳐다보던 그 얼굴을 죽을 때까지 잊지 못할 겁니다. 그자가 저를 처리하기로 마음먹었으면 저는 이미 세상에 없었겠죠. 까만 눈의 노란 악마에게 걸리면 끝장이라고요."

우리는 여자를 위층으로 데리고 가서 소파에 눕혔다. 진한 커피를 두세 잔 먹이자 그녀는 이내 정신을 차렸다. 홈스는 베인스를 소환해 전후 상황을 급히 설명해주었다.

경위는 내 친구와 악수하며 흥분한 목소리로 말했다.

"이런, 제가 원하던 증인을 데려다놓으셨군요. 저도 애초부터 홈스 씨와 같은 단서를 추적하고 있었습니다."

"뭐라고요? 헨더슨을 쫓고 있었단 말입니까?"

"그렇다니까요. 하이 게이블의 관목 숲을 기어다니는 홈스 씨를 저는 농장에 있는 나무 위에서 내려다보고 있었어요. 누가 증거를 찾느냐의 싸움이었죠."

"그럼 혼혈 요리사는 뭐하러 체포하셨습니까?"

베인스는 빙그레 웃었다.

"헨더슨이 자기가 의심을 받고 있다는 걸 알아채면 납작 엎드려서 안전해질 때까지 꼼짝하지 않을 게 분명했으니까요. 감시에서 벗어났다고 착각할 수 있게 엉뚱한 사람을 체포한 겁니다. 그럼 도주를 시도할 테고 그래야 버넷 양에게 접근할 기회가 생기니까요."

홈스는 경위의 어깨에 손을 얹었다.

"앞으로 승승장구하실 겁니다. 재능과 직관을 갖추셨군요."

베인스는 좋아서 얼굴을 붉혔다.

"일주일 내내 역사에 사복 경관을 배치해놓았습니다. 하이게이블 사람들이 어디로 가건 감시망을 벗어나지 못할 겁니다. 버넷 양이 도망쳤을 때는 도와주기 곤란했던 모양이에요. 그래도 홈스 씨 쪽에서 구조해주신 덕분에 잘 끝났네요. 그녀의 증언이 있어야 헨더슨을 체포할 수 있을 테니 한시라도 빨리 진술을 확보하는 게 상책입니다."

홈스는 버넷 양을 흘끗 쳐다보며 말했다.

"시간이 지날수록 점점 더 정신을 차릴 겁니다. 그나저나 경위님, 이 헨더슨이라는 작자는 누굽니까?"

"헨더슨은 한때 산페드로의 호랑이라고 불렸던 돈 무리요입니다."

경위가 대답했다.

산페드로의 호랑이! 이자의 전적이 머릿속에 퍼뜩 떠올랐다. 그는 문명국가의 폭군 중에서 가장 음탕하고 잔인하기로 악명이 자자한 인물이었다. 강인하고 대담무쌍하며 정력적인 면모를 내세워 겁에 질린 국민들을 상대로 십 년 넘게 가증스러운 악행을 저질렀다. 중앙아메리카에서는 그의 이름을 들으면 다들 벌벌 떨었다. 지배 말년에는 대규모 폭동이 벌어졌다. 하지만 그는 잔인한 만큼 교활했기에 폭동 소식이 들리자마자 배에 재산을 몰래 싣고 열렬한 추종자들에게 조종을 맡겼다. 다음날 반군이 들이닥쳤을 때 그들을 맞이한 것은 빈 궁전이었다. 독재자와 두 아이, 비서, 재산은 모두 사라지고 보이지 않았다. 그 이후로 그는 종적을 감추었다. 유럽 언론은 잊을 만하면 한 번씩 그의 행적을 궁금해했다.

베인스가 말을 이었다.

"네. 산페드로의 호랑이, 돈 무리요예요. 찾아보면 아시겠지만 산페드로를 상징하는 색상이 쪽지에 적힌 초록색과 하얀색입니다, 홈스 씨. 저는 헨더슨이라고 자칭한 그자가 파리, 로마, 마드리드를 거쳐서 1886년 바르셀로나에 입항했다는 사실을 알아냈습니다. 반군 측에서 복수를 하려고 지금까지 계속 찾아다니다 이제야 소재를 파악한 모양이더군요."

일어나 앉아서 우리의 대화를 열심히 듣고 있던 버넷 양이 말했다.

"일 년 전에 파악했죠. 이미 한 번 암살을 시도했는데 악령의 보호를 받는 모양인지 실패했습니다. 이번에도 고귀하고 의로운 가르시아가 죽고 그 괴물은 목숨을 부지했네요. 하지만 정의가 실현되는 그날까지 계속해서 시도할 거예요. 내일 태양이 떠오른다는 사실만큼 지당한 일이죠."

그녀는 야윈 손을 맞잡았다. 피곤에 찌든 얼굴은 증오심으로 핼쑥했다.

"버넷 양은 어쩌다 사건에 연루되었습니까? 영국 숙녀가 어쩌다 살인에 가담하게 되었나요?"

홈스가 물었다.

"정의를 실현할 다른 방법이 없었으니까요. 오래전에 산페드로에 흐른 강 같은 피와 이자가 한 배 가득 훔쳐서 달아난 금은보화에 영국 법원이 관심을 보일까요? 당신들에게는 다른 별에서 자행된 범행이나 다름없겠죠. 하지만 우리는 아닙니다. 우리는 슬픔과 고통을 통해 진실을 터득했으니까요. 우리에게 후안 무리요만큼 끔찍한 악마는 없고, 희생자들이 복수를 외치는 한 평화는 있을 수 없어요."

"그렇겠죠. 말씀하신 것처럼 그의 악행은 저도 들어서 알고 있습니다. 하지만 버넷 양은 어떤 관계가 있습니까?"

"전부 말씀드릴게요. 이 악당은 장차 위협적인 라이벌이 될 조짐이 보이면 누구든 이런저런 구실을 만들어서 죽이는 게 수법이었어요. 제 남편은 런던 주재 산페드로 공사였어요. 네, 저는 빅토르 두란도 부인이랍니다. 우리는 런던에서 만나 결혼했어요. 세상에 그보다 더 고귀한 사람은 없었어요. 그런데 불행하게도 무리요가 그의 소문을 듣고 말도 안 되는 핑계로 소환하더니 총살형에 처했답니다. 그이는 운명을 예감했는지 저를 데려가지 않았어요. 재산은 몰수됐고 저에게는 쥐꼬리만 한 유산과 무너진 가슴만 남았죠.

그러다 폭군의 몰락이 시작됐어요. 경위님이 말씀하신 것처럼 그는 도망쳤죠. 하지만 그로 인해 인생이 피폐해진 수많은 사람들, 그의 고문과 처형으로 사랑하는 이를 잃은 사람들은 가만히 있지 않았어요. 단체를 결성하고 과업을 이루기 전에는 절대 해체하지 않기로 했죠. 몰락한 폭군이 헨더슨이라는 자로 행세하고 다닌다는 사실이 밝혀지자 제가 그의 가족을 따라다니면서 동향을 알리는 일을 맡았어요. 가정교사 자리를 꿰찬 덕분에 그럴 수 있었죠. 그는 식사 때마다 마주하는 여자가 자기 손으로 죽인 남자의 아내인 줄은 꿈에도 몰랐을 겁니다. 저는 그를 향해 웃어 보이고 그의 아이들을 챙기면서 때를 기다렸죠. 파리에서 암살을 시도했지만 실패로 돌아갔어요. 폭군 일행은 추적자들을 따돌리느라 유럽을 이리저리 옮겨다니다 그가 처음 영국에 오자마자 사놓은 이 집으로 돌아왔죠.

여기서도 정의의 사도가 그를 기다리고 있었어요. 아버지가 산페드로의 고관이었던 가르시아가 신분은 미천하지만 믿음직한 동지들과 함께 그가 돌아오기만을 기다렸거든요. 세 사람 모두 똑같은 이유에서 복수에 불탔죠. 낮 동안은 방법이 전혀 없었어요. 무리요가 온갖 예방 조치를 취한데다 분신과도 같은 루카스, 전성기엔 로페스란 이름으로 불렸던 비서 없이는 한 발짝도

나가지 않았거든요. 하지만 밤에는 혼자 자기 때문에 복수의 기회가 생길 수도 있었어요. 그래서 미리 정해놓은 날 저녁에 동지에게 최종 지침을 전달했습니다. 그자가 경계 차원에서 계속 방을 바꾸었거든요. 제가 문을 열어놓고 진입로에서 보이는 창문 앞에서 초록색 아니면 하얀색 불빛으로 신호를 보내기로 했죠. 지금 진행할지 아니면 다음으로 미루는 게 나은지.

그런데 전부 어긋나버렸어요. 어쩌다 보니 제가 비서 로페스의 의심을 샀나 봐요. 쪽지를 다 썼을 때 그가 제 뒤로 살금살금 다가와서 저를 덮치더라고요. 그와 그의 주인이 저를 방으로 끌고 가서 배신자로 낙인을 찍고 재판을 거행하더군요. 처벌을 면할 방법만 있었다면 그 자리에서 당장 제게 칼을 꽂았겠지만, 한참 의논한 끝에 죽이는 것은 너무 위험하다고 결론을 내렸죠. 하지만 가르시아는 처치하기로 결정하더군요. 그들이 제 입에 재갈을 물렸고 주소를 댈 때까지 무리요가 팔을 잡고 비틀었어요. 그 때문에 가르시아가 죽을 줄 알았더라면 팔이 떨어져나가더라도 절대 알려주지 않았을 텐데. 로페스가 제가 쓴 쪽지 겉면에 주소를 적고 자기 커프스 단추로 봉한 다음 호세라는 하인 손에 들려서 보내더군요. 그들이 어떤 식으로 그를 살해했는지는 모르겠어요. 다만 로페스는 남아서 저를 감시했으니 무리요의 소행이었을 거예요. 길이 구불구불 난 가시금작화 숲속에 숨어 있다가 그를 보고 쓰러뜨렸겠죠. 처음에 그들은 그가 집안으로 들어올 때까지 기다렸다가 강도로 몰아서 죽일 생각이었어요. 하지만 취조를 당하면 정체가 탄로 나서 공격을 당할 수 있잖아요. 가르시아를 죽이면 공포 효과로 암살 시도가 중단될 가능성도 있었고요.

그들이 어떤 짓을 저질렀는지 아는 저만 없었더라면 그들에게는 아무 문제도 없었을 거예요. 제 목숨이 위태로웠던 순간도 여러 번 있었죠. 그들은 저를 방안에 가두고 기를 꺾으려고 끔찍한 협박과 잔인한 폭력을 일삼았고 제가 창밖으로 고함을 지르려고 하니까 입에 재갈까지 물렸습니다. 여기 어깨의 찔린 상처 좀 보세요. 팔은 이쪽 끝에서 저쪽 끝까지 멍으로 뒤덮였답니다. 오 일 동안 잔인한 감금 생활을 하면서 제대로 먹지도 못했어요. 그러다 오늘 점심에 제대로 된 식사가 나왔는데 먹고 나서 약이 들어 있다는 걸 바로 알았어요. 비몽사몽간에 떠밀리다시피 마차를 탔던 기억이 나요. 그대로 열차에까지 실렸죠. 그러다 바퀴가 막 움직이려던 찰나, 마음먹기에 따라서 자유의 몸이 될 수 있겠다는 생각이 퍼뜩 들더군요. 제가 뛰쳐나가자 그들이 다시 끌고 가려고 했어요. 여기 계신 이분이 마차에 태워주지 않았더라면 저는 절대 도망치지 못했을 거예요. 이제는 다행스럽게도 그들의 손아귀에서 영원히 벗어났네요."

우리는 놀라운 이야기를 열심히 귀담아 들었다. 이윽고 홈스가 정적을 깨고 고개를 저으며 말했다.

"우리의 난관은 아직 끝나지 않았습니다. 경찰의 업무는 끝났을지 몰라도 법적인 문제는 이제 시작이죠."

"맞습니다. 말주변이 좋은 변호사라면 자기방어였다고 그럴듯하게 포장할 수 있을 테니까요. 그들은 지금까지 수백 건의 살인을 저질렀지만 재판에 부칠 수 있는 사건은 이것 하나뿐입니다."

내가 말했다.

"자, 자. 이 나라의 사법 수준이 그렇게 형편없지는 않습니다. 잔인하게 살해할 목적으로 상대방을 유인해놓고 자기방어라고 주장할 수는 없는 거죠. 상대방이 아무리 위험한 존재였다고 하더라도 말입니다. 네, 그렇고말고요. 하이 게이블 세입자들이 길퍼드에서 열리는 다음 번 순회심판에 서는 날이 올 겁니다."

베인스가 명랑한 목소리로 말했다.

하지만 산페드로의 호랑이는 시간이 꽤 흐른 다음에야 응분의 대가를 치렀다. 그들 일행은 에드먼턴 스트리트의 어느 하숙집에 들어갔다가 뒷문을 통해 커즌 스퀘어로 빠져나가는 간교

하고 대담한 수법으로 추격자들을 따돌렸다. 그 이후로 그들은 영국에서 자취를 감추었다. 육 개월이 지나고 몬탈바 후작과 비서 룰리가 마드리드의 에스쿠리알 호텔 객실에서 살해당했다. 허무주의자들의 소행으로 간주되었지만 범인은 검거되지 않았다. 베인스 경위가 베이커 스트리트로 찾아와서, 비서는 얼굴이 까무잡잡하며 후작은 이목구비에서 거만한 분위기를 풍기고 까만 눈은 매력적이며 눈썹은 숱이 많다고 인상착의를 설명한 신문 기사를 보여주었다. 약간 늦은 감이 있긴 해도 드디어 정의가 실현된 것이 분명했다.

"참으로 정신없는 사건이었지, 왓슨. 자네는 깔끔하게 소개하고 싶겠지만 불가능할 거야. 두 대륙과 정체를 알 수 없는 두 집단이 등장하는데다 스콧 에클스라는 번듯한 신사가 끼어들면서 사건이 한층 복잡해지지 않았나. 그를 끌어들인 것을 보면 가르시아는 치밀한 성격이기도 하지만 본능적으로 제 살길은 도모하는 사람이었던 게 분명해. 온갖 방향으로 해석될 수 있는 사건 속에서 우리는 경위라는 소중한 동지의 도움 아래 곁길로 새지 않고 이리저리 꺾인 구불구불한 길을 제대로 따라서 걸었다니 놀랍군. 자네, 혹시 이해가 안 되는 부분이 있나?"

파이프 담배를 피우며 홈스가 말했다.

"혼혈 요리사가 집을 다시 찾은 이유가 뭐였을까?"

"부엌에 있었던 희한한 물건 때문이었을 걸세. 아마도 산페드로 오지에 살던 그자의 부적이었겠지. 둘이서 같이 사전에 마련해놓은 은신처로 도망쳤을 때 공범은 남 보여주기 뭣한 그런 물건은 두고 가자고 설득을 했겠지. 은신처는 아마 다른 공범들이 살고 있던 곳이었을 거야. 하지만 애지중지하는 물건이었기에 혼혈인은 다음날 다시 돌아갔고, 창문 너머로 안을 살피다 월터스 경관이 떡하니 버티고 있다는 것을 알게 되었다네. 그는 사흘 동안 기다리다 독실한 신앙 때문인지 불길한 미신 때문인지 모르겠지만 다시 한번 되돌아갔지. 베인스 경위가 내 앞에서는 대수롭지 않게 간주하는 척했지만 물건의 중요성을 간파하고 덫을 놓아서 그를 잡았다네. 또 없나, 왓슨?"

"잡아 뜯긴 새, 피가 담긴 들통, 까맣게 탄 뼈. 그 으스스했던 부엌은 다 뭔가?"

홈스는 웃으며 수첩을 펼쳤다.

"내가 그 부분에 대해서 알아보느라 반나절 동안 영국 박물관을 찾았던 거라네. 에커만이 쓴 『부두교와 흑인종의 종교』의 일부 구절을 적어놓았지.

'부두교인들은 거사를 앞두면 부정한 귀신들을 달래기 위해 제물을 바친다. 극단적인 경우에는 인간을 제물로 바치고 인육을 먹는다. 하지만 보통은 하얀 수탉을 산 채로 갈기갈기 뜯거

나 까만 염소의 목을 자르고 시체를 태운다.'

우리 친구가 의식을 제대로 치렀다네. 기괴하지 않나, 왓슨? 내가 전에도 이야기했다시피 기괴한 것과 끔찍한 것은 종이 한 장 차이라네."

수첩을 천천히 닫으며 홈스가 말했다.

소포 상자

Sherlock Holmes
His Last Bow

나는 지금까지 내 친구 셜록 홈스가 뛰어난 지성을 발휘한 사건들을 고르면서 가능한 한 선정적인 부분이 적으면서도 특출한 능력을 잘 드러낼 수 있도록 심혈을 기울였다. 하지만 안타깝게도 범죄와 선정성을 완벽하게 분리할 수는 없는 노릇이다. 그렇다고 기록하는 사람이 이야기에서 빠지면 안 되는 부분을 자의적으로 생략하면 사건을 왜곡하게 된다. 그러면 읽는 사람들은 이야기에서 잘못된 인상을 받을지도 모른다. 그렇다고 기록자의 자의적 해석이 배제되면 기록자는 사건을 선택해서 기록하는 게 아니라 우연에 의해 기록하는 역할에 지나지 않게 된다. 나는 어떤 입장을 취해야 할지 늘 고민했다. 이 간략한 서론을 필두로, 특이하고 아주 끔찍했던 일련의 사건들을 소개하고

자 한다.

폭염이 기승을 부리던 팔월의 어느 무더운 날이었다. 베이커 스트리트는 찜통 같았고 길 건너편의 노란 벽돌집 위에서 이글거리는 태양 때문에 눈이 따가웠다. 안개가 낀 겨울 내내 우중충한 그림자를 드리웠던 그 집이 맞는지 믿기지 않을 지경이었다. 커튼이 반쯤 내려와 있었고, 홈스는 소파에 웅크리고 앉아서 아침에 받은 편지를 읽고 또 읽었다. 나는 인도에서 복무한 전적 덕분에 추위보다는 더위를 더 잘 견딜 수 있었다. 내게 32도 정도는 아무것도 아니었다. 하지만 조간신문이 재미없었고, 의회가 폐회했기에 지루하게 시간을 보내고 있었다. 모두들 런던을 떠났고, 나도 뉴포리스트의 숲속 빈터와 자갈이 깔린 사우스시의 해변이 그리웠다. 내 휴가는 바닥이 난 통장 잔고 때문에 미루어졌다. 한편 내 친구로 말할 것 같으면 시골이든 바다든 휴가에 조금도 관심이 없었고 오백만 명이 거주하는 도시 한복판에서 사방으로 촉수를 뻗어 미결 사건을 둘러싼 일말의 소문과 의혹에 즉각적으로 반응하며 지내기를 좋아했다. 그에게 주어진 수많은 재능 가운데 자연을 즐기는 능력은 없었다. 런던의 악당을 잊고 바람을 쐬러 나서봐야 시골의 악당을 찾아 나서는 게 고작이었다.

홈스는 편지에 푹 빠져서 대화를 나눌 만한 상황이 아니었기에 나는 읽을거리도 없는 신문을 치우고 의자에 몸을 파묻은 채 몽상에 잠겼다. 문득 친구의 목소리가 상념을 비집고 들어왔다.

"맞아, 왓슨. 그런 식으로 분쟁을 해결하는 건 완전히 비상식적이라네."

"완전히 비상식적이지!"

나는 그의 말을 따라 외쳤다가 그가 내 생각을 고스란히 읽었다는 사실을 퍼뜩 깨달았다. 일어나 앉아서 놀란 눈으로 그를 빤히 쳐다보았다.

"어떻게 알아낸 건가, 홈스? 이거야 원, 상상을 초월하는 수준이로구먼."

그는 어리둥절해하는 나를 보고 껄껄 웃었다.

"자네도 기억하지? 일전에 포의 단편집에서 뒤팽이 친구의 생각을 알아내는 구절을 읽어주었을 때 자네가 작가의 절묘한 재주로 치부했던 거. 나도 그럴 수 있다고 했더니 자네는 못 미더워했지."

"설마 내가 못 미더워했을까!"

"말로 표현하지는 않았을지 몰라도 눈썹을 보고 알 수 있었다네. 그래서 자네가 신문을 내동댕이치고 사색에 잠겼을 때 나는 기회를 놓치지 않고 그 속으로 끼어들어서 교감을 나누었지."

나는 여전히 이해가 되지 않았다.

"자네가 읽어준 작품 속에서 뒤팽은 상대방의 움직임을 관찰해서 결론을 내리지 않았나. 내가 제대로 기억하는 거라면 뒤팽의 친구가 돌무더기에 걸려서 비틀거리고 별이 빛나는 하늘을 올려다보고 그랬다네. 하지만 나는 얌전히 의자에 앉아 있었는데 무슨 수로 단서를 얻었는가?"

"모르는 소리 말게. 이목구비는 인간이 감정을 표현하는 수단인데, 자네의 이목구비는 충실한 종복과도 같거든."

"내 얼굴을 보고 생각을 읽었다는 건가?"

"자네 얼굴, 특히 눈을 보고. 몽상이 어떤 식으로 시작됐는지 기억이 안 나겠지?"

"음, 모르겠는데."

"그럼 내가 알려주지. 자네가 신문을 내동댕이쳐서 내 관심이 그쪽으로 쏠렸지. 자네는 신문을 내동댕이치고는 멍한 얼굴로 삼십 초 정도 가만히 앉아 있었지. 그런 다음 새로 액자에 넣은 고든 장군의 초상화를 물끄러미 쳐다보았어. 표정이 변하는 것을 보고 나는 몽상이 시작됐음을 알아차렸다네. 하지만 멀리까지 이어지지는 않았어. 책무더기 위에 놓인 헨리 워드 비처의 액자 없는 초상화를 흘끗 쳐다보는가 싶더니 벽을 올려다봤거든. 왜 그러는지 뻔했지. 액자에 넣으면 휑뎅그렁한 공간도 채워지고 저쪽에 걸린 고든의 초상화와 잘 어울리겠다는 생각을 했겠지."

"내 생각을 제대로 읽었군!"

나는 외쳤다.

"여기까지는 틀릴 만한 부분이 없지 않은가. 그런데 다시 비처에게로 시선을 돌려서 그의 이목구비에 어떤 특징이 있는지 연구하는 것처럼 열심히 들여다보더군. 미간에 잡힌 주름은 풀렸지만 여전히 생각에 잠긴 표정이었지. 비처가 걸어온 길을 회상하고 있었던 거야. 그런데 나는 자네가 비처를 떠올렸다 하면 미국의 남북전쟁 당시 그가 북부를 위해 감당했던 임무를 생각한다는 걸 잘 알아. 자네가 미국의 과격한 국민들이 그를 형편없이 취급했다며 씩씩댔던 것을 기억하거든. 그렇게 흥분했으니 비처를 떠올리면 그 생각이 당연히 들겠지. 잠시 후에 자네가 시선을 다른 데로 옮겼을 때 남북전쟁 생각을 하는가 싶었는데, 굳게 다문 입술과 반짝이는 눈과 주먹 쥔 손을 보고 그 필사의 전투에서 양측이 보여준 무용을 떠올린다고 확신했다네. 그런데 표정이 점점 슬퍼지더니 고개를 젓지 뭔가. 전쟁의 비극과 참상과 헛된 인명 피해에 대해 곱씹은 거지. 자네의 손이 오래전에 부상을 입은 부위로 천천히 움직였고 입가에 미소가 맴돌더군. 이런 식으로 국제분쟁을 해결하는 건 한심하다는 생각이 든 거지. 이 시점에서 나는 완전히 비상식적이라고 맞장구를 쳤고 내 추론이 다 맞아떨어졌다는 데 기뻐했지."

"맞아떨어졌고말고! 설명을 들어도 여전히 놀랍군."

"이 정도는 피상적인 수준이라네, 왓슨. 자네가 그때 못 미더워하는 기미를 보이기에 자네 생각 속으로 끼어든 걸세. 하지만 지금 내 수중에는 독심술보다 조금 어려운 문제가 하나 있다네. 크로이던의 크로스 스트리트에 사는 쿠싱 양에게 이상한 소포가 배달되었다고 신문에 짤막하게 소개가 되었는데 자네도 보았나?"

"아니, 전혀 못 봤는데."

"아! 그럼 못 보고 지나간 모양이로군. 신문 이리 주게. 여기, 금융난 아래에 있어. 자네가 소리 내어 읽어보겠나?"

나는 그에게 신문을 받아서 그가 말한 기사를 읽었다. 기사 제목이 '섬뜩한 소포'였다.

> 크로이던의 크로스 스트리트에 사는 수전 쿠싱 양이 겪은 사건은 혐오스러운 장난일까 아니면 사악한 음모가 결부되어 있을까. 그녀가 집배원에게 갈색 종이로 포장된 조그만 소포를 받은 것은 어제 오후 2시였다. 종이를 뜯어보니 소포 상자가 나왔고 그 안에는 굵은 소금이 가득 들어 있었다. 소금을 다 쏟았을 때 경악스럽게도 절단된 지 얼마 안 된 게 분명한 사람의 귀 두 개가 나왔다. 소포는 전날 오전에 아일랜드 북부의 벨파스트에서 우편으로 발

송되었다. 발신자 이름은 없었다. 쿠싱 양은 쉰 살의 독신 여성으로 그보다 더 조용할 수 없는 은둔 생활을 해온데다 알고 지내는 사람이 거의 없어서 소포를 받을 일이 없었기에 더욱 불가사의한 사건이다. 그녀는 몇 년 전, 펜지에서 살던 시절에 세 명의 젊은 의과대학생들에게 방을 빌려주었다가 그들의 시끄럽고 불규칙적인 생활 습관 때문에 불가피하게 내쫓은 적이 있었다. 경찰 측은 원한을 품은 청년들이 그녀를 혼비백산하게 만들려고 해부실에서 입수한 귀로 이런 충격적인 만행을 저질렀다는 의견이다. 쿠싱 양이 기억하기로 학생 중 한 명이 벨파스트 출신이었기에 경찰의 추측에 무게가 실린다. 런던의 수사관 중에서 가장 기민하기로 손꼽히는 레스트레이드 형사의 주도 아래 활발한 수사가 진행중이다.

내가 기사를 다 읽자 홈스가 말했다.

"《데일리 크로니클》은 이쯤에서 접기로 하고, 우리 친구 레스트레이드로 넘어가볼까? 오늘 아침에 그에게서 편지를 받았는데 이렇게 적혀 있더군.

'이런 사건이야말로 홈스 씨의 전문 분야 아닙니까? 문제를 깨끗하게 해결하고 싶은 마음이 굴뚝같습니다만 실마리를 찾는데 조금 어려움이 있습니다. 두말할 필요 없이 벨파스트 우체국에 전보로 문의했지만 그날 인계된 소포가 워낙 많아서 이 소포를 식별할 방법이 없고 보낸 사람이 누군지도 기억나지 않는다고 합니다. 소포 상자는 팔백 그램짜리 감로 담배 상자인데 전혀 도움이 안 되고요. 의과대학생의 소행이라는 추측이 가장 그럴듯하게 느껴집니다만 오셔서 봐주시면 좋겠습니다. 저는 하루 종일 사건 현장이나 지서에 있을 겁니다.'

어떤가, 왓슨? 자네 작품집에 실을 만한 사건은 아닌 것 같지만 이 더위를 뚫고 나랑 같이 크로이던까지 찾아갈 생각 있나?"

"마침 할 일을 찾고 있던 참일세."

"다행이로군. 그럼 사환을 불러서 마차를 잡아달라고 하게. 나는 얼른 옷을 갈아입고 담뱃갑을 채워 오지."

열차를 타고 가는 동안 소나기가 내렸다. 크로이던은 런던보다 후끈했다. 홈스가 미리 전보를 보내놓았기 때문에 강단 있고 말쑥하며 흰 담비를 닮은 레스트레이드가 역까지 마중나왔다. 오 분쯤 걸어가자 쿠싱 양이 사는 크로스 스트리트에 도착했다.

기다란 도로 양옆으로 돌계단을 하얗게 칠해 단정한 모양새의 이 층짜리 벽돌집이 줄줄이 이어졌다. 앞치마를 두른 아낙네들이 문 앞에서 수다를 떨고 있었다. 길의 중간쯤에서 레스트레이드가 걸음을 멈추고 어느 집 문을 두드리자 허드렛일을 하는 여자아이가 문을 열어주었다. 아이가 쿠싱 양이 있는 응접실로 우리를 안내했다. 얌전한 인상의 쿠싱 양은 커다란 눈이 선해 보였고 희끗희끗한 머리칼이 양쪽 관자놀이를 구불구불 덮고 있었다. 만들고 있던 의자 등받이 커버는 무릎 위에, 알록달록한 실크가 담긴 바구니는 옆쪽 의자에 있었다.

레스트레이드가 응접실로 들어서자 그녀가 말했다.

"그 끔찍한 물건은 창고에 있어요. 전부 가져가주셨으면 좋겠는데."

"그렇게 하겠습니다. 쿠싱 양 앞에서 제 친구 홈스 씨에게 보여주려고 여기 둔 거니까요."

"왜 꼭 제 앞에서 보여드려야 하나요?"

"홈스 씨가 질문을 할 수도 있어서 그렇습니다."

"그 물건에 대해 아는 게 아무것도 없는데 저한테 질문을 하신들 무슨 소용이겠어요?"

"맞는 말씀입니다. 이미 이 일로 인해 심란할 대로 심란하실 텐데 말이죠."

홈스가 달래는 투로 말했다.

"맞아요. 저는 퇴직하고 조용히 지내던 사람이에요. 제 이름이 신문에 실리고 경찰이 집을 찾아오니 적응이 되지 않네요. 그 물건을 집안으로 들일 수는 없었어요, 레스트레이드 형사님. 보고 싶으면 창고로 가서 보세요."

좁은 뒷마당에 조그만 창고가 하나 있었다. 레스트레이드가 들어가서 갈색 종이와 끈과 함께 노란색 소포 상자를 들고 나왔다. 뒷마당 한쪽에 벤치가 있기에 다 같이 거기에 앉았다. 홈스는 레스트레이드가 건넨 물건을 하나씩 살펴보았다.

"끈에 흥미가 가는군요. 이 끈에 대해 어떻게 생각하십니까, 형사님?"

그는 끈을 들고 햇빛에 비춰 보고 냄새를 맡으며 이렇게 말했다.

"타르를 칠했죠."

"맞습니다. 타르를 칠한 노끈이에요. 형사님 말씀대로 쿠싱 양이 가위로 끈을 잘라서 정말로 잘린 양쪽 끝 모두 올이 풀려 있군요. 이게 중요한 부분입니다."

"뭐가 중요하다는 건지 잘 모르겠는데요."

레스트레이드가 말했다.

"덕분에 매듭이 고스란히 남았잖습니까. 특이한 매듭이죠."

"아주 깔끔하게 잘 묶였죠. 그건 나도 수첩에 적어놓았습니다."

레스트레이드가 의기양양하게 말했다.

홈스는 미소를 지었다.

"그럼 끈은 살펴보았고, 포장지로 넘어가볼까요? 커피 냄새가 나는 갈색 종이로군요. 아, 모르셨습니까? 분명히 커피 냄새가 나는데요. 주소는 다소 괴발개발 적혔네요. '크로이던, 크로스 스트리트, S. 쿠싱 양.' J펜으로 추측되는 넓적한 촉에 저렴한 잉크를 썼어요. 크로이던Croydon이라는 지명에 i를 썼다가 y로 바꿨고요. 따라서 크로이던을 잘 모르고 고등교육을 받지 못한 남자가 소포를 보낸 겁니다. 분명 남자의 글씨체예요. 여기까지는 별 무리가 없죠! 소포 상자는 팔백 그램짜리 노란색 감로 담배 상자이고 바닥 왼쪽 모서리에 두 군데 남아 있는 엄지손가락 자국 말고는 별다른 특징이 없습니다. 짐승 가죽이나 조잡한 상품을 보관하는 데 쓰이는 굵은 소금이 가득 들어 있고요. 그리고 안에 아주 특이한 물건이 들어 있죠."

홈스가 귀를 꺼내 무릎에 얹은 판자 위에 올려놓고 꼼꼼히 뜯어보았다. 레스트레이드와 나는 그의 양옆에서 몸을 숙이고 섬뜩한 신체 일부와 골똘히 생각에 잠긴 친구의 얼굴을 번갈아 흘끗거렸다. 마침내 그는 귀를 상자 안에 다시 넣고 잠깐 동안 깊은 사색에 잠겼다.

마침내 그가 말문을 열었다.

"형사님도 알아차리셨겠지만 이 귀는 한 사람의 것이 아닙니다."

"네, 나도 알아차렸습니다. 하지만 해부 실습생의 못된 장난이라면 두 명의 귀를 보내는 것쯤이야 식은 죽 먹기 아닐까요?"

"그렇죠. 하지만 이건 못된 장난이 아닙니다."

"확실합니까?"

"내가 추정하기로는 그렇습니다. 해부실의 시신에는 방부액이 투여되죠. 그런데 이 귀에는 그런 흔적이 없습니다. 게다가 아직 생생하고요. 둔기로 절단되었는데 의과대학생이라면 그랬을 리가 없죠. 또한 방부제로 굵은 소금이 아니라 석탄산이나 정제 알코올을 썼을 겁니다. 다시 한번 강조하지만 이건 못된 장난이 아니라 심각한 범죄입니다."

이야기를 듣고 내 친구의 딱딱하게 굳은 얼굴을 보자 희미한 전율이 몸을 관통했다. 잔인한 서막 뒤에 희한하고 말로 설명할 수 없는 공포가 숨어 있는 느낌이었다. 하지만 레스트레이드는 반신반의하는 사람처럼 고개를 저었다.

"물론 장난이라고 볼 수 없는 부분도 있습니다만 장난이라고 생각할 만한 이유가 훨씬 많습니다. 쿠싱 양은 펜지와 이곳에서 지난 이십 년 동안 조용하고 번듯하게 지내왔어요. 이십 년 동안 집을 하루 이상 비운 적이 없을 정도입니다. 그런데 도대체 범인이 뭐하러 쿠싱 양에게 범죄의 증거를 보내겠습니까? 그녀가 능숙한 배우가 아닌 이상 이 일을 전혀 이해하지 못하는 눈치인데요."

홈스가 대답했다.

"우리가 해결해야 하는 수수께끼죠. 나는 내가 추리한 대로 두 건의 살인 사건이 저질러졌다는 가정 아래 수사에 착수하겠습니다. 하나는 귀걸이를 하려고 구멍을 뚫은 체구가 작고 예쁘장한 여자의 귀예요. 다른 하나는 햇볕에 타서 까무잡잡해졌고 역시 귀걸이를 하려고 구멍을 뚫은 남자의 귀고요. 두 사람은 아마 죽었을 겁니다. 살아 있다면 진작 뉴스로 다루어졌을 테니까요. 오늘이 금요일이죠. 소포는 목요일 오전에 발송됐고요. 그러니까 수요일이나 화요일, 아니면 그 이전에 범행이 저질러진 겁니다. 두 사람이 살해당했다면 그 증거물을 보낼 수 있는 사람은 범인뿐입니다. 쿠싱 양에게 소포를 보낸 사람이 우리가 찾아야 할 사람이죠. 그는 쿠싱 양에게 이런 소포를 보낼 만한 이유가 있었을 겁니다. 무슨 이유일까요? 그녀에게 범행을 알리기 위해서이거나 그녀를 괴롭히기 위해서겠죠. 하지만 그런 경우라면 그녀가 범인의 정체를 알아야 앞뒤가 맞습니다. 그녀는 범인의 정체를 알까요? 글쎄요, 범인의 정체를 알았다면 경찰에 신고했을 리가 없죠. 아무도 모르게 귀를 묻어버렸을 겁니다. 범인을 보호하고 싶었다면요. 반대로 그녀가 범인을 보호할 생각이 없다면 이름을 댔을 겁니다. 여기서 문제가 복잡해집니다."

그는 뒷마당 울타리 너머를 멍하니 올려다보며 높은 목소리로 속사포처럼 말을 늘어놓다가 벌떡 일어나서 집을 향해 뚜벅 뚜벅 걸어갔다.

"쿠싱 양에게 몇 가지 물어봐야겠습니다."

그의 말에 레스트레이드가 대답했다.

"그러시다면 여기에서 작별 인사를 해야겠습니다. 저는 다른 데 볼일이 있고 쿠싱 양에게 더이상 들을 이야기가 없어서요. 이따 지서에서 봅시다."

"기차역으로 가는 길에 들르죠."

홈스가 대답했다. 잠시 후에 그와 나는 다시 응접실로 들어갔다. 쿠싱 양이 여전히 무덤덤하게 앉아서 등받이 커버를 만들고 있었다. 우리가 들어서자 그녀는 커버를 내려놓고 숨기는 게 없는 파란 눈으로 탐색하듯 우리를 쳐다보았다. 그녀가 말했다.

"제가 보기에는 소포가 엉뚱한 사람에게 배달이 된 것 같아요. 런던 경찰청에서 나온 형사님께 여러 번 얘기했는데도 그분은 웃기만 하시네요. 아무리 생각해봐도 원한을 산 적이 없고요. 누가 저한테 그런 장난을 치겠어요?"

"저도 그렇게 생각합니다, 쿠싱 양. 아무래도 그럴 가능성이……."

홈스가 그녀의 옆자리에 앉으며 말을 하다 멈추었다. 내가 고개를 돌려보니 놀랍게도 그는 쿠싱 양의 옆얼굴을 뚫어져라 쳐다보며 놀라워하는 한편으로 만족스러운 표정을 짓고 있었다.

하지만 그녀가 왜 말을 하다 말고 그쳤는지 궁금해하며 쳐다보자 여느 때처럼 점잔 빼는 표정으로 바뀌었다. 나는 볼륨 없고 희끗희끗한 그녀의 머리칼과 깔끔한 모자, 조그만 도금 귀걸이, 얌전한 얼굴을 열심히 들여다보았지만 내 친구가 흥분한 이유를 전혀 알 수 없었다.

"한두 가지 여쭈어볼 게 있습니다만."

"아, 질문이라면 이제 지긋지긋해요!"

쿠싱 양이 짜증 섞인 말투로 외쳤다.

"여동생이 두 분 계시죠?"

"어떻게 아셨어요?"

"방에 들어서자마자 벽난로 선반에 놓인 세 여자분의 사진이 눈에 띄더군요. 한 분은 누가 봐도 쿠싱 양이고, 다른 두 분은 쿠싱 양과 워낙 닮아서 한 핏줄일 수밖에 없겠던데요."

"네, 바로 보셨어요. 여동생인 세라와 메리예요."

"그리고 여기 제 팔꿈치 근처에 리버풀에서 찍은 사진이 있는데, 제복으로 보건대 선원인 듯한 남자와 동생분이 같이 찍은 사진이네요. 당시에 동생분은 미혼이셨고요."

"금세 많은 걸 알아차리시는군요."

"그게 제 직업이니까요."

"뭐, 대부분 맞히셨어요. 동생은 사진을 찍고 며칠 뒤에 브라우너와 결혼했죠. 그 무렵 브라우너는 남아메리카 노선에서 근무했는데 동생을 워낙 좋아해서 오랫동안 떨어져 지내지 못하겠다며 리버풀과 런던을 오가는 선박으로 일자리를 옮겼답니다."

"아, 캉커러호 말이죠."

"아뇨, 메이데이호요. 마지막에 소식을 들었을 때는 그랬어요. 브라우너가 예전에 한번 이 집을 찾아온 적이 있었거든요. 술을 끊겠다는 약속을 어기기 전이었죠. 그 뒤로는 배에서 내렸다 하면 술을 마셨고 술만 마셨다 하면 완전히 이성을 잃었어요. 아! 술을 다시 입에 대기 시작한 게 화근이었어요. 브라우너는 저를 멀리하더니 그다음에는 세라하고 싸웠어요. 이제는 메리 쪽에서 편지를 보내지 않기 때문에 동생 부부가 어떻게 지내는지 몰라요."

쿠싱 양은 그 문제에 대해서 심각하게 생각하는 눈치였다. 그녀는 외롭게 지내는 사람들이 대부분 그렇듯 처음에는 낯을 가리다 결국에는 수다쟁이가 되었다. 선원인 제부에 대해서 시시콜콜 늘어놓다가 예전에 그녀의 집에서 하숙했던 의과대학생들이 어느 병원에 근무하는 누구이며 어떤 불량스러운 습성이 있었는지 미주알고주알 늘어놓았다. 홈스는 가끔 질문을 해가며 열심히 귀담아들었다.

"세라라는 여동생이 또 한 명 있다고 하셨죠. 두 분 다 독신인데 왜 따로 지내는지 궁금합니다."

"아! 세라의 성격을 알면 이해하실 거예요. 처음에 크로이던에 내려왔을 때부터 두 달 전까지 같이 살았는데 헤어지는 수밖에 없었어요. 동생 험담은 하기 싫지만 세라가 워낙 참견이 심하고 까다롭거든요."

"그분이 리버풀에 사는 동생 내외와 싸우셨다고요?"

"네, 한때는 서로 죽고 못 사는 사이였어요. 세라가 두 사람 곁에서 살고 싶다며 그쪽으로 이사를 했을 만큼. 그런데 지금은 짐 브라우너라면 치를 떨어요. 한동네에 살았던 마지막 육 개월 동안 제부의 술버릇과 성격에 대해서 트집만 잡더라고요. 세라가 자꾸 참견하니까 제부가 싫은 소리를 한 게 싸움의 화근이 됐나 봐요."

"고맙습니다, 쿠싱 양."

홈스가 일어나서 인사를 했다.

"세라라는 동생분은 월링턴의 뉴 스트리트에 사신다고 하셨죠? 그럼 안녕히 계십시오. 말씀하셨다시피 전혀 무관한 사건으로 고초를 겪으셔서 유감입니다."

밖으로 나섰을 때 지나가는 마차를 보고 홈스가 불러 세웠다.

"월링턴까지 거리가 얼마나 되나?"

그가 물었다.

"이 킬로미터도 안 됩니다."

"그렇군. 타게, 왓슨. 쇠뿔도 단김에 빼라는 말이 있잖나. 단순하지만 교훈적인 면이 한두 군데 있는 사건이로군. 마부, 가는 길에 전신국에 잠깐 들러주시오."

홈스는 짧은 전보를 한 통 보낸 후, 월링턴까지 가는 내내 모자를 코 위까지 눌러쓰고 햇빛을 가린 채 느긋하게 앉아 있었다. 마부가 좀 전에 우리가 들어갔다 나온 집과 비슷하게 생긴 어느 집 앞에 마차를 세웠다. 홈스는 마부에게 기다려달라고 하고 문을 두드렸다. 문이 열리면서 까만 양복에 반질반질한 모자를 쓴 진지한 표정의 젊은 남자가 나왔다.

"쿠싱 양 지금 댁에 계십니까?"

홈스가 물었다.

"세라 쿠싱 양은 지금 많이 편찮으십니다. 어제부터 심각한 뇌질환을 앓고 있어요. 주치의로서 방문객을 허락할 수가 없네요. 열흘 뒤에 다시 오세요."

그는 장갑을 끼고 문을 닫은 뒤 총총히 사라졌다.

"안 된다면 안 되는 거겠지?"

홈스는 선선히 포기했다.

"그녀가 말을 못 할 수도 있어. 별말 않으려고 할 수도 있고."

“무슨 말을 들으러 온 게 아닐세. 얼굴을 보러 온 거지. 아무튼 여기까지 온 목적은 달성한 듯하네. 마부, 번듯한 호텔로 데려다주시오. 거기서 점심을 먹은 다음 경찰서로 가서 레스트레이드를 만나기로 하지.”

간단하고 맛있는 식사를 하는 동안 홈스는 바이올린 이야기만 했다. 못해도 오백 기니는 나가는 스트라디바리우스를 토트넘코트 로드의 유대인 가게에서 어떻게 오십오 실링에 구했는지 열변을 토했다. 그러다 파가니니로 화제가 옮겨가자 이번에는 한 시간에 걸쳐 보르도 레드와인 한 병을 비우는 동안 비범한 천재에 얽힌 일화를 끝도 없이 늘어놓았다. 오후가 저물고 작열하던 태양이 한풀 꺾였을 무렵에야 우리는 경찰서를 찾아갔다. 레스트레이드가 문 앞에서 기다리고 있었다.

“홈스 씨 앞으로 온 전보가 있습니다.”

“하! 답장이 왔군요!”

홈스는 전보를 뜯어서 쓱 훑어보더니 주머니에 구겨넣었다.

“좋았어.”

“뭐 알아내신 거라도 있습니까?”

“전부 알아냈지요!”

레스트레이드는 놀란 얼굴로 쳐다보았다.

“뭐라고요! 농담이겠죠?”

"내 평생 이보다 진지한 적은 없습니다. 충격적인 범행의 진상을 내가 낱낱이 파헤친 것 같군요."

"범인은요?"

홈스는 자기 명함 뒤편에 몇 글자를 끼적이더니 레스트레이드에게 건넸다.

"범인의 이름입니다. 하지만 내일 저녁은 되어야 체포할 수 있습니다. 사건과 관련해서 내 이름은 언급하지 말아주십시오. 해결하기 까다로운 사건에만 관여하는 것으로 하고 싶으니까요. 가세, 왓슨."

우리가 기차역을 향해 걸음을 옮기는 동안 레스트레이드는 환한 얼굴로 홈스에게 받은 명함을 들여다보았다.

그날 밤, 베이커 스트리트에서 시가를 피우며 잡담을 나누다가 홈스가 이야기를 꺼냈다.

"이 사건은 자네가 『주홍색 연구』와 『네 사람의 서명』으로 소개한 사건들처럼 결과에서 원인으로 거슬러 올라가는 역행 추리법을 써야 한다네. 세부적인 사항이 밝혀지면 알려달라는 전보를 레스트레이드에게 보내놓았지. 범인을 체포해야 알 수 있는 부분이기는 하지만. 범인 체포는 믿고 맡겨도 될 걸세. 그 친구는 판단력이라고는 전혀 없지만 자기가 해야 하는 일을 파악하면 불도그처럼 끈질기니까. 그 불굴의 의지 덕분에 런던 경찰청에서 최고의 자리에 오르지 않았겠나."

"사건이 아직 종료된 게 아니로군?"

"기본적으로는 종료된 셈이라고 봐야지. 희생자 한 명은 누구인지 파악이 안 됐지만 혐오스러운 사건을 저지른 작자는 누군지 아니까. 물론 자네도 나름대로 결론을 내렸겠지."

"런던과 리버풀을 오가는 선박의 승무원으로 일한다는 짐 브라우너라는 작자를 용의자로 의심하는 것 아닌가?"

"아! 의심 이상이지."

"하지만 내 눈에는 애매한 의혹 말고는 아무것도 보이지 않네만."

"내 눈에는 이보다 더 확연할 수가 없는걸. 주요 대목들을 차근차근 짚어볼까? 우리는 백지 상태로 사건을 접했지. 아무 추측 없이 현장에 찾아가서 관찰하고, 관찰한 결과를 토대로 추론할 생각만 했잖나. 맨 처음에 무엇을 보았나? 비밀이라고는 전혀 모를 것처럼 얌전하고 기품 넘치는 숙녀와, 그녀가 두 여동생과 함께 찍은 사진. 그 사진을 본 순간 여동생 둘 중 한 사람한테 보낸 소포가 잘못 갔을지 모르겠다는 생각이 머리를 스치고 지나가더군. 시간이 날 때 검증해보기로 하고 그 생각은 한쪽으로 치워놓았다네. 그러고 나서 자네도 기억하겠지만 뒷마당으로 나가서 노란색의 조그만 상자에 담긴 특이한 내용물을 보았잖나.

돛을 꿰매는 데 쓰는 끈으로 소포를 묶었으니 수사를 시작하자마자 바다 냄새가 코를 찔렀지. 매듭은 선원들이 많이 쓰는 종류였고, 소포는 항구에서 부쳐졌고, 귀를 뚫은 남자는 일반인보다 선원일 확률이 훨씬 높으니까 나는 비극의 등장인물 중 뱃사람 있다고 확신했다네.

소포에 적힌 주소를 보니 S. 쿠싱 양이라고 되어 있더군. 세 자매 중 맏이가 미혼이라 쿠싱 양이고 그녀 이름의 머리글자가 S이기는 했지만 다른 자매 이름도 S로 시작하지. 그럴 경우 수사의 기본 전제가 완전히 달라지지 않나. 그래서 그 부분을 확실히 하려고 쿠싱 양에게 말을 붙이러 집안으로 들어갔던 거라네. 그런데 기억할지 모르겠지만 내가 쿠싱 양에게 착오가 생긴 게 분명하다고 이야기하려다 말고 갑자기 멈추었지.

자네도 의사라 알 테지만 인체에서 귀만큼 모양이 다양한 곳도 없다네. 저마다 뚜렷한 특징이 있고 생김새가 다르지. 나는 작년에 《인류학 저널》에 짧은 논문을 두 편 기고한 적이 있네. 그래서 전문가의 관점에서 상자 안에 담긴 귀의 해부학적인 특징을 눈여겨보았지. 그랬으니 쿠싱 양의 귀와 좀 전에 내가 살핀 귀의 생김새가 닮았다는 것을 알았을 때 얼마나 놀랐을지 상상을 해보게. 우연의 일치라고 할 수 없는 수준이었다네. 귓바퀴가 짧고, 위쪽 귓불이 넓고, 연골이 안쪽으로 말려들어간 것이 똑같았거든. 기본적으로 똑같이 생긴 귀였어.

두말하면 잔소리겠지만 나는 그 사실에 담긴 엄청난 의미를 바로 알아차렸다네. 희생자가 혈연, 그것도 아주 가까운 관계일 가능성이 크다는 뜻이거든. 그래서 나는 가족에 대해 캐묻기 시작했고, 자네도 기억하겠지만 그녀는 값진 정보를 알려주었지.

먼저, 여동생 한 명의 이름이 세라이고 최근까지 한집에서 살았다고 했으니 착오가 생긴 이유가 무엇이며 소포의 수신인이 누구인지 빤했지. 막내 여동생이 선원과 결혼했는데, 한때는 세라 양이 그들 부부 옆에서 살고 싶어서 리버풀로 이사할 정도로 가깝게 지내다 제부와 다투고 헤어졌다고 하지 않았나. 다툰 이후로 자매끼리 연락을 완전히 끊고 지냈다고 했으니 브라우너가 세라 양에게 보낼 우편물이 있으면 예전 주소로 보냈겠지.

이 시점부터 수수께끼가 저절로 술술 풀리기 시작했다네. 충동적이고 성격이 불 같은데다 종종 폭음을 하는 선원의 존재를 파악했으니 말일세. 아내 곁에서 지내겠다는 이유로 훨씬 좋은 직장을 때려치웠다지? 우리에게는 그의 아내가 살해당했고 선원임이 분명한 다른 남자도 함께 살해당했다고 믿을 만한 근거가 있지. 범행의 동기는 질투심이었을 테고. 그런데 범죄의 증거를 세라 쿠싱 양에게 보낸 이유가 뭘까? 아마 그녀가 리버풀에서 지내는 동안 비극의 단초를 제공한 바 있기 때문이겠지. 런던-리버풀 노선의 선박들은 벨파스트, 더블린, 워터퍼드에 기항한다네. 따라서 브라우너라는 자가 범행을 저지르고 곧바로 메이데이호에 승선했다면 벨파스트에서 맨 처음 그 끔찍한 소포를 발송할 수 있는 거지.

이 시점에서 두 번째 가능성이 대두되었는데, 내가 보기에는 가능성이 지극히 낮긴 했지만 수사를 계속 진행하기 전에 짚고 넘어가자 싶더군. 그 귀가 남편의 것일 수도 있지 않은가. 메리를 짝사랑하던 남자가 부부를 살해했다면 말이야. 심각한 허점이 여러 군데 있기는 했지만 그럴 가능성이 아예 없진 않거든. 때문에 리버풀 경찰서에서 근무하는 내 친구 앨거에게 전보를 보내서 브라우너 부인이 집에 있는지, 브라우너가 메이데이호를 타고 떠났는지 알아봐달라고 했다네. 그런 다음 세라 양을 만나러 자네와 함께 월링턴으로 찾아갔지.

무엇보다 집안 특유의 귀가 그녀에게 어떤 식으로 나타났을지 궁금했거든. 중요한 정보를 얻을 가능성도 있었지만 낙관하지는 않았어. 크로이던 전역이 전날부터 그 사건으로 시끌시끌했으니 소식을 들었을 테고, 다른 사람은 몰라도 그녀만큼은 소포의 의미를 알아차렸을 것 아닌가. 정의를 구현할 생각이 있었다면 진작 경찰서에 연락을 했겠지. 그래도 만나야겠기에 찾아간 걸세. 그런데 소포 소식을 듣고 뇌염에 걸렸다니 어지간히 충격을 받은 모양이야. 바로 그날부터 앓아누웠다니 소포의 의미를 철저하게 이해했다는 증거로써 그보다 완벽할 수가 없고, 그녀에게 도움을 받으려면 조금 기다려야 한다는 증거이기도 했지.

사실 도움을 기다릴 필요도 없었다네. 내가 부탁한 대로 앨거가 경찰서로 답장을 보내놓았거든. 그 이상 결정적일 수가 없더군. 브라우너 부인의 집이 최소 사흘 동안 굳게 닫혀 있어서 동네 사람들은 부인이 친척들을 만나러 남부에 간 줄 안다는 거야. 해운 회사 사무소에 따르면 브라우너는 메이데이호를 타고 떠났다는데, 내일 저녁이면 그 배가 템스 강에 도착할 예정이라네. 둔하지만 뚝심 있는 레스트레이드가 그를 맞이할 테니 조만간 구멍들이 메워지겠지."

홈스의 예상은 맞아떨어졌다. 이틀 뒤에 레스트레이드의 짤막한 메모와 타자로 작성한 풀스캡판 종이 몇 쪽 분량의 서류가 담긴 두툼한 봉투가 배달되었다.

홈스가 나를 흘끗 올려다보며 말했다.

"레스트레이드가 별 무리 없이 그를 체포한 모양이야. 뭐라고 썼는지 들려줄까?"

친애하는 홈스 씨

우리의 가설을 검증하고자 세운 계획에 따라 어제 저녁 6시에 앨버트 항으로 출동해 리버풀, 더블린, 런던 정기 기선사 소속의 증기선 메이데이호에 승선했습니다. 문의 결과 제임스 브라우너라는 승무원이 있는데 선장이 말하길 항해 내내 하도 행실이 이상해서 아무 업무도 맡길 수 없었다고 하더군요. 브라우너의 선실로 내려가보니 그가 궤짝 위에 앉아서 두 손에 머리를 묻고 몸을 앞뒤로 흔들고 있었습니다. 덩치가 크고 힘이 센 친구인데 깨끗하게 면도한 까맣게 탄 얼굴이 가짜 세탁물 사건에서 도움을 받았던 올드리지와 닮았습니다. 용무를 밝히자 그가 벌떡 일어나기에 근처에 대기중이던 항만 경찰을 호출하려고 호루라기를 입에 댔습니다. 하지만 반항할 생각이 없는지 순순히 손을 내밀더군요. 그를 구치소로 호송하며 증거품이 들어 있을까 싶어서 궤짝도 함께 운반했는데, 대부분의 선원들이 소지하는 큼지막하고 예리한 칼 말고는 의심스러운 물건이 없었습니다. 그런데 증거품도 찾을 필요도 없이, 경찰서의 경위 앞에 앉히자마자 그가 자청해서 진술을 하겠다지 뭡니까. 당연히 속기사가 진술을 받아 적었고 타자로 세 부의 진술서를 작성했기에 한 부를 동봉합니다. 예상했다시피 단순한 사건이었습니다만 수사에 도움을 주신 홈스 씨에게 감사 인사를 드리는 게 도리겠죠.

안부를 전하며.

G. 레스트레이드 드림

홈스가 말했다.

"'우리의 가설'이라니 기막히지 않나, 왓슨? 흠, 그의 말마따나 단순한 사건이었지. 하지만 처음에 우리한테 연락했을 때도 그렇게 생각했을까? 짐 브라우너가 뭐라고 했을지 진술서나 읽어보는 게 좋겠군. 섀드웰 경찰서의 몽고메리 경위 앞에서 한 진술을 고스란히 적어놓았어."

할말이 있느냐고요? 그럼요, 많죠. 속시원하게 털어놓겠습니다. 나를 목매달아 죽이든 가만히 내버려두든 마음대로 하십쇼. 그러거나 말거나 쥐뿔도 관심없으니까. 그 짓을 저지른 뒤로 한시도 눈을 붙인 적이 없어요. 기억들이 계속해서 떠오르는 한 내내 그렇겠죠. 그놈의 얼굴일 때도 있지만 대부분 아내의 얼굴이에요. 얼굴이 눈앞에서 계속 어른거려요. 그놈은 화가 난 것처럼 인상을 찌푸리고 있는데 아내는 놀란 표정이에요. 자기를 대할 때 사랑만 넘치던 사람의 얼굴에서 살의를 느꼈으니 순한 양 같던 아내가 놀랐을 수밖에요.

세라 때문에 벌어진 일입니다. 상심한 남자의 저주로 몸속의 피가 다 썩어버려도 시원찮을 년! 발뺌을 하려고 늘어놓는 소리가 아니에요. 내가 다시 술을 입에 대기 시작해서 짐승 같은 인간이 됐다는 거, 나도 알아요. 하지만 아내는 용서해줬을 거예요. 그년이 우리 앞에 등장하지 않았더라면 아내는 내 옆에 찰싹 붙어 있었을 거라고요. 세라 쿠싱이 나를 사랑한 것이 화근이었죠. 세라가 자기 몸과 마음을 합친 것보다 진흙에 찍힌 메리의 발자국이 내게 더 소중하다는 사실을 알아차렸을 때, 날 향한 사랑이 증오로 바뀐 거죠.
자매가 셋이었어요. 첫째는 착한 여자였고 둘째는 악마였고 셋째는 천사였죠. 내가 결혼했을 때 세라는 서른셋, 메리는 스물아홉이었어요. 메리와 나는 더할 나위 없이 행복했고 리버풀을 통틀어서 나의 메리만 한 여자는 없었죠. 그러다 세라를 일주일 동안 함께 지내자고 초대했는데 일주일이 한 달이 되더니 어영부영 한 식구처럼 살게 되었지 뭡니까.
나는 그때 금주 단체 회원이었고, 아내와 둘이서 돈을 조금씩 모으고 있었어요. 모든 게 새 돈처럼 반짝반짝 빛났죠. 그러다 이 지경이 될 줄 어느 누가 알았을까요? 누가 상상이나 했겠습니까?
나는 대개 주말이면 집에 있었고 화물을 싣느라 배가 정박하면 일주일 내내 집에 있을 때도 있었어요. 그래서 처형 세라와 자주 마주치게 되었죠. 세라는 늘씬하게 키가 컸고, 성격은 음흉하고 급하고 사나웠고, 눈을 부싯돌 불똥처럼 반짝이며 고개를 빳빳하게 들고 다녔어요. 하지만 난 메리 옆에 있으면 그녀는 안중에도 없었다는 걸 하늘에 대고 맹세할 수 있어요.

그녀는 가끔 나랑 단둘이 있고 싶어 하는 눈치를 보이며 둘이서 산책을 나가자고 꼬드겼지만 난 그럴 생각이 눈곱만큼도 없었죠. 그러다 어느 날 저녁에 눈이 번쩍 뜨이는 사건이 벌어졌지 뭡니까. 해상 근무를 마치고 집에 가보니 아내는 없고 세라만 집에 있는 거예요.

'메리 어디 갔습니까?'

내가 물었어요.

'아, 공과금 내러 갔어.'

나는 조바심이 나서 집안을 왔다 갔다 서성였죠.

'메리 없이 오 분도 못 있겠어? 내가 있는데도 그 짧은 시간을 못 견디겠다니 기분이 좀 그러네.'

'무슨 말씀을 그렇게 하십니까, 처형.'

내가 친절하게 내민 손을 그녀가 두 손으로 와락 붙잡았는데 열병에라도 걸린듯이 뜨거운 거예요. 그녀의 눈을 들여다보자마자 모든 걸 알아차렸죠. 그녀가 뭐라고 설명할 필요가 없었고 나도 마찬가지였어요. 나는 인상을 구기면서 손을 잡아뺐어요. 그러자 그녀는 말없이 옆에 잠깐 서 있다가 내 어깨를 탁 치더군요.

'알았어, 짐!'

그녀는 이렇게 말하더니 비웃음을 흘리며 방밖으로 달려나갔어요.

그때부터 세라는 온 마음을 다해서 나를 증오하기 시작했어요. 죽도록 증오했죠. 그런데도 계속 같이 살았으니 내가 머저리였죠, 한심한 머저리. 메리한테는 아무 말도 하지 않았습니다. 슬퍼할 테니까요. 이후로도 예전과 다름없는 생활이 이어졌는데 어느 정도 시간이 지나고 나니까 메리한테서 약간의 변화가 느껴지더군요. 예전에는 나를 순진하게 철석같이 믿었는데 이상하게 의심이 많아져서는 어디 있었느냐, 뭘 했느냐, 누구한테서 온 편지냐, 주머니에 뭐가 들어 있느냐, 이런 실없는 것들을 꼬치꼬치 캐묻는 겁니다. 시간이 지날수록 메리가 이상해지고 짜증이 많아져서 아무것도 아닌 일로 서로 싸우고 그랬어요. 나는 어쩌면 좋을지 모르겠더라고요. 세라는 이제 나를 피해 다녔지만 메리하고는 죽고 못 사는 사이였죠. 지금은 그녀가 어떤 음모를 꾸며서 아내의 머릿속에 의심을 심었는지 알지만, 그 당시에는 맹추 같아서 전혀 이해를 못 했어요. 얼마 안 있어서 나는 끊었던 술을 다시 입에 대기 시작했습니다. 메리가 이상해지지 않았더라면 그러지 않았을 거예요. 그녀에게는 나에게 넌더리를 낼 만한 이유가 생겼고 우리 둘 사이는 점점 멀어지기만 했죠. 바로 그 순간 앨릭 페어베언이라는 작자가 끼어들면서 사태가 훨씬 더 암울해졌습니다.

처음에는 그놈이 세라를 만나러 우리집을 드나들었는데 금세 우리 부부와도 가까워졌어요. 어딜 가든 친구를 사귈 정도로 넉살이 좋았거든요. 세련되고 허풍기가 있고 똑똑한 곱슬머리 사내인데 세상 구석구석을 여행한 경험을 말로 풀어내는 재주가 있었어요. 솔직히 같이 있으면 재미있는 놈이었죠. 선원치고 깍듯한 걸 보면 선수루보다 선미루에서 보낸 시간이 많았을 겁니다. 그는 한 달 동안 우리집을 드나들었는데 느물느물한 사기꾼 같은 자식 때문에 분란이 생길지 모른다는 생각은 단 한 번도 못했어요. 그러다 어떤 일을 계기로 의심이 싹텄고 그날 이후로 머릿속은 평온할 날이 없었죠.

아주 사소한 일이었어요. 어느 날 예고 없이 집안으로 들어섰는데 아내가 얼굴을 환히 빛내며 나오더군요. 그런데 나라는 걸 알아차리고는 실망한 표정으로 고개를 돌리지 뭡니까. 그걸로 충분했어요. 내 발소리를 앨릭 페어베언의 발소리로 착각한 거죠. 그 자리에 그놈이 있었다면 바로 죽여버렸을 겁니다. 나는 뚜껑이 열리면 눈이 뒤집히거든요. 내 눈이 잔인하게 번뜩이는 걸 보고 메리가 달려와서 소맷부리를 잡았죠.

'그러지 마, 짐. 그러지 마!'

'처형 어디 있어?'

'부엌에.'

나는 부엌에 들어가서 말했어요.

'처형, 앞으로 페어베언이라는 놈을 두 번 다시 우리집에 들이지 마십쇼.'

'왜?'

'내가 싫습니다.'

'아! 내 친구들이 드나드는 게 싫으면 내가 여기 있는 것도 싫겠네.'

'좋을 대로 생각하십쇼. 하지만 페어베언이 이 집에 다시 얼굴을 들이밀면 그자식의 귀를 잘라서 유품으로 선물할 테니 그런 줄 아십쇼.'

그녀는 내 표정을 보고 겁을 먹었던지 한 마디도 대꾸를 않더니 그날 저녁에 우리집에서 나갔습니다.

이 여자가 못돼먹어서 그랬는지 아니면 아내를 부추겨서 바람을 피우게 만들면 내가 등을 돌릴 거라고 생각해서 그랬는지는 잘 모르습니다. 우리집에서 두 블록만 가면 나오는 곳에 집을 얻어서 선원들을 상대로 하숙을 치기 시작했더군요. 페어베언도 거기서 하숙을 했기 때문에 메리가 찾아가서 언니와 그자식과 같이 차를 마시곤 했죠. 얼마나 자주 갔는지는 모르겠지만 어느 날 내가 뒤를 밟아서 쳐들어갔더니 페어베언이 쥐새끼처럼 뒷마당 담을 넘어서 도망을 치더군요. 나는 아내에게 그자식과 같이 있는 꼴을 한 번만 더 보이면 죽여버리겠다고 했습니다. 하얗게 질린 얼굴로 흐느끼며 부들부들 떠는 아내를 끌고 집으로 돌아갔죠. 우리 둘 사이에 사랑은 흔적조차 없이 사라졌어요. 아내는 나를 미워하고 무서워했고, 내가 그 생각에 술을 마시면 넌더리를 냈죠.

세라는 리버풀에서 먹고살 방법이 없다는 결론을 내리자 크로이던에 사는 언니 집으로 돌아갔고 우리 일상은 예전과 비슷하게 굴러갔어요. 그러다 이번주에 와르르 무너지면서 이 꼴이 났습니다.

설명하자면 이렇습니다. 원래 메이데이호를 타고 칠 일 동안 왕복 항해를 하기로 되어 있었는데, 큰 통 하나가 굴러 나와서 상판이 휘는 바람에 열두 시간 동안 항구에 발이 묶였습니다. 배에서 내린 나는 금세 돌아가면 아내가 놀라며 반가워할지 모른다고 생각하면서 집으로 발걸음을 옮겼죠. 우리 집 앞길로 들어섰을 때 마차 한 대가 옆을 지나갔습니다. 인도에 서서 자기

들을 쳐다보는 나는 까맣게 잊고 아내와 페어베언이 마차에 나란히 앉아서 하하호호 개수작을 떨고 있더군요.

그 순간부터 나는 제정신이 아니었습니다. 이제 와서 돌이켜보면 희미한 꿈만 같아요. 술을 들이붓고 난 뒤라 술기운까지 더해져 꼭지가 돌아버렸죠. 지금은 누가 망치로 때리는 것처럼 머리가 쿵쿵거리지만 그날 아침에는 나이아가라폭포가 귓가에서 쉭쉭거리는 느낌이었어요.

그대로 몸을 돌려서 마차를 뒤쫓아갔죠. 손에 묵직한 참나무 지팡이를 쥐고요. 처음에는 머리끝까지 화가 나서 마구 달렸지만, 달리다 보니 정신이 들어서 들키지 않도록 어느 정도 거리를 두고 미행했어요. 그들은 곧 기차역에서 내렸어요. 매표소 앞에 사람들이 워낙 많아서 들키지 않고 바짝 다가갈 수 있었죠. 뉴브라이턴행 기차표를 사더군요. 나도 같은 기차표를 사서 세 칸 뒤에 앉았죠. 도착해서 해안 산책로를 따라 걷기 시작했을 때 백 미터도 안 되는 거리를 두고 뒤를 밟았어요. 그들은 보트를 빌려서 타고 나가더군요. 날이 더워서 배를 타면 시원할 거라고 생각했나 보죠.

살짝 안개가 껴서 시야가 몇백 미터밖에 안 됐기 때문에 이제 그들은 내 수중에 들어온 거나 다름없었어요. 나도 보트를 빌려서 뒤따라갔죠. 그들이 탄 배가 어렴풋이 보였지만 속도가 나랑 비슷했기 때문에 한참 지난 다음에서야 따라잡을 수 있었어요. 안개가 장막처럼 사방에 드리워진 한복판에서 우리 셋이 만났죠. 바짝 다가온 보트에 누가 타고 있는지 알았을 때 그들의 표정은 죽을 때까지 잊지 못할 거예요. 아내는 비명을 질렀죠. 그 자식은 내 눈빛에서 살의를 느꼈는지 미친놈처럼 욕을 하면서 노로 나를 찌르려고 했습니다. 내가 노를 피하면서 지팡이를 휘두르자 그자식의 머리가 달걀처럼 박살이 나더군요. 내가 아무리 정신이 나갔어도 아내는 죽이지 않을 생각이었는데 아내가 그자를 끌어안더니 '앨릭'이라고 부르면서 울부짖지 뭡니까. 지팡이를 다시 한번 휘두르자 아내도 그 옆에 대자로 뻗었어요. 나는 그때 피 맛을 본 야수와 다를 게 없었죠. 세라가 그 자리에 있었다면 그들과 같은 운명을 맞았을 겁니다. 나는 칼을 꺼내들었고, 그걸로 뭘 했는지는 말 안 해도 되겠죠? 세라가 주제넘게 참견한 대가를 확인하고 어떤 심정일지 상상했더니 잔인한 환희가 느껴지더군요. 나는 그들의 시신을 보트에 묶고 바닥에 구멍을 낸 다음 보트가 가라앉을 때까지 기다렸어요. 보트 주인은 그들이 안개 때문에 방향을 잃고 헤매다 바다로 떠밀려갔다고 생각할 테고요. 나는 매무새를 가다듬고 뭍으로 돌아와서 무슨 일이 있었는지 의심하는 사람 하나 없이 메이데이호에 승선했어요. 그날 저녁에 세라 쿠싱에게 보낼 소포를 싸서 다음날 벨파스트에서 부쳤고요.

일이 이렇게 된 겁니다. 목매달아서 죽이든 뭘하든 마음대로 하십쇼. 하지만 나는 이미 벌을 받고 있기 때문에 그 어떤 것도 벌이 되지 않을 겁니다. 눈을 감으면 나를 바라보던 그들의 얼굴이 떠오르거든요. 내 보트가 안개를 뚫고 갑자기 나타났을 때 놀라 쳐다보던 얼굴 말입니다. 나는 그들을 순식간에 해치웠는데 그들은 내 목을 천천히 조이고 있네요. 하루만 더 이러면 날이 밝기 전에 미쳐버리든지 죽든지 둘 중 하나예요. 나를 독방에 가두지는 않을 거죠? 제발 그러지 마십쇼. 그러면 나중에 곤경에 처했을 때 지금의 나하고 똑같은 벌을 받을 겁니다.

"이 사건에 어떤 의미가 담겨 있을까, 왓슨?"

홈스는 진술서를 내려놓고 진지한 목소리로 물었다.

"이 불행과 폭력과 공포의 악순환을 통해 이루어진 게 뭘까? 분명 여기에 어떤 목적이 있었을 게 아닌가. 그게 아니라면 우연이 세상을 지배한다는 건데, 그건 말도 안 되는 이야기 아닌가. 하지만 어떤 목적이 있었을까? 그것이야말로 인간의 머리로는 절대 해결할 수 없는 영원한 미제겠지?"

레드 서클

1.

“글쎄요, 워런 부인. 나로서는 부인이 불안해하는 이유를 모르겠습니다. 시간을 금처럼 여기는 내가 그 문제에 관여해야 하는 이유도 모르겠고 말입니다.”

홈스는 이렇게 말하고 큼지막한 스크랩북으로 다시 시선을 돌렸다. 최근에 수집한 자료를 정리하고 색인을 만드는 중이었다. 하지만 워런 부인은 여자답게 요령이 좋고 끈질겼다. 절대 포기하지 않았다.

“작년에 우리 하숙인의 문제를 해결해주신 적이 있었죠? 페어데일 홉스 씨 말이에요.”

“아, 네. 간단한 문제였죠.”

“홉스 씨는 틈만 나면 그 얘기를 꺼냈어요. 선생님이 얼마나 친절했는지, 어떻게 어둠을 환히 밝혔는지 말이에요. 그래서 의심스럽고 뭔지 모를 일이 제게 닥치니 홈스 씨에게 들은 이야기가 생각나더군요. 선생님이 마음만 먹으면 이 사건을 해결할 수 있다는 걸 알아요."

홈스는 칭찬에 약했고 솔직히 정에 약했다. 이 두 가지가 합쳐지자 포기의 한숨을 쉬며 풀칠용 붓을 내려놓고 의자를 뒤로 밀 수밖에 없었다.

"알겠습니다, 알겠습니다, 워런 부인. 그럼 이야기를 들어보기로 하죠. 담배 좀 피워도 되겠습니까? 감사합니다. 왓슨, 성냥을! 새로 들어온 하숙인이 방안에 틀어박혀서 도통 얼굴을 볼 수 없으니 불안하시다고요. 그 정도면 다행인 줄 아십시오, 워런 부인. 내가 그 집에 살았다면 몇 주 동안 제 얼굴을 못 보는 일은 다반사였을 테니까요."

"그렇겠죠, 선생님. 하지만 이 경우는 달라요. 무서워요, 선생님. 무서워서 잠을 잘 수가 없어요. 새벽부터 늦은 밤까지 사람이 이리저리 돌아다니는 소리는 들리는데 코빼기조차 안 보이니 못 견디겠어요. 남편도 나만큼 불안해하지만 하루 종일 집에 있는 건 아니잖아요. 나는 피할 도리가 없어요. 하숙인이 숨기는 게 뭘까요? 뭘 하고 있는 걸까요? 일하는 아이 말고는 둘이서 하루 종일 집에 있어야 하니 더이상 못 견디겠어요."

앞으로 몸을 숙인 홈스는 가늘고 긴 손가락을 부인의 어깨에 얹었다. 그는 마음만 먹으면 최면술사처럼 상대방을 진정시킬 수 있었다. 그녀의 눈에서 공포가 사라지고, 흥분했던 얼굴이 원래대로 돌아갔다. 부인은 홈스가 가리키는 의자에 앉았다.

그가 말했다.

"내가 이 사건을 맡으려면 세세한 부분까지 다 알아야 합니다. 천천히 기억을 떠올려보세요. 가장 사소한 부분이 가장 중요한 부분이 될 수도 있습니다. 한 남자가 열흘 전에 찾아와서 두 주 치 하숙비를 지불했다고요?"

"먼저 조건을 확인했어요. 제가 일주일에 오십 실링이라고 했죠. 꼭대기 층이고, 작은 응접실과 침실이 있고, 필요한 게 모두 갖추어진 방이거든요."

"그랬더니요?"

"'제 조건에 맞춰주시면 일주일에 오 파운드를 드리겠습니다'고 하더군요. 남편의 벌이가 시원찮아서 형편이 어렵거든요. 그래서 돈이 얼마나 귀한지 몰라요. 남자가 십 파운드짜리 지폐를 꺼내더니 그 자리에서 바로 하숙비를 주면서, '조건을 맞춰주시면 앞으로도 이 주마다 그만큼 드리겠습니다. 조건을 어기면 더 이상 부인과 볼일이 없고요' 하고 덧붙였어요."

"어떤 조건을 달던가요?"

"집 열쇠를 달라고 했는데 그건 상관없었어요. 집 열쇠를 갖고 다니는 하숙인도 많거든요. 그리고 무슨 일이 있어도 자기 방에 드나들지 말아달라고 했어요."

"이상할 게 없는 조건인데요."

"그렇죠. 하지만 생각해보세요, 우리집에 들어온 지 열흘이 되었는데 남편, 저, 일하는 아이, 전부 그 남자를 한 번도 본 적이 없다는 게 말이 되나요? 아침이고 점심이고 저녁이고 이리저리 왔다 갔다 종종거리는 발소리만 들릴 뿐 첫날 저녁 말고는 꼼짝 않고 방안에만 틀어박혀 있답니다."

"아, 첫날 저녁에는 외출을 한 모양이로군요."

"네, 나갔다가 늦게 들어왔어요. 우리가 모두 잠자리에 든 다음에요. 방을 계약한 다음 나갔다가 밤늦게 들어올 테니까 문을 잠그지 말아달라고 미리 얘기를 했어요. 열두 시가 지난 후에 그가 계단을 올라가는 소리가 들리더군요."

"식사는요?"

"종을 울리면 방문 앞에 놓인 의자에 식사를 놓고 가달라고 특별히 요청했어요. 식사가 다 끝났을 때 다시 종을 울리면 저희가 가서 의자 위에 내놓은 쟁반을 치웠어요. 달리 원하는 게 있으면 정자로 종이에 적어서 의자 위에 놓았고요."

"정자로요?"

"네, 연필로 단어만 또박또박 적었어요. 보여드리려고 몇 장 들고 왔어요. '비누SOAP'. 그리고 여기 이건 '성냥MATCH'. 이건 첫 날 남긴 쪽지예요. '데일리 가제트DAILY GAZETTE'. 그래서 매일 아침마다 《데일리 가제트》를 챙겨서 놓아요."

홈스는 하숙집 주인이 건넨 쪽지들을 호기심 어린 눈빛으로 들여다보았다.

"여보게, 왓슨. 이건 확실히 이상하군. 은둔 생활이야 이해한다 쳐도 왜 정자로 쓰는 걸까? 그렇게 쓰려면 번거로울 텐데 말이지. 편하게 적지 않은 이유가 뭘까? 무슨 의미라고 생각하나, 왓슨?"

"필체를 숨기려는 거지."

"그런데 왜? 하숙집 주인이 글씨를 보면 안 될 이유가 뭘까? 자네의 추측이 맞을 수도 있겠지. 그렇다면 이렇게 간결하게 쓴 이유는 뭐겠나?"

"전혀 모르겠는데."

"즐거운 추론의 세계가 열리는군. 뭉툭한 보랏빛 연필심으로 썼어. 특이하다고 볼 수는 없는 연필이지. 보면 알겠지만 단어를 적은 뒤에 종이를 찢어서 'SOAP'의 S 자가 살짝 뜯겼다네. 의미심장하지 않은가, 왓슨?"

"뭘 감추려는 의도로 그런 걸까?"

“그렇지. 이 사람의 정체를 드러내는 지문이나 어떤 단서가 남아 있었던 게 분명해. 자, 워런 부인, 남자가 보통 키에 까무잡잡하고 수염을 길렀다고 하셨죠? 나이는 어느 정도였습니까?”

“젊었어요. 서른이 안 됐어요.”

“그것 말고 다른 특징은 없었나요?”

“영어는 나무랄 데 없었지만 억양이 외국인 같았어요.”

“차림새는 번듯했고요?”

“깔끔했어요. 신사였죠. 어두운색 양복을 입었고 눈에 띄는 부분은 없었어요.”

“이름은 밝히지 않았습니까?”

“네.”

“그 사람에게 배달된 편지나 찾아온 손님도 없었고요?”

“전혀요.”

“하지만 부인이나 일하는 아이가 아침에 청소 정도는 하려고 방에 들어갔을 것 아닙니까?”

“아니요, 모든 일을 자기 손으로 해요.”

“이런! 정말이지 특이한 일이로군요. 짐은 뭘 들고 왔습니까?”

“커다란 갈색 가방을 하나 들고 왔어요. 다른 건 없었고요.”

"흠, 도움이 될 만한 정보가 많지 않군요. 그 방에서 나온 다른 물건이 전혀 없습니까?"

하숙집 여주인은 가방에서 봉투를 하나 꺼내더니 타다 남은 성냥개비 두 개와 담배꽁초를 탁자 위에 쏟았다.

"오늘 아침에 쟁반에 놓여 있었던 거예요. 선생님은 사소한 데서 엄청난 사실을 간파하신다고 해서 들고 왔어요."

홈스는 어깨를 으쓱했다.

"여기에는 별게 없군요. 성냥개비는 당연히 담배에 불을 붙이는 데 썼겠죠. 끝이 타서 짧아진 것을 보면 알 수 있습니다. 이 세상 성냥의 절반이 파이프 담배나 시가에 불을 붙이는 데 쓰이죠. 하지만 이런! 이 담배꽁초는 특이하군요. 턱수염과 콧수염을 기른 남자라고 하셨죠?"

"네."

"앞뒤가 안 맞는군요. 깨끗하게 면도한 사람이라야 이런 식으로 담배를 피울 수가 있는데. 왓슨, 자네처럼 콧수염이 길지 않은 사람도 이렇게 담배가 짧아질 때까지 피우면 수염이 그을지 않겠나?"

"담뱃대를 쓴 게 아닐까?"

내가 물었다.

"아냐, 아냐. 끝이 납작하잖아. 그 방에 두 사람이 묵고 있을

리는 없겠죠, 워런 부인?"

"네, 먹는 양이 워낙 적어서 그걸로 목숨을 연명할 수 있을까 싶을 정도인걸요."

"흠. 물증이 좀더 나올 때까지 기다리는 게 좋겠습니다. 이러니저러니 해도 아직은 불만을 제기할 부분이 전혀 없으니까요. 이 남자는 이미 하숙비도 냈고 특이하기는 해도 말썽을 부리지는 않잖습니까. 하숙비를 두둑이 치르고 숨어 지내기로 작정한들 부인이 상관할 바는 아니죠. 죄가 있어서 숨어 지낸다고 짐작할 이유가 없는 한 사생활을 침해할 핑곗거리가 없습니다. 사건을 맡기로 한 만큼 예의 주시하겠습니다. 내게 맡기시고 뭔가 새로운 일이 생기면 알려주십시오."

하숙집 주인이 나가자 그가 말했다.

"흥미진진한 구석이 있는 사건일세, 왓슨. 그저 하숙인이 특이할 뿐인 사소한 해프닝일 수도 있고, 보기보다 심각한 사건일 수도 있어. 가장 먼저 눈에 띄는 부분은 그 방을 계약한 사람이 아닌 다른 인물이 거기서 지내고 있을 가능성이 크다는 것이지."

"왜 그렇게 생각하나?"

"담배꽁초도 그렇고, 하숙인은 방을 계약한 직후 단 한 번 외출하지 않았나. 집을 나갔다가 아무도 보지 않을 때 돌아왔지.

따라서 나간 사람과 들어온 사람이 동일 인물이라는 증거가 전혀 없어. 그리고 방을 계약한 남자는 영어를 잘했다고 했지. 그런데 성냥이 필요했을 때 'MATCHES'가 아니라 'MATCH'라고 쓰지 않았나. 아마 사전을 보고 옮겨 적었을 거야. 사전에는 복수형이 아니라 단수형이 적혀 있으니까. 영어를 모른다는 사실을 감추기 위해 간단하게 단어만 적었을 테고. 그래, 왓슨. 하숙인이 바뀌었다고 생각할 근거는 충분하다네."

"하지만 무슨 목적으로?"

"아! 그게 문제지. 조금 뻔하기는 해도 알아낼 방법이 하나 있긴 하네만."

그는 큼지막한 스크랩북을 꺼내서 한 장씩 넘기며 말을 이었다. 런던에서 발행되는 여러 신문의 개인 광고란을 날마다 철해놓은 것이었다.

"이것참! 다들 이구동성으로 하소연과 우는소리를 늘어놓는군. 황당한 잡동사니를 모아놓은 부대 자루 같기도 하고. 하지만 특이한 일을 연구하는 사람에게 이만한 사냥터가 없지. 이 자는 고립되어 있고 은둔 생활을 깨지 않는 한 편지로는 접근이 불가능하다네. 그렇다면 무슨 수로 새로운 소식이나 메시지를 전할까? 당연히 신문광고를 통해서지. 다른 방법은 없어 보이는데 다행히 우리는 어느 신문에 주목할지 알지 않은가. 이게 지난 이 주 동안《데일리 가제트》에서 빼낸 것들이라네. '왕세자의 스케이트 클럽에 검은색 보아뱀과 함께 등장한 여인.' 이건 그냥 지나가도 되겠지. '지미는 어머니를 실망시키지 않을 거예요.' 이것도 상관없어 보이고. '브릭스턴 버스에서 기절한 여자.' 그런 여자한테는 관심 없는데. '날마다 나의 심장은…….' 이건 한심한 푸념일세, 왓슨. 분명해! 아! 여기 좀더 그럴듯해 보이는 게 있군. 들어보게. '참고 기다려주길. 확실하게 연락할 수 있는 방법을 마련하겠음. 그동안은 이 난을 챙겨볼 것. G.' 워런 부인의 하숙인이 등장하고 이틀 뒤에 실린 거라네. 그럴듯하게 들리지 않나? 미지의 인물이 영어를 쓸 줄은 몰라도 읽을 줄은 아는 거지. 다른 흔적을 찾을 수 있는지 어디 한번 볼까? 그래, 여기 있군. 삼 일 뒤에. '제대로 처리중임. 얌전히 기다려주기 바람. 구름은 걷힐 테니. G.' 그 뒤로 한 주 동안 감감무소식이야. 그러다 결정적인 문구가 등장하는군. '문제가 해결됐음. 기회를 봐서 연락할 테니 암호를 기억하기 바람. 1은 A, 2는 B, 기타 등등. 조만간 소식을 전하겠음. G.' 어제 신문에 실린 내용이고 오늘 신문에는 아무것도 없다네. 워런 부인의 하숙인에게 딱 들어맞는 메시지 아닌가. 조금만 기다리면 사태가 좀더 분명해질 거라고 장담하지, 왓슨."

과연 짐작은 맞아떨어졌다. 다음날 아침에 응접실에 들어가

보니 벽난로를 등진 내 친구가 만면에 만족의 미소를 머금은 채 양탄자 위에 서 있었다.

"어떤가, 왓슨?"

그가 탁자에 놓인 신문을 집으며 말했다.

"'흰색 돌로 벽을 장식한 고층의 붉은 집. 4층. 왼쪽에서 두 번째 창문. 해가 진 이후에. G.' 이 정도면 결정적이고도 남지. 아침을 먹고 나서 워런 부인의 하숙집 일대를 정찰하러 나서야겠네. 아, 워런 부인, 아침부터 어떤 소식을 들고 오셨습니까?"

엄청난 기세로 갑자기 들이닥친 의뢰인을 보니 상황에 중대한 변화가 생긴 듯했다.

"경찰에 알려야겠어요, 선생님!"

그녀가 외쳤다.

"더이상은 못 참겠어요! 짐을 싸서 나가라고 해야지. 당장 올라가서 얘기하려다가 먼저 선생님의 의견을 듣는 게 낫겠다 싶어서 찾아온 거예요. 하지만 참는 것도 한계가 있지, 남편까지 봉변을 당하다니……."

"워런 씨가 봉변을 당했다니요?"

"험한 일을 겪었지 뭐예요."

"그러니까 누가 워런 씨를 험하게 대했다는 겁니까?"

"아! 우리도 그걸 알고 싶다니까요! 오늘 아침에 있었던 일이에요, 선생님. 남편은 토트넘코트 로드에 있는 모턴 앤드 웨이라이트사에서 작업 시간 관리원으로 일을 하거든요. 7시 전에 집에서 출발해야 해요. 그런데 그이가 오늘 아침에 집을 나서서 열 걸음도 못 갔을 때 뒤에서 쫓아오던 남자 둘이 그이의 머리 위로 외투를 뒤집어씌우더니 길가에 세워놓은 마차에 강제로 태우더래요. 그렇게 한 시간을 달린 뒤에 문을 열더니 끄집어내더랍니다. 길바닥에 내동댕이쳐진 그이는 충격 때문에 마차가 어느 쪽으로 갔는지 볼 생각도 못 했대요. 정신을 차리고 보니 햄프스테드 히스였답니다. 거기서 합승 마차를 타고 집으로 와서 지금 소파에 누워 있어요. 저는 무슨 일이 있었는지 선생님께 알려드리려고 당장 달려왔고요."

"흥미진진하군요. 부군께서 그 남자들이 어떻게 생겼는지 보았거나 어떤 대화를 나누는지 들었다고는 안 하시던가요?"

홈스가 말했다.

"아뇨. 그이는 지금 넋이 나갔어요. 그 작자들이 무슨 마술이라도 부린 것처럼 자기를 번쩍 들어서 마차에 태웠다가 밖으로 내동댕이쳤다는 것 말고는 아무것도 몰라요. 최소한 두 명, 어쩌면 세 명이 저지른 짓이었다고 하고요."

"부인께서는 수상한 하숙인과 연관이 있다고 생각하시고요?"

"우리가 그 집에 산 지 십오 년이 되었는데 그동안은 한 번도 없던 일이에요. 이제 더이상 못 참겠어요. 돈이 전부가 아니잖아요. 오늘 당장 내쫓고 말겠어요."

"잠깐만요, 워런 부인. 뭐든 그렇게 서두르시면 안 됩니다. 이 일이 보기보다 훨씬 중요한 사건이다는 생각이 드는데요. 하숙인이 위험에 처한 것만큼은 분명합니다. 집 근처에서 기다리고 있던 적들이 안개 낀 아침이라 부군을 그자로 착각한 모양입니다. 자기들이 저지른 실수를 알아차리고 부군을 풀어준 겁니다. 진짜로 노리던 사람을 납치했다면 무슨 짓을 저질렀을지 아무도 모를 일이죠."

"그럼 어떻게 하면 좋을까요, 선생님?"

"하숙인을 직접 만나고 싶습니다만."

"문을 부수고 들어가지 않는 한 방법이 없는데요. 제가 쟁반을 두고 계단을 내려가야 방문을 여는 것 같거든요."

"어쨌거나 그가 쟁반을 들고 들어가야 하지 않습니까? 어딘가에 숨어서 훔쳐볼 방법이 있겠죠."

하숙집 주인은 생각에 잠겼다.

"아, 그 방 맞은편에 골방이 하나 있어요. 거울을 구해다놓을 테니 문 뒤에 서 계시면……."

"좋습니다! 점심시간이 몇 시입니까?"

"1시쯤이에요."

"그럼 왓슨 박사와 제가 그쯤 찾아가겠습니다. 이따 뵙겠습니다, 워런 부인."

12시 30분에 우리는 워런 부인의 집 앞에 도착했다. 영국 박물관 북동쪽의 그레이트옴 스트리트라는 좁은 도로에 있는 노란색의 높고 길쭉한 벽돌집이었다. 모퉁이 근처라 좀더 번듯한 집들이 즐비한 하우 스트리트가 내려다보였다. 홈스가 빙그레 웃으며 줄줄이 늘어선 연립주택 가운데 한 곳을 가리켰다. 삐죽 튀어나와서 눈에 띄지 않으려야 않을 수가 없는 주택이었다.

"저걸 보게, 왓슨! '흰색 돌로 벽을 장식한 고층의 붉은 집' 아닌가. 저기서 신호를 보내겠다는 거겠지. 장소도 알아냈고 암호도 알아냈으니 달리 할 일도 없겠어. 저 창문에 '셋집' 팻말이 걸려 있군그래. 한 패가 드나드는 빈방이 분명하네. 자, 워런 부인, 이제 어떻게 하면 됩니까?"

"전부 준비해놨어요. 신발을 계단 아래 벗어두시고 2층으로 저를 따라오세요."

워런 부인이 더할 나위 없이 완벽한 은신처를 마련해놓았다. 거울이 있어서 어둠 속에 몸을 숨긴 채로 맞은편 방문을 훤히 볼 수 있었다. 우리가 방안에 자리를 잡고 워런 부인이 나가자마자 정체불명의 이웃이 종을 울리는 희미한 소리가 들렸다. 워런 부인이 이내 쟁반을 들고 나타나 닫힌 문 앞에 놓인 의자 위에 내려놓고 터벅터벅 사라졌다. 우리는 문 뒤에 웅크리고 앉아서 거울만 뚫어져라 보았다. 워런 부인의 발소리가 잦아들었을 때 문득 덜거덕거리며 열쇠 돌리는 소리에 이어 문손잡이가 돌아갔고, 앙상한 손 두 개가 튀어나와서 의자에 놓인 쟁반을 집어 들었다. 하지만 쟁반은 이내 의자 위에 다시 놓였고, 문이 살짝 열려 있는 골방을 겁에 질린 표정으로 노려보는 짙은 피부의 미녀의 얼굴이 눈에 들어왔다. 잠시 후 쾅하고 문이 닫히는 소리에 이어 열쇠가 돌아갔다. 사방이 정적으로 뒤덮였다. 홈스가 내 소맷부리를 잡고 비틀자 우리는 살금살금 계단을 내려왔다.

"오늘 저녁에 다시 오겠습니다."

그는 잔뜩 기대한 얼굴의 하숙집 여주인에게 말했다.

"왓슨, 집으로 가서 이 문제를 의논하는 게 좋겠네."

그가 안락의자에 몸을 파묻은 채 이야기했다.

"자네도 보았다시피 내 짐작이 맞아떨어졌지. 하숙인이 바뀐 거야. 그런데 그게 여자일 줄은, 그렇게 눈에 띄는 여자일 줄은 몰랐네, 왓슨."

"여자가 우리를 봤어."

"뭔가 심상찮은 분위기를 느낀 게 분명해. 어떻게 된 일인지 대충 윤곽이 그려지지 않나? 임박한 위험을 감지하고 런던으로 피신한 한 쌍. 그들이 그렇게 몸을 사리는 것을 보면 어느 수준의 위험이 있는지 알 수 있지. 남자는 처리해야 할 일을 끝내는 동안 여자를 완벽하게 보호하려 해. 쉽지 않지만 독창적인 방식으로, 식사를 갖다주는 하숙집 주인조차 그녀의 존재를 알아차리지 못할 만큼 완벽하게 해결했어. 이제 보니 정자로 적은 이유는 필체로 드러날 수 있는 성별을 감추기 위해서였군그래. 남자는 여자의 근처에 접근할 수 없어. 그랬다가는 적들에게 그녀의 위치를 알려주는 꼴이 될 테니까. 연락을 취할 수 없기 때문에 신문의 개인 광고란을 이용하지. 여기까지는 모든 게 분명하다네."

"그러는 이유가 뭘까?"

"아, 왓슨, 자네는 역시 지극히 현실적이라니까! 과연 그러는 이유가 뭘까? 워런 부인의 별난 사건이 점점 더 커지면서 불길한 조짐을 풍기고 있지. 평범한 사랑의 도피 행각은 아니라는 점은 확실하네. 위험을 감지했을 때 그 여자가 어떤 표정을 지었는지 자네도 보았잖나. 하숙인 대신 집주인 워런 씨가 당한 봉변도 들었고. 그렇게 불안해하며 필사적으로 몸을 숨기고 있으니 목숨이 달린 문제라는 것을 알 수 있지. 누구인지 모를 적들이 워런 씨를 공격했으니 그 집에 남자가 아닌 여자가 살고 있다는 사실을 모른다는 뜻이고. 흥미진진하고 복잡한 사건일세, 왓슨.”

“그런 사건을 파헤치려는 이유가 뭔가? 파헤친들 무슨 소득이 있고?”

“무슨 소득이 있느냐고? 이건 예술을 위한 예술이라네, 왓슨. 자네도 환자들을 진찰할 때 진료비와 상관없이 환자의 질환을 연구하는 사례가 있지 않은가.”

“그야 공부가 되니까 그런 거지.”

“공부에는 끝이 없다네, 왓슨. 계속 공부하고 배우다 보면 마지막에 큰 깨달음을 얻는 법이지. 이번 사건은 배울 점이 많다네. 돈도 명예도 얻지 못하지만 반드시 해결하고 싶은 사건이라고 할까? 아마도 해가 지면 수사가 진일보할 수 있겠어.”

워런 부인의 하숙집을 다시 찾아갔을 무렵에는 겨울의 런던을 덮은 어스름이 회색의 칙칙한 장막으로 짙어져서 눈부신 노란색의 정사각형 창문과 희미한 가스등 불빛만이 어둠을 밝히고 있었다. 하숙집의 어두컴컴한 응접실에서 내다보니 건너편 건물의 4층의 방에서 어둠을 뚫고 반짝이는 희미한 불빛이 보였다.

“저 방에서 누가 움직이고 있어.”

마른 얼굴을 창유리에 바짝 갖다 댄 홈스가 나지막이 속삭였다.

"그림자가 보여. 다시 모습을 드러내는군! 손에 촛불을 들고 있다네. 맞은편을 열심히 쳐다보는군. 그녀가 지켜보고 있는지 확인하려는 거지. 이제 불빛을 깜빡이기 시작하는군. 왓슨, 자네도 암호를 받아 적게. 나중에 대조할 수 있게. 한 번. A로군. 다시. 자네가 센 건 몇 번인가? 스무 번? 나도 그래. 그렇다면 T겠군. AT. 분명해! 또 T. 두 번째 단어의 첫 글자겠지. 이번에는 TENTA. 그러고는 끝. 이게 전부는 아니겠지, 왓슨? ATTENTA라는 단어는 없잖아. AT. TEN. TA. 이렇게 세 단어로 나눠도 마찬가지고. TA가 어떤 이름의 머리글자가 아닌 이상. 다시 불빛이 깜빡이는군! 뭐지? ATTE……. 이런, 똑같은 메시지를 반복하는군. 희한하군, 왓슨. 아주 희한해! 다시 깜빡이기 시작했어! AT……. 이걸 세 번째 반복하는데? ATTENTA를 세 번! 얼마나 더 반복할 작정일까? 아, 이제 끝인가 보군. 창가에서 멀어지는 것을 보니. 어떻게 생각하나, 왓슨?"

"암호 아닐까?"

내 친구는 문득 알겠다는 듯이 빙그레 웃었다.

"누가 봐도 알 만한 암호로군그래. 이탈리아어가 아닌가! 여자에게 하는 말이기 때문에 A를 붙인 거고! '조심해! 조심해! 조심해!' 어떤가, 왓슨?"

"제대로 알아맞힌 것 같군!"

"여부가 있나. 안 그래도 다급한 메시지를 세 번이나 반복해서 더 다급하게 느껴지는군. 그런데 뭘 조심하라는 걸까? 잠깐. 남자가 다시 창가로 다가오고 있어."

몸을 웅크린 남자의 희미한 실루엣과 너울대는 조그만 불빛이 창문 너머로 보였고 신호가 다시 시작됐다. 좀 전보다 속도가 빨라서 쫓아가기 어려웠다.

"PERICOLO. 페리콜로. 음, 그게 뭐지, 왓슨? 위험이라는 뜻 아닌가? 그래, 어이쿠, 위험 신호로군. 다시 시작일세! PERI, 아니, 도대체……."

갑자기 불이 꺼지면서 희미하게 어른거리던 정사각형의 창문이 사라지고 창틀의 희미한 빛만 남았다. 4층은 우뚝한 건물을 두른 까만 띠로 돌변했다. 마지막 경고가 그렇게 뚝 끊겼다. 왜, 누구의 손에 의해 끊겼을까? 순간 똑같은 생각이 우리 둘의 머릿속을 강타했다. 창가에 웅크리고 있던 홈스가 벌떡 일어섰다.

"심각한 사태일세, 왓슨. 끔찍한 일이 벌어지려 하고 있어! 메시지가 그런 식으로 갑자기 끊긴 이유가 뭐겠나? 런던 경찰청에 맡겨야 하는 사건인데 이렇게 긴급한 상황에서 자리를 뜰 수도 없고."

"내가 가서 경찰에 알릴까?"

"먼저 사태를 좀더 정확하게 파악해야겠네. 알고 보면 별일 아닐 수도 있잖나. 자, 왓슨, 길을 건너가서 어찌된 영문인지 직접 파악해보세."

2.

나는 하우 스트리트를 잽싸게 걸어가며 방금 전까지 우리가 있었던 건물을 흘끗 뒤돌아보았다. 희미하게 불을 밝힌 꼭대기 층 창가에서 메시지가 다시 이어지기만을 기다리며 숨을 죽이고 밤거리를 열심히 내다보는 어떤 여자의 머리가 보였다. 하우 스트리트의 그 맞은편 연립주택 입구에 머플러를 두르고 외투를 입은 어떤 남자가 난간에 기대고 있었다. 현관에서 새어나온 불빛이 우리 얼굴을 비추자 그가 움찔했다.

"홈스 씨!"

그가 외쳤다.

"아니, 그레그슨 경위님!"

내 친구는 이렇게 말하며 런던 경찰청의 형사와 악수했다.

"여행은 연인과의 만남으로 끝이 난다더니■. 여긴 어쩐 일입

■ 셰익스피어의 『십이야』에 나오는 구절.

니까?"

"우리 둘이 같은 이유에서 이 집을 찾은 것 같은데요. 홈스 씨는 무슨 수로 사건을 알아차렸는지 모르겠습니다만."

"출발점이 달라도 종착지는 결국 같군요. 신호를 읽고 있었습니다."

"신호요?"

"네, 저 창문에서 누가 신호를 보내고 있었는데 도중에 뚝 끊겼어요. 그래서 이유를 알아보러 나선 겁니다. 그런데 경위님이 이렇게 단단히 준비하고 계신 것을 보니 내가 굳이 나설 필요가 없겠습니다."

"잠깐만요! 솔직히 지금껏 사건을 수사할 때마다 홈스 씨가 도와주시면 매번 그렇게 든든할 수가 없었습니다. 연립주택에는 출입문이 한 개뿐이니까 이자는 독 안에 든 쥐나 다름없습니다."

그레그슨이 열띤 목소리로 외쳤다.

"이자가 도대체 누굽니까?"

"아, 이번에는 우리가 선수를 쳤네요, 홈스 씨. 이번만큼은 패배를 인정하셔야겠는데요?"

그가 지팡이로 땅바닥을 세게 두드리자 길 저편에 세워져 있던 사륜마차에서 채찍을 손에 쥔 마부 하나가 어슬렁어슬렁 걸어나왔다. 그레그슨이 마부에게 말했다.

"셜록 홈스 씨를 소개하겠습니다. 홈스 씨, 이쪽은 미국의 핑커턴 탐정 사무소에서 근무하는 레버턴 씨입니다."

"뉴욕 주 롱아일랜드의 동굴 사건을 해결한 주인공 아닙니까? 만나서 반갑습니다."

마르고 뾰족한 얼굴의 미국인 청년은 조용하고 사무적인 분위기를 풍겼다. 그가 수염이 없는 말끔한 얼굴을 붉혔다.

"저는 지금 일생일대의 추적을 하고 있습니다, 홈스 씨. 조르지아노를 잡을 수만 있다면……."

"네? 레드 서클의 조르지아노 말입니까?"

"아, 유럽에서도 유명한가 봅니다. 우리가 파악한 사건은 모두 미국에서 저질러졌습니다. 그가 오십 건에 달하는 살인 사건의 배후라는 것을 아는데도 확실한 증거가 없지 뭡니까. 저는 그를 따라 뉴욕에서 건너와서 런던에서 일주일째 그의 곁을 지키며 덜미를 잡을 핑곗거리가 생기기만을 기다리고 있습니다. 그레그슨 씨와 제가 그를 연립주택으로 몰았습니다. 출입문이 하나뿐이니까 빠져나갈 방법이 없을 겁니다. 그자가 들어간 뒤로 세 명이 저 건물에서 나왔는데 셋 다 그자가 아니었어요."

"홈스 씨가 무슨 신호가 있었다는 이야기를 하셨죠. 늘 그렇듯 우리가 모르는 사실을 많이 아시는 모양입니다."

그레그슨이 말했다.

홈스는 우리가 추리한 바를 몇 마디로 간단하게 설명했다. 미국에서 온 탐정은 설명을 듣고 초조해하며 손뼉을 쳤다.

"그자가 우리의 존재를 알아차렸군요!"

그가 외쳤다.

"왜 그렇게 생각하십니까?"

"빤하지 않습니까? 그는 여기서 공범에게 메시지를 보내고 있었습니다. 런던에 그의 일당이 몇 명 있거든요. 그런데 홈스 씨의 설명에 따르면 위험하다고 경고를 보내다 갑자기 중단했습니다. 그렇다면 길거리에 서 있는 우리를 보았거나 코앞에 닥친 위험을 감지하고 당장 피해야겠다는 판단을 내린 게 아니면 뭐겠습니까? 홈스 씨는 어떻게 생각하시나요?"

"당장 올라가서 확인해보는 게 어떻습니까?"

"하지만 체포 영장이 없는걸요."

"그자는 의심스러운 상황에서 빈집에 무단 침입했어요. 지금 당장은 그걸로 충분합니다. 일단 체포한 뒤에 뉴욕의 구속 영장을 받을 수 있을지 알아보죠. 책임은 내가 지겠습니다."

그레그슨이 말했다.

우리 나라 형사들이 지적인 면에서는 부족할지 몰라도 용맹함에서는 절대 그렇지 않다. 궁지에 몰린 살인범 체포에 나선 그레그슨은 런던 경찰청의 계단을 오를 때처럼 조용하고 신속하게 계단을 밟고 올라갔다. 핑커턴의 탐정이 앞지르려 하자 그레그슨이 팔꿈치로 단호하게 그를 밀어냈다. 런던의 위험 상황은 런던 경찰이 우선적으로 다루어야 했다.

4층 층계참 왼쪽 문이 살짝 열려 있었다. 그레그슨이 문을 밀었다. 안은 오직 정적과 어둠뿐이었다. 내가 성냥을 그어서 경위가 들고 있던 등불을 켰다. 깜빡이는 성냥불이 등불로 옮겨 붙은 순간, 우리는 일제히 헉하고 탄성을 내뱉었다. 카펫 없이 널빤지를 드러낸 바닥에 생긴 지 얼마 되지 않은 피 묻은 발자국이 있었던 것이다. 붉은 발자국이 우리를 지나서 문이 닫힌 내실로 이어졌다. 그레그슨이 문을 홱 열어서 등불로 앞을 환히 비췄다. 우리는 그의 어깨 너머를 열심히 들여다보았다.

빈방 한복판에 거한이 웅크리고 쓰러져 있었다. 깨끗하게 면도한 거무스름한 얼굴을 끔찍하게 일그러뜨리고 머리 주변에는 핏빛의 섬뜩한 후광을 두른 채, 하얀 나무 바닥 위로 넓게 퍼진 축축한 피의 동그라미 속에 누워 있었다. 무릎을 끌어올리고 고통에 겨워서 두 손을 뻗었는데, 검게 그을린 굵은 목 밖으로 깊숙이 꽂힌 칼의 하얀 손잡이가 튀어나와 있었다. 덩치가 커다란 이 남자는 끔찍한 공격을 받고 도살장의 소처럼 쓰러진 게 분명했다. 그의 오른손 옆에 뿔 손잡이가 달린 무시무시한 양

날 단검과 검은색 새끼 염소 가죽 장갑 한 짝이 놓여 있었다.

"이럴 수가! 블랙 조르지아노예요! 누가 선수를 친 모양입니다!"

미국에서 온 탐정이 외쳤다.

"창가에 양초가 있네요, 홈스 씨. 아니, 뭐하십니까?"

그레그슨이 말했다.

창가로 건너간 홈스가 촛불을 켜서 창가에 대고 앞뒤로 흔들고 있었던 것이다. 잠시 후에 그는 어둠 속을 내다보더니 촛불을 불어 끄고는 바닥에 내동댕이쳤다.

"이러면 사건 해결에 도움이 될 겁니다."

두 전문가가 시신을 살피는 동안 홈스는 다가와서 곰곰이 생각에 잠겼다. 잠시 후에 그가 입을 열었다.

"밖에서 기다리는 동안 이 건물에서 나간 사람이 세 명 있었다고 하셨죠? 유심히 살펴보셨습니까?"

"네."

"까만 수염을 기르고 까무잡잡하며 보통 키에 서른 살쯤 되어 보이는 남자가 있었나요?"

"네, 마지막으로 제 옆을 지나간 남자입니다."

"그자가 범인입니다. 내가 인상착의를 자세히 알려드릴 수 있고, 이 집에 발자국도 선명하게 남았잖습니까? 그 정도면 찾는 데 충분할 겁니다."

"런던의 인구가 수백만 명인데 그 정도로는 부족하죠, 홈스 씨."

"그럴 수도 있죠. 그래서 도움을 줄 여자분을 불러야겠다고 생각했습니다."

그 말에 우리는 일제히 고개를 돌렸다. 문 앞에 키가 큰 미녀가 서 있었다. 워런 부인의 정체 모를 하숙인이었다. 그녀의 얼굴은 공포로 새하얗게 질려 있었다. 그녀는 바닥에 쓰러진 시커먼 인물을 쳐다보며 천천히 우리를 향해 걸어왔다.

"당신들이 그를 죽였군!"

그녀가 중얼거렸다.

"맙소사, 당신들이 그를 죽였어!"

이내 숨을 짧게 들이쉬는 소리가 들리는가 싶더니 그녀가 기쁨의 탄성을 지르며 펄쩍 뛰었다. 손뼉을 치고 환희로 까만 눈을 반짝이며 뱅글뱅글 춤을 추는 그녀의 입에서 듣기 좋은 이탈리아어 감탄사가 수없이 쏟아져 나왔다. 그녀는 문득 춤을 멈추고 궁금해하는 눈빛으로 우리 넷을 쳐다보았다.

"당신들! 당신들 경찰 아닌가요? 당신들이 주세페 조르지아노를 죽였군요. 아니에요?"

"저희는 경찰 맞습니다."

그녀는 어두컴컴한 방안을 둘러보더니 물었다.

"그런데 제나로는 어디 있나요? 내 남편 제나로 루카 말이에요. 내 이름은 에밀리아 루카예요. 우리는 뉴욕에서 왔어요. 제나로는 어디 있죠? 이 창문 앞에서 날 부르기에 있는 힘껏 달려왔는데."

"내가 불렀습니다."

홈스가 말했다.

"당신이요? 무슨 수로요?"

"해독하기 어려운 암호가 아니었습니다. 부인을 여기로 부를 일이 생겨서요. 'Vieni'라고 신호를 하면 오실 줄 알았습니다."

이탈리아인 미녀는 경외감이 어린 눈빛으로 내 친구를 바라보았다.

"무슨 수로 알아내셨는지 모르겠네요. 주세페 조르지아노는 어떻게……."

문득 말을 멈춘 그녀의 얼굴이 자부심과 기쁨으로 환히 빛났다.

"알겠어요! 제나로가 그랬군요! 온갖 위험으로부터 나를 보호한 멋지고 훌륭한 제나로가 자기 손으로 괴물을 죽였군요! 오, 제나로, 대단하기도 하지! 어떤 여자가 그이에게 걸맞을 수 있을까요?"

"루카 부인."

낭만이라고는 모르는 그레그슨이 노팅힐의 깡패를 대하듯 무감정하게 그녀의 소매에 손을 얹었다.

"부인이 누구이고 어떤 분인지 잘 모르겠습니다만, 지금까지 하신 말씀으로 미루어보건대 런던 경찰청까지 같이 가주셔야겠습니다."

홈스가 제지했다.

"잠깐만 기다려주십시오, 그레그슨 경위님. 부인은 우리에게 아는 정보를 최대한 전달할 의향이 있는 것 같습니다. 부인, 부군이 우리 앞에 누워 있는 남자를 죽인 죄로 체포돼서 재판을 받을 수도 있다는 건 알고 계시죠? 부인이 한 말이 증언으로 채택될 수 있습니다. 하지만 부군이 악의적으로 저지른 살인이 아니라면, 부군도 우리가 그 사실을 알아주길 바란다고 생각하신다면 사건의 전말을 들려주시는 것이 확실하게 부군을 도울 수 있는 방법입니다."

"조르지아노가 죽었으니 우리는 이제 두려울 게 없어요. 이 자는 악마이고 괴물이었어요. 그런 자를 죽였다고 내 남편을 처벌할 재판관은 이 세상에 없겠죠."

부인이 말했다.

"그렇다면 이렇게 하는 게 어떨까요? 이 방은 그대로 둔 채 방문을 잠그고, 함께 부인의 하숙집으로 건너가서, 부인의 이야기를 듣고 우리의 입장을 정리합시다."

홈스가 말했다.

삼십 분 뒤에 우리 넷은 루카 부인의 조그만 응접실에 앉아서, 그녀가 얽혔던 끔찍한 사건의 전모에 대해 들었다. 우리는 우연히 결말을 목격한 것에 지나지 않았다. 그녀는 빠르고 유창하게 영어로 말했지만 문법은 엉터리였다. 독자들의 이해를 돕기 위해서 내가 문법적인 오류를 바로잡았다.

"나는 나폴리 근처의 포실리포에서 태어났어요. 우리 아버지 아우구스토 바렐리는 지역 의원을 역임한 손꼽히는 변호사였죠. 나는 아버지의 부하 직원인 제나로를 사랑하게 됐어요. 어느 여자라도 그럴 수밖에 없었을 거예요. 그이는 외모가 훤칠하고 강단이 있고 기운이 넘쳤거든요. 하지만 그것 말고는 돈도 없고 지위도 변변찮았기 때문에 아버지는 결혼을 반대했어요. 우리는 도망쳐서 바리에서 결혼식을 올리고 내 보석을 팔아 돈을 마련해 미국으로 건너갔죠. 그게 사 년 전의 일이고, 그때부터 죽 뉴욕에서 살았어요.

처음에는 운이 좋았어요. 제나로가 어떤 이탈리아인 신사분 밑에서 일을 하게 됐거든요. 바우어리라는 곳에서 불량배들에게 당할 뻔한 그분을 구출한 인연으로 두 사람은 끈끈한 친구가 됐죠. 그의 이름은 티토 카스탈로테였고, 뉴욕에서 손꼽히는 과일 수입업체인 카스탈로테 앤드 참바의 사장이었어요. 참바 씨는 몸이 편치 않아서 카스탈로테 씨가 직원 삼백 명이 넘는 회사의 전권을 쥐고 있었죠. 그런 분이 남편을 자기 회사에 취직시켜서 부서를 하나 맡기고 온갖 호의를 베풀었어요. 독신인 카스탈로테 씨는 제나로를 아들처럼 여겼고, 우리 부부도 그분을 친아버지처럼 사랑했죠. 그런데 우리가 브루클린에 조그만 집을 장만해서 가구를 들이고 미래가 창창하게 느껴졌을 무렵에 온 하늘을 뒤덮을 먹구름이 등장했어요.

어느 날 저녁에 퇴근한 제나로가 이탈리아인 교포를 데리고 왔더라고요. 이름이 조르지아노인 그는 나와 마찬가지로 포실리포가 고향이라고 했어요. 여러분도 시신을 보셔서 아시겠지만 체구가 어마어마했어요. 체구뿐 아니라 모든 게 크고 섬뜩하고 무서웠어요. 그의 목소리에 작은 우리집이 쩌렁쩌렁 울릴 정도였죠. 그가 거대한 팔을 휘두르면서 말을 하면 남는 공간이 거의 없을 만큼 작은 집이었거든요. 그는 생각, 감정, 열정, 모든 면에서 과장이 심하고 엄청났어요. 그가 우렁찬 목소리로 얘기를 하면, 아니 고함을 지르면 거침없이 쏟아져 나오는 단어에 주눅이 들어서 누구라도 얌전히 앉아서 귀를 기울이는 수밖에 없었죠. 나를 노려보면 옴짝달싹할 수가 없었고요. 끔찍하고 놀라운 인간이었어요. 죽어서 얼마나 다행인지 몰라요!

그는 우리집을 몇 번이고 찾아왔어요. 하지만 제나로도 나 못지않게 그자를 싫어했어요. 그자가 정치가 어떻고 사회 문제가 어떻고 하면서 끊임없이 열변을 토하면 가엾은 남편은 하얗게 질린 얼굴로 힘없이 앉아서 듣기만 했죠. 제나로는 아무 말도 하지 않았지만 나는 그이를 워낙 잘 알았기 때문에 그이의 얼굴에서 한 번도 보지 못했던 감정을 읽을 수 있었죠. 처음에는 혐오감이라고 생각했어요. 하지만 알고 보니 단순한 혐오감이 아니라 공포였어요. 깊고 은밀하며 사람을 움츠러들게 만드는 공포. 그이의 얼굴에서 처음으로 공포를 읽은 그날 밤에 날 사랑한다면 거구의 사나이 앞에서 맥을 못 추는 이유를 숨김없이 얘기해달라고 애원했어요.

그이가 털어놓는 이야기를 들으며 내 심장은 점점 차갑게 얼어붙었죠. 가엾은 제나로는 온 세상이 자기한테 등을 돌린 듯한 느낌에 반쯤 이성을 잃고 철없던 시절, 카르보나리당■과 제휴 관계였던 '레드 서클'이라는 나폴리 조직에 가입한 적이 있었답니다. 끔찍한 서약과 비밀로 똘똘 뭉친 조직이었죠. 일단 그 안

■ 19세기초에 이탈리아에서 결성된 비밀결사 단체.

에 발을 들이면 빠져나올 수가 없었대요. 제나로는 미국으로 달아나면 조직의 그늘에서 벗어날 거라고 생각했답니다. 그런데 나폴리에서 자기를 조직에 가입시킨, 죽인 사람이 워낙 많아서 이탈리아 남부에서 '사신'이라고 불리는 인물을 어느 날 저녁 뉴욕의 길거리에서 만났을 때 얼마나 경악스러웠겠어요. 이탈리아 경찰을 피해서 뉴욕으로 건너온 그 인물은 새로운 터전에서 끔찍한 조직의 분파를 이미 결성했더랍니다. 제나로는 자초지종을 이야기하고 나서 바로 그날 받은 소환장을 보여주더군요. 맨 위에 붉은 동그라미(레드 서클)이 그려진 소환장엔 모일에 집회가 열릴 테니 반드시 참석하라는 내용이 담겨 있었죠.

설상가상으로 그게 다가 아니었어요. 어느 정도 시간이 지나자 저녁마다 끈질기게 찾아오는 조르지아노가 주로 나한테 말을 건다는 걸 알겠더군요. 심지어 남편한테 말을 하면서도 짐승처럼 이글거리는 섬뜩한 눈은 항상 나를 보고 있었어요. 어느 날 저녁에 비밀이 밝혀졌죠. 그가 자칭 '사랑'이라고 부르는 감정에 내가 불을 지핀 거예요. 짐승, 야수 같은 사랑에. 어느날 제나로가 귀가하기 전 그가 찾아왔어요. 억지로 들어와서 우악스럽게 나를 붙잡더니 곰 같은 팔로 끌어안고 강제로 키스를 퍼부으며 자기랑 같이 가자고 애원하지 뭐예요. 내가 버둥거리며 비명을 지를 때 제나로가 들어와서 그에게 덤벼들었죠.

그는 제나로를 때려 기절시킨 다음 도망쳤고 두 번 다시 우리집에 발을 들이지 않았어요. 그날 저녁 우리는 소름끼치는 적을 만든 셈이죠.

며칠 뒤에 집회가 열렸어요. 집회에서 돌아온 제나로의 얼굴을 보니 뭔가 참담한 일이 벌어졌다는 걸 알겠더군요. 상상할 수 없을 만큼 끔찍한 일이 벌어진 거였어요. 그 조직은 이탈리아 사람들을 협박하고 협조를 거부하면 폭력을 동원해서 갈취하는 식으로 기금을 마련했어요. 그들이 우리 부부의 절친한 친구이자 은인인 카스탈로테 씨에게도 접근한 모양이더라고요. 그런데 카스탈로테 씨가 협박에 굴하지 않고 협박장을 경찰에 넘긴 거예요. 그래서 다른 표적들도 반항하지 못하도록 본때를 보여주자는 결의안이 채택됐대요. 다이너마이트로 그와 그의 집을 날려버리자고 집회에서 결정이 내려졌죠. 제비뽑기로 그 일을 맡을 사람을 정하기로 했어요. 제나로는 자루에 손을 넣는 순간, 잔혹한 미소를 짓는 적을 목격했죠. 무슨 수를 썼는지 몰라도 사전에 조작을 한 게 분명했어요. 살인 지령을 의미하는 붉은 동그라미가 그이의 차지가 됐거든요. 가장 절친한 친구를 죽이지 않으면 저와 함께 조직원들에게 복수를 당하게 된 거죠. 자기들이 두려워하거나 증오하는 상대가 있으면 그 사람뿐 아니라 그가 사랑하는 사람들까지 처치하는 것이 조직의 잔인한 원칙임을 알았기에 가엾은 제나로는 공포에 휩싸였고 거의 이성을 잃을 지경으로 불안해했어요.

그날 밤에 우리는 끌어안고 나란히 앉아서 서로 용기를 북돋았어요. 폭탄을 터뜨려야 하는 때가 바로 다음날 저녁이었어요. 정오 무렵에 우리는 런던으로 출발하면서 그전에 은인에게 위험을 알렸고, 앞으로도 생명의 위협을 느끼지 않도록 경찰에도 정보를 넘겼죠.

그다음은 여러분이 아시는 그대로예요. 적들이 그림자처럼 우리 뒤를 쫓으리라는 것은 불 보듯 빤한 사실이었죠. 조르지아노는 복수를 해야 할 개인적인 이유가 있었고, 이유가 없더라도 잔인하고 교활하며 끈질긴 작자였고요. 이탈리아와 미국, 양국에서 그의 소름끼치는 능력은 소문이 자자했잖아요. 지금이 아니면 그 능력을 언제 발휘하겠어요? 남편은 적의 마수가 미치기 전에 절대적으로 안전한 피난처에 나를 데려다놓았어요. 자기는 미국과 이탈리아 양국의 경찰과 연락을 주고받을 수 있도록 자유롭게 움직이려고 했어요. 그이가 어디에서 어떤 식으로 지냈는지 나는 몰라요. 신문 광고란을 통해서 접한 게 전부예요. 하지만 일전에 창밖을 내다보니 이 집을 감시하는 두 명의 이탈리아 남자가 눈에 들어오더군요. 무슨 수를 썼는지 몰라도 조르지아노가 은신처를 파악한 거죠. 마침내 제나로가 어떤 창문 앞에서 신호를 보내겠다고 신문을 통해 알려왔어요. 그런데 경고 신호뿐이었고 그마저도 갑자기 중단됐죠. 이제 와 생각해 보면 그이는 조르지아노가 바짝 쫓아왔음을 알아차리고 다행히 대비를 한 모양이에요. 이제 내가 여러분께 묻고 싶네요. 우리가 법을 두려워해야 할 이유가 있나요? 그런 짓을 저질렀다고 내 남편 제나로에게 처벌을 내릴 재판관이 있을까요?"

미국에서 온 탐정이 경관을 쳐다보며 입을 열었다.

"그레그슨 경위님은 영국인의 시각에서 사건을 어떻게 보실지 모르겠습니다만, 뉴욕에서는 부군께 감사 인사를 전할 사람이 많을 것 같습니다."

그레그슨이 대답했다.

"부인은 저와 함께 가셔서 청장님을 뵈어야 합니다. 부인의 이야기가 사실로 입증되면 부인도 그렇고 부군도 그렇고 걱정할 일이 별로 없을 겁니다. 그런데 홈스 씨는 어쩌다 이 사건에 휘말리게 되었는지 전혀 갈피를 못 잡겠군요."

"공부 덕분이죠, 경위님, 공부. 유서 깊은 대학에서 여전히 공부하고 있거든요. 왓슨, 자네 작품집에 넣을 만한 비극적이고 기이한 이야기가 하나 더 생겼군. 그나저나 오늘 코번트 가든에서 '바그너의 밤' 공연을 하는 날 아닌가! 아직 8시가 안 됐으니 서두르면 2막부터 볼 수 있을 걸세."

브루스파팅턴호 설계도

1895년 11월 셋째 주, 짙은 누런 안개가 런던을 뒤덮었다. 월요일부터 목요일까지 베이커 스트리트의 우리집 창문 너머로 맞은편 집들이 보인 적이 거의 없었다. 첫날에 홈스는 방대한 자료집에 상호 참조 표시 작업을 했다. 둘째 날과 셋째 날에는 최근 맛을 들인 취미인 중세 음악 감상에 전념했다. 나흘째 되던 목요일 아침 식사를 마치고 자리에서 일어났을 때, 번들거리는 갈색의 묵직한 소용돌이가 창밖을 부유하다 창유리에 미끈미끈한 물방울이 되어 맺혔다. 천성이 조급하고 활동적인 내 친구는 더이상 참을 수 없는 지경에 이르렀다. 그는 끓어오르는 에너지를 주체하지 못한 나머지 손톱을 씹고 가구를 톡톡 두드리고 안달하며 응접실을 쉴 새 없이 왔다갔다했다.

"신문에 뭐 재미있는 거 없나, 왓슨?"

홈스에게 재미있는 것은 범죄 사건이었다. 혁명 소식과 전운, 코앞으로 닥친 정권 교체의 가능성을 다룬 기사들이 내 친구의 안중에 들 리 없었다. 하지만 평범하거나 시시하지 않은 범죄 기사는 눈을 씻고 찾아도 없었다. 홈스는 신음을 하고 다시 서성이기 시작했다.

"런던의 범죄자들은 한심한 족속이야."

그는 시합에 진 선수처럼 툴툴거리는 목소리로 말했다.

"창밖을 보게, 왓슨. 지나가는 사람들이 희미하게 보이는가 싶다가도 안개 속으로 다시 사라지지 않느냐 말일세. 이런 날 런던에서 절도나 살인을 계획하면 정글 속의 호랑이처럼 끝까지 모습을 감추고 있다가 먹잇감을 덮칠 수 있지 않겠나."

"좀도둑 사건은 많다네."

홈스는 한심하다는 듯이 콧방귀를 뀌었다.

"이토록 음산하고 훌륭한 무대에서 기껏해야 좀도둑질이라니. 이 도시는 내가 범죄자가 아닌 걸 다행으로 여겨야 하네."

"그렇고말고!"

나는 진심으로 맞장구쳤다.

"내가 만약 브룩스나 우드하우스나 내 목숨을 노릴 만한 다른 오십 명의 범죄자 중 하나라면 내가 나를 상대로 얼마나 버틸 수 있겠나? 어딘가로 불러내거나 가짜로 약속을 만들면 그길로 끝인데. 암살이 빈번하게 일어나는 라틴아메리카에서는 며칠 연속으로 안개가 끼는 일이 없기에 망정이지. 오호라! 드디어 죽도록 단조로운 일상을 깰 만한 무언가가 등장하는군."

하녀가 전보를 들고 등장했다. 홈스는 전보를 뜯더니 웃음을 터뜨렸다.

"이런, 이런! 이게 뭐지? 마이크로프트 형이 나를 만나러 오겠다는군."

"그게 뭐 어때서?"

"그게 뭐 어때서라니? 이건 시골길을 달리는 전차를 목격한 거나 다름없는 상황이란 말일세. 마이크로프트 형은 자기만의 궤도로만 달리지. 폴 몰의 하숙집, 디오게네스 클럽, 화이트 홀. 이게 그의 궤적이란 말일세. 이 집에는 한 번, 딱 한 번 온 적이 있다네. 무슨 엄청난 일이 터졌기에 궤도에서 이탈한 걸까?"

"아무 설명도 없나?"

홈스는 형이 보낸 전보를 건넸다.

캐도건 웨스트 건으로 만나야겠다. 지금 당장 가마.

마이크로프트

"캐도건 웨스트? 들어본 이름인데."

"나는 전혀 기억에 없는 이름일세. 그런데 마이크로프트 형이 이렇게 불쑥 찾아오다니! 행성이 궤도를 이탈한 것이나 다름없군. 그나저나 자네, 마이크로프트 형이 어떤 사람인지는 알지?"

그리스인 통역사 사건 때 설명을 들은 기억이 어렴풋이 났다.

"정부 기관에서 조그만 부서를 하나 맡고 있다고 했지."

홈스는 빙그레 웃었다.

"그 당시는 내가 자네를 잘 모르던 시절이었지. 국가 기밀을 이야기할 때는 입조심을 해야 하는 법이라. 형이 정부에서 일을 하는 건 맞다네. 가끔 형이 영국 정부 그 자체일 때가 있다고 해도 맞는 말이고."

"아니, 홈스!"

"내 말을 듣고 놀란 모양이군. 마이크로프트 형은 일 년 연봉으로 450파운드를 받고, 야망이라고는 없이 하급 관리직을 고수하며 그 어떤 영예나 작위도 거부하지만, 나라에 꼭 필요한 없어서는 안 될 인물이라네."

"어째서?"

"하나밖에 없는 직책을 맡고 있거든. 직접 만든 전무후무한 직책이지. 형은 어느 누구보다 깔끔하고 체계적인 두뇌의 소유자이자 정보를 기억하는 능력이 어느 누구보다 뛰어나다네. 내가 똑같은 능력을 범죄 소탕에 쓰고 있다면 형은 이 특별한 공무에 쓰고 있지. 모든 부서가 그에게 결과를 보고하니 말하자면 걸어다니는 중앙 정보 교환소라고 할까. 여타의 전문가들이 많지만 형의 전문성은 전지적이라네. 예를 들어 어떤 장관이 해군, 인도, 캐나다, 복본위제複本位制와 관련해서 정보가 필요하다고 해볼까. 장관은 각 담당 부서에서 따로따로 정보를 받을 수도 있겠지. 하지만 정보들을 하나로 모아서 각각의 요소가 서로에게 어떤 영향을 미치는지 즉석에서 말할 수 있는 사람은 마이크로프트 형밖에 없어. 처음에는 정부에서 형을 지름길, 혹은 편의 수단으로 활용했지만 이제 형은 없어서는 안 될 존재가 되었지. 형의 뛰어난 머릿속에는 모든 사안이 칸칸이 분류되어 즉시 꺼낼 수 있다네. 형의 말 한마디로 국사가 결정된 적이 한두 번이 아닐세. 이제는 그것이 형의 일상이지. 내가 묻는 사건의 해결책을 지적 훈련 삼아 생각하며 쉴 때 말고는 나랏일 생각뿐이거든. 그런 신 같은 존재가 오늘 이 누추한 곳에 납신다는군. 도대체 무슨 일일까? 캐도건 웨스트는 누구며 마이크로프트 형과는 어떤 관계일까?"

"알겠다!"

나는 외치며 소파 위에 어지럽게 놓인 신문을 뒤졌다.

"맞아, 맞아, 여기 있군! 캐도건 웨스트는 화요일 오전에 지하철에서 시신으로 발견된 청년이야."

홈스는 파이프 담배를 입으로 가져가다 말고 벌떡 일어나 앉았다.

"대단히 중요한 사건인가 보군. 그렇지 않고서야 우리 형이 평소 습관을 바꿀 리가 없지. 그런데 그 사건이 그와 무슨 상관일까? 내가 기억하기로는 평범한 사건이었는데. 젊은 남자가 열차에서 뛰어내려 자살한 것 아닌가. 강도를 당한 흔적도 없었고 폭력을 의심할 정황도 딱히 없었지 않나?"

"검시 배심 결과 새로운 사실들이 드러났다네. 자세히 들여다보니 심상치 않은 사건이었던 게지."

"형의 반응으로 볼 때 심상치 않은 사건인가 보군."

그는 안락의자에 몸을 묻었다.

"왓슨, 지금까지 밝혀진 사실들을 정리해서 알려주게."

"남자의 이름은 아서 캐도건 웨스트. 스물일곱 살에 미혼이었고 울리치 아스널 병기고의 사무직원이었다네."

"공무원이었군. 마이크로프트 형과 거기에서 연결된 걸세!"

"월요일 저녁에 갑자기 울리치에서 사라졌다더군. 그를 마지막으로 본 약혼녀, 바이얼릿 웨스트버리의 증언에 따르면 그날 저녁 7시 30분경에 훌쩍 안개 속으로 자취를 감추었다는 거야.

둘이 싸운 것도 아닌데 왜 그랬는지 알 수가 없다는군. 그다음으로 들은 소식은 런던의 올드게이트 지하철 역사 바로 앞에서 메이슨이라는 선로공이 그의 시신을 발견했다는 거였고."

"그게 언제였지?"

"시신이 발견된 시각은 화요일 오전 6시였다네. 발견 장소는 동쪽으로 가는 선로 왼편으로 널찍하게 자갈이 깔린, 터널이 끝나고 역사가 보이는 지점이었고. 심하게 으스러진 머리는 열차에서 추락하는 과정에서 생긴 부상이었지. 열차를 타고 오다가 당한 변이라네. 만약 근처 길가에서 옮겨졌다면 반드시 개찰구를 지나야 하는데 거긴 검표원이 항상 지키고 있지 않은가. 그 부분만큼은 분명하지."

"훌륭해. 명확한 사건이로군. 그 남자는 살아 있는 상태로든 죽은 상태로든 열차에서 추락했거나 누군가에게 떠밀렸다. 거기까지는 분명해. 계속해주게."

"시신 발견 지점을 지나는 열차들은 서쪽에서 동쪽으로 운행하는 노선이라네. 런던만 관통하는 열차도 있고, 윌즈던이나 외딴 환승역에서 출발하는 열차도 있지. 이 청년은 늦은 시각에 동쪽으로 이동하던 도중 죽음을 맞았는데, 몇 시경에 열차에 탑승했는지 알 수 없다는군."

"탑승권을 보면 알 것 아닌가."

"주머니에 탑승권이 없었다네."

"탑승권이 없다니! 맙소사, 왓슨, 이거야말로 특이한 사건이로군. 내 경험상 지하철은 탑승권을 보여주지 않으면 승강장으로 들어갈 수가 없어. 따라서 그 청년은 탑승권을 가지고 있었을 걸세. 어느 역에서 탔는지 감추기 위해 탑승권을 없앤 걸까? 그랬을 수 있지. 아니면 그가 열차 안에서 떨어뜨렸을까? 그럴 수도 있지. 어쨌든 중요한 점은 뭔가 흥미진진하다는 걸세. 강도를 당한 흔적은 없었다고?"

"전혀. 소지품 목록도 있군. 이 파운드 십오 실링이 든 지갑. 캐피털앤드카운티스은행 울리치 지점에서 발행한 수표책. 이 수표책을 통해서 신원이 밝혀졌다네. 당일 저녁 울리치 극장 특별석 티켓 두 장. 그리고 기술 문서 몇 장."

홈스는 만족스럽다는 듯이 탄성을 질렀다.

"드디어 밝혀졌군, 왓슨! 영국 정부, 울리치 아스널, 기술 문서, 마이크로프트 형. 연결 고리가 완벽해. 그나저나 형이 직접 설명을 하러 등장한 모양인데?"

잠시 후 키가 크고 살집이 있는 마이크로프트 홈스가 안내를 받으며 방으로 들어왔다. 체구가 거대하고 육중해서 몸놀림이 굼떠 보였지만, 이 거추장스러운 몸통 위에 얹힌 우뚝한 이마와 청회색의 예리한 눈동자와 굳게 다문 입술과 섬세한 표정의 얼굴을 한번 접하면 비대한 몸은 잊히고 타의 추종을 불허하는 우월한 지적 능력만 기억에 남았다.

우리의 오랜 친구이자 호리호리하고 근엄한 분위기를 풍기는 런던 경찰청의 레스트레이드가 뒤따라 들어왔다. 두 사람의 심각한 표정이 사태의 중대성을 알렸다. 레스트레이드는 말없이 우리와 악수했다. 마이크로프트 홈스는 힘겹게 외투를 벗고 안락의자에 앉아 입을 열었다.

"정말이지 짜증나는 일이 생겼구나, 셜록. 습관에서 벗어나는 건 질색인데 어쩔 수 있어야 말이지. 시암■ 이 지금 그 지경인데 내가 사무실을 비우다니 있을 수 없는 일이지만 워낙 심각한 위기 상황이라서. 그렇게 심란해하는 총리는 처음 보았지 뭐냐. 해군본부는 쑤셔놓은 벌집처럼 시끄럽고. 사건 소식은 들었니?"

"방금 전에. 기술 문서가 뭐였기에?"

"아, 그게 관건이야! 다행히 유출되지는 않았어. 유출됐다면 언론에서 난리가 났겠지. 딱한 청년의 주머니 안에 들어 있던 문서가 잠수함 브루스파팅턴호의 설계도였거든."

마이크로프트 홈스는 사안의 중요성을 시사하듯 엄숙한 목소

■ 타이의 옛 이름.

리로 말했다. 그의 동생과 나는 가만히 앉아서 설명을 기다렸다.

"너도 그 잠수함에 대해서 들어봤지? 모르는 사람이 있을까 싶다만."

"이름만."

"중요성을 아무리 강조해도 부족해. 정부에서 가장 철저하게 보안을 유지해온 극비 사항이기도 하고. 장담하건대 브루스파팅턴호의 작전 범위 안에서는 해전이 불가능할 정도거든. 정부에서 이 년 전 비밀리에 어마어마한 예산을 유용해 독점 개발권을 입수했지. 그 뒤로 전력을 다해서 보안을 유지했고. 설계도에는 아주 복잡하고 전체적인 구조상 없어서는 안 될 서른 가지의 특허 기술이 포함되어 있는데, 출입문과 창문에 도난 방지 시설을 갖춘 병기고 인근 비밀 사무실의 정교한 금고에 보관되어 있지. 설계도는 어떤 경우에도 외부로 반출할 수 없어. 심지어 해군 군함 건조 감독관이 참고할 사항이 있어도 울리치 사무실에 직접 가서 보고 와야 해. 그런데 런던 한복판에서 죽은 말단 사무직원의 주머니에서 설계도가 나왔단 말이지. 정부의 관점에서는 끔찍한 일일 수밖에."

"하지만 회수했잖아."

"아니야, 셜록, 천만에! 그게 문제야. 회수하지 못했다는 게. 울리치에서 없어진 문서는 총 열 장이야. 캐도건 웨스트의 주머니에는 일곱 장이 들어 있었고 가장 중요한 세 장이 없어졌어. 도난을 당해서 감쪽같이 사라진 거지. 다른 하던 일을 전부 접어라, 셜록. 즉결심판에서나 다룰 시시한 사건은 잊어버려. 심각한 국제 문제를 해결해야 하니까. 캐도건 웨스트가 설계도를 훔친 이유는 무엇이고, 없어진 설계도는 어디에 있으며, 어떻게 하면 사태를 바로잡을 수 있을까? 이 질문의 해답을 알아내면 조국에 크게 기여할 수 있다."

"형이 직접 해결하지그래? 형의 실력도 나 못지않잖아."

"그럴지도 모르지, 셜록. 하지만 문제는 세부적인 정보 수집이야. 세부 정보를 주면 나는 안락의자에 앉아서 전문가의 입장에서 고견을 들려줄 수 있어. 하지만 이리저리 뛰어다니고 역무원들을 반대신문하고 돋보기를 눈에 대고 기어다니고 하는 건 내 분야가 아니야. 이 문제를 해결할 수 있는 사람은 너다. 다음 번 서훈자 명단에 네 이름이 실리길 바란다면……."

내 친구는 웃으며 고개를 저었다.

"내가 게임을 하는 이유는 게임 그 자체 때문이야. 재미있어 보이는 사건이니까 기꺼이 맡지. 관련 정보를 좀더 알려주었으면 하는데."

"기본적인 정보와 도움이 될 만한 주소 몇 개를 이 종이에 적어놓았다. 설계도의 공식 책임자는 명성이 자자한 정부 고관이며 서훈 내역과 부수 직함만으로 인명록 두 줄을 채울 수 있는 제임스 월터 경이야. 한평생 공직에 몸 담은 신사이자 고위층 집안에서 환영하는 손님이고 무엇보다 투철한 애국심의 소유자이지. 금고 열쇠를 가지고 있는 두 사람 가운데 한 명이기도 하고. 한 가지 덧붙이자면 월요일 근무 시간에 설계도는 분명 사무실 안에 있었고, 제임스 경은 3시경에 열쇠를 가지고 런던으로 출발했어. 그러고는 저녁 내내 바클레이 스퀘어에 있는 싱클레어 제독 댁에 있었는데 사건이 터졌지."

"그랬다는 증거는 있고?"

"응. 울리치를 떠난 건 동생인 밸런타인 월터 대령이 증언했고 런던에 도착한 건 싱클레어 제독이 증언했어. 그러니까 제임스 경은 이 사태의 직접적인 요인이라고 볼 수 없지."

"열쇠를 가지고 있는 다른 한 명은 누군데?"

"고참 사무직원이자 제도사인 시드니 존슨 씨. 마흔 살의 기혼남이고 아이가 다섯이야. 말수가 적고 뚱한데 전반적인 업무 평가는 좋아. 동료들 사이에서 인기는 없지만 성실하다는 평이야. 증인이 아내 한 사람이기는 하지만 그의 말에 따르면 월요일 퇴근 이후에 저녁 내내 집에 있었고 열쇠는 시곗줄에 계속 걸려 있었다고 하더군."

"캐도건 웨스트는 어떤 사람이지?"

"공직 생활을 한 지 십 년이 되었고 업무 수행 능력이 좋아. 다혈질이고 성급하지만 솔직하고 정직한 성격이고. 흠 잡을 데가 없어. 시드니 존슨의 직속 부관이라 업무상 날마다 설계도를 접했지. 설계도를 다룬 유일한 직원이야."

"그날 저녁에 금고를 잠근 사람은 누구야?"

"시드니 존슨."

"그럼 누가 설계도를 빼냈는지 분명하잖아. 결국 캐도건 웨스트라는 말단 사무직원의 수중에서 발견됐고. 이 정도면 이야기가 끝난 거 아닌가?"

"맞아, 셜록. 하지만 알 수 없는 구석이 너무 많단 말이지. 무엇보다 그자가 설계도를 빼낸 이유가 뭘까?"

"값어치가 대단할 것 같은데?"

"몇천 파운드 정도는 거뜬히 받을 수 있겠지."

"팔아넘기려는 목적이 아니라면 설계도를 런던으로 들고 갈 다른 이유가 있을까?"

"아니, 내 생각엔 없다."

"그럼 웨스트가 설계도를 팔아넘기기 위해 빼냈다는 가설을 세워야겠네. 금고 열쇠를 복제해서 설계도를 훔쳤을 텐데."

"열쇠 여러 개를 복제했을 거야. 건물과 사무실도 열어야 했을 테니까."

"그럼 여러 개를 복제했다 치고. 설계도를 런던에 들고 가서 기밀을 팔아넘기고, 다음날 아침에 아무도 모르게 다시 갖다놓을 작정이었겠지. 그런 반역의 의도를 품고 런던에 갔다가 최후를 맞은 거고."

"어떤 식으로?"

"울리치로 돌아가는 열차 안에서 살해당하고 밖으로 내동댕이쳐진 거 아닐까?"

"울리치로 가려면 런던브리지 역에서 갈아타야 하는데, 시신이 발견된 올드게이트는 런던브리지 역을 한참 지난 곳이잖니."

"런던브리지 역을 그냥 지나칠 만한 상황이야 여러 가지로 상상할 수 있지. 예를 들면 열차 안에서 어떤 승객과 열띤 대화를 나누다 분위기가 격해져서 목숨을 잃었을 수도 있잖아. 다른 칸으로 자리를 옮기려다 선로로 추락해서 죽었을 수도 있고. 문은 다른 사람이 닫았겠지. 짙은 안개가 껴서 아무것도 보이지 않았을 거야."

"지금까지 밝혀진 사실들을 가지고 그보다 더 그럴듯하게 설명할 방법은 없지. 하지만 셜록, 찜찜한 부분이 얼마나 많으냐. 캐도건 웨스트가 정말로 설계도를 런던으로 들고 갈 작정이었다고 치자. 그럼 외국의 첩자와 만날 약속을 잡고 저녁 시간을 비워두었겠지. 그런데 극장표를 들고 약혼녀까지 데리고 나섰다가 중간에 혼자 느닷없이 사라졌단 말이지."

"연막작전이죠."

안달을 내며 두 사람의 대화를 듣고 있던 레스트레이드가 끼어들었다.

"그렇다면 특이한 연막작전이로군요. 그것이 첫 번째 문제점입니다. 두 번째 문제점은 뭔가 하면, 그가 런던에 도착해서 외국 첩보원을 만났다고 칩시다. 그랬다면 들통나기 전에 아침 일찍 설계도를 다시 갖다놓아야 하죠. 그가 들고 간 설계도는 열 장이었습니다. 그런데 일곱 장만 주머니에 들어 있었죠. 나머지 세 장은 어디로 갔을까요? 세 장을 일부러 빼먹었을 리는 없을 텐데 말입니다. 그리고 조국을 배신한 대가는 어디로 갔을까요? 주머니 안에 거금이 들어 있어야 하지 않습니까?"

"제가 보기에는 불 보듯 빤한데요. 분명 이런 식이었을 겁니다. 그는 팔아넘길 속셈으로 설계도를 빼돌렸습니다. 그리고 첩보원을 만났죠. 하지만 가격 흥정에 실패해서 집으로 발걸음을 돌렸는데 첩보원이 따라나선 겁니다. 첩보원이 열차 안에서 그를 살해하고 가장 중요한 부분이 담긴 설계도를 빼돌린 다음 시신을 밖으로 던졌습니다. 그랬다고 하면 모든 게 맞아떨어지지 않습니까?"

"탑승권이 발견되지 않은 이유는요?"

홈스가 물었다.

"탑승권을 보면 첩보원의 거처에서 가장 가까운 역이 어딘지 드러날 거 아닙니까. 그래서 죽은 남자의 주머니에서 탑승권을 찾아서 없앴겠죠."

"훌륭합니다, 레스트레이드 형사님. 아주 훌륭해요. 그럴듯한 가설입니다. 하지만 그게 사실이라면 사건은 종료됩니다. 매국노는 죽었고, 브루스파팅턴호의 설계도는 이미 유럽 대륙으로 건너갔을 테니까요. 그렇다면 우리가 할 수 있는 일이 뭐가 있겠습니까?"

홈스의 말에 마이크로프트가 벌떡 일어서며 외쳤다.

"수사를 하러 나서야지, 셜록. 수사를! 내 직감상 그건 절대 아니야. 네 능력을 발휘해! 사건 현장으로 출동하라고! 관련 인물들도 만나고! 네가 지금까지 일을 하면서 조국을 위해 이렇게 봉사할 기회가 한 번이라도 있었니?"

"알았어, 알았다고!"

홈스는 어깨를 으쓱했다.

"가세, 왓슨! 형사님도 한두 시간 같이 다녀주시겠습니까? 올드게이트 역에서부터 수사를 시작할까 합니다. 안녕, 마이크로프트 형. 해가 지기 전에 보고를 할 텐데 미리 경고하지만 기대는 하지 말아줘."

한 시간 뒤에 홈스, 레스트레이드 그리고 나는 올드게이트 역사 바로 앞, 터널이 끝나면서 역사로 들어서는 지점에 섰다. 얼굴이 불그스름하며 나이 지긋한 신사가 철도 회사 대표로 동석했다.

"청년의 시신이 발견된 곳은 여깁니다."

그가 선로에서 일 미터 정도 떨어진 지점을 가리키며 말했다.

"위에서 추락했을 리는 없어요. 보시다시피 사방은 창문도 장식도 없는 터널이니까요. 따라서 열차에서 추락했을 가능성밖에 없습니다. 저희가 추적한 결과에 따르면 열차는 월요일 자정 무렵에 이 지점을 통과한 게 분명합니다."

"폭행의 흔적이 없는지 객차 전량을 조사하셨습니까?"

"그런 흔적은 전혀 없었고 탑승권도 보이지 않았습니다."

"객차의 문이 열려 있었다는 기록도 없었고요?"

"네."

"오늘 오전에 새로운 증거가 나왔습니다."

레스트레이드가 이야기했다.

"평소처럼 런던 왕복 열차를 타고 올드게이트를 지나던 한 승객이 월요일 밤 11시 40분경, 열차가 역에 도착하기 직전에 시신이 선로에 부딪히는 것처럼 쿵 하는 소리를 들었습니다. 그런데 안개가 워낙 자욱해서 아무것도 보이지가 않았답니다. 그래서 당시에는 제보하지 않았고요. 아니, 왜 그러십니까, 홈스 씨?"

내 친구는 곡선을 그리며 터널에서 빠져나오는 선로를 쳐다보고 있었다. 올드게이트 역은 환승역이라 선로 전환기들이 한데 모여 있었다. 호기심 어린 그의 이글거리는 시선이 선로 전환기들에 꽂혀 있었다. 입술은 굳게 다물고 콧구멍을 벌름거리며 숱 많은 눈썹을 한데 찡그린 예리하고 빈틈없는 표정은 내가 너무나도 잘 아는 모습이었다.

"선로 전환기. 선로 전환기."

그가 중얼거렸다.

"왜요? 그게 어때서요?"

"선로 전환기가 이렇게 많이 모여 있는 곳은 없죠?"

"네, 거의 없습니다."

"곡선 선로. 선로 전환기와 곡선 선로. 맙소사! 정말 그런 거라면……."

"왜 그러십니까, 홈스 씨? 단서라도 발견하셨나요?"

"어떤 생각이 떠올랐습니다. 그냥 그럴 수도 있다는 가능성 같은 게. 점점 더 흥미진진해지고 있습니다. 특이해요, 정말이지 특이합니다. 그런데 왤까요? 선로에 혈흔은 없네요."

"원래 거의 없었습니다."

"심각한 부상을 입었다고 들었습니다만."

"뼈가 으스러졌지만 눈에 띄는 외상은 없었습니다."

"그래도 피가 났을 텐데. 안개 속에서 쿵 소리를 들었다는 승객이 타고 있던 객차를 살펴볼 수 있을까요?"

"그건 안 되겠습니다, 홈스 씨. 열차를 분해해서 객차를 재편성했거든요."

"홈스 씨, 모든 객차를 샅샅이 조사했다고 장담합니다. 제가 직접 나서서 살폈어요."

레스트레이드가 말했다.

내 친구는 자기보다 지적 능력이 낮은 사람을 견디지 못한다는 단점이 있었다.

"그러셨겠죠."

그는 고개를 돌렸다.

"내가 살펴보고 싶은 건 객차 내부가 아닙니다. 왓슨, 여기서 우리 볼일은 끝난 것 같네. 레스트레이드 형사님, 시간 내주셔서 감사합니다. 우리는 이제 울리치로 건너가서 조사를 하겠습니다."

런던 브리지에서 홈스는 형에게 보내는 전보를 작성하고, 보내기 전에 보여주었다. 전보에는 이렇게 씌어 있었다.

어둠 속에서 빛줄기가 보이지만 꺼져버릴 수도 있음. 영국에서 활동중인 외국 첩보원이나 국제 요원들의 주소록을 인편에 베이커 스트리트로 보내되 기다렸다가 답장을 들고 가라고 전해주기 바람.

셜록

"주소록이 있으면 도움이 될 걸세, 왓슨. 이렇게 흥미진진한 사건을 소개해주다니 마이크로프트 형에게 신세를 진 셈이로군."

그는 울리치행 열차 좌석에 앉으며 말했다.

여전히 표정이 예리하고 열띤 것으로 보건대 새롭고 의미심장한 상황을 맞이하면서 생각이 꼬리를 물고 이어지는 모양이었다. 귀를 늘어뜨리고 꼬리를 떨군 채 견사에서 힘없이 늘어진 사냥개와 눈을 번뜩이고 근육을 불끈거리며 자세를 낮추고 냄새를 쫓아 달리는 사냥개를 비교해보면 오늘 아침의 홈스와 지금의 홈스가 얼마나 다른지 알 수 있을 것이다. 불과 몇 시간 전 안개로 휩싸인 응접실에서 쥐색 실내복을 입은 채 안절부절못하고 돌아다니던, 기운 없이 맥을 못 추던 남자가 아니었다.

"눈앞에 재료도 있고 현미경도 있는데 바보처럼 가능성을 알아차리지 못하다니."

"나는 지금도 뭐가 뭔지 모르겠는데."

"나도 진상은 아직 모르겠지만 해결의 실마리가 될 만한 생각이 떠오르지 뭔가. 남자는 다른 데서 목숨을 잃었고 시신은 열차 지붕에 얹혀 있었던 거야."

"지붕에!"

"놀랍지? 하지만 정황을 생각해보게. 열차가 선로 전환기 위를 지나느라 덜커덩거리며 흔들리는 지점에서 시신이 발견된 것이 과연 우연일까? 그곳은 지붕 위에 있던 무언가가 떨어지기 딱 알맞은 지점이 아닐까? 객실 내부의 물건은 선로 전환기 위를 지나도 밖으로 떨어질 일이 없지. 시신이 지붕 위에 있다가 떨어졌든지, 희한한 우연이 벌어졌든지, 둘 중 하나일세. 게다가 혈흔의 문제를 생각해보게. 두말하면 잔소리지만 시신이 다른 데서 피를 흘렸다면 선로에 혈흔이 남을 이유가 없지. 각각의 사실만으로도 의미심장한데 한데 종합하면 설득력이 배가 되지."

"그리고 탑승권도!"

"맞아. 탑승권이 없는 이유를 설명할 방법이 없었잖나. 이 가설에 따르면 설명이 되지. 아귀가 딱 들어맞는다네."

"그게 사실이라 한들 그의 죽음이라는 수수께끼를 해결하기까지는 여전히 요원하군. 문제가 간단해졌다기보다 더 복잡해졌어."

"어쩌면."

홈스는 생각에 잠긴 투로 중얼거렸다.

"어쩌면."

그가 말없이 몽상에 잠긴 동안 열차는 마침내 울리치 역으로 서서히 들어섰다. 역에서 그는 마차를 부르고 주머니에서 마이크로프트에게 받은 쪽지를 꺼냈다.

"오후 내내 여기저기 들를 데가 많다네. 그중에서 가장 눈길을 끄는 사람은 아무래도 제임스 월터 경이지?"

명성이 자자한 공직자가 사는 곳은 파릇파릇한 잔디가 템스 강까지 닿아 있는 근사한 저택이었다. 그의 집에 도착하자 안개가 걷히면서 가늘고 희미한 햇살이 고개를 내밀었다. 초인종을 누르자 집사가 나왔다.

"제임스 경을 찾으십니까?"

그가 침통한 얼굴로 말을 이었다.

"제임스 경은 오늘 아침에 돌아가셨습니다."

"이럴 수가! 어쩌다가요?"

홈스가 놀라서 큰 소리로 외쳤다.

"들어오셔서 경의 동생인 밸런타인 대령이라도 만나시겠습니까?"

"네, 아무래도 그러는 게 좋겠습니다."

우리는 안내를 받으며 조명을 희미하게 밝힌 응접실로 들어갔다. 곧장 키가 크고 인물이 훤하며 단정하게 수염을 기른 오십 대 남자가 나타났다. 세상을 떠난 과학자의 동생이었다. 흥분한 눈빛과 눈물 자국이 남은 뺨, 산발한 머리가 갑작스럽게 들이닥친 변고를 방증했다. 그는 말조차 제대로 잇지 못했다.

"이 끔찍한 사건 때문에 그렇게 됐습니다. 명예를 목숨처럼 생각하는 나의 형, 제임스 경이 그런 사건을 무슨 수로 견딜 수 있겠습니까. 억장이 무너질 밖에요. 자신의 유능한 부서를 늘 자랑스럽게 여겼는데 치명타를 맞았죠."

"경의 도움으로 사태를 해결할 수 있길 바랐습니다만."

"이 사건은 우리뿐 아니라 형님에게도 오리무중이었습니다. 형님은 아는 사실을 전부 경찰에 밝혔습니다. 당연히 캐도건 웨스트가 범인이라고 생각했고요. 그것 말고는 어떻게 된 영문인지 전혀 알 수가 없었죠."

"대령께서도 아시는 게 없습니까?"

"신문에서 보거나 소문으로 들은 것 말고는 정보가 전혀 없습니다. 죄송합니다만 홈스 씨, 지금 경황이 없어서요. 면담은 이쯤에서 끝내주셨으면 합니다."

다시 마차에 올랐을 때 내 친구가 말했다.

"사태가 이런 식으로 진행될 줄이야."

"딱한 양반의 죽음이 자연사인지 아니면 자살인지 궁금하군. 자살이라면 직무 유기에 대한 자책의 의미일까? 그 문제는 나중에 고민하기로 하고. 지금은 캐도건 웨스트의 유족에게 희망을 걸어보아야겠군."

아들을 앞세운 어머니는 런던 외곽의 작고 깔끔한 집에서 살고 있었다. 그녀 역시 상심이 너무 커서 아무 도움이 되지 못했다. 운명의 그날 저녁에 그를 마지막으로 목격했던 약혼녀 바이얼릿 웨스트버리가 노부인의 곁을 지키고 있었다.

"저도 어떻게 된 영문인지 모르겠어요, 홈스 씨. 끔찍한 사건이 벌어진 이래 잠 한숨 못 자고, 밤낮으로 고민에 고민을 거듭해도 모르겠어요. 이 세상에 아서만큼 성실하고 신사적이고 애국심이 투철한 사람은 없었어요. 자기가 맡은 국가 기밀을 넘기느니 오른손을 자를 사람이었어요. 그를 아는 사람이라면 누구나 황당하고 있을 수 없고 말도 안 되는 일이라고 생각할 거예요."

"하지만 드러난 사실이 그렇지 않습니까, 웨스트버리 양?"

"알아요, 알아요. 그건 달리 설명하기 어렵죠."

"그가 돈이 궁한 상황이었나요?"

"아뇨, 욕심이 없었고 월급은 넉넉했는걸요. 몇백 파운드나 저축해놓았고 우리는 내년에 결혼할 계획이었어요."

"흥분한 기미를 보이지는 않던가요? 웨스트버리 양, 솔직하게 대답해주시기 바랍니다."

그녀는 얼굴을 붉히며 머뭇거렸다. 내 친구는 그녀가 보인 태도의 변화를 잽싸게 간파했다.

"네, 뭔가 숨기는 게 있는 것 같긴 했어요."

마침내 그녀가 대답했다.

"언제부터요?"

"지난주쯤부터요. 고민이 있고 불안해 보이더라고요. 한번은 집요하게 캐물었더니 직장하고 연관이 있는 일이라고 하더군요. '당신한테도 얘기할 수 없을 만큼 심각한 사안이야.' 이러고는 입을 다물어버렸어요."

홈스는 심각한 표정이었다.

"그리고요, 웨스트버리 양? 그에게 불리하더라도 전부 얘기해주시기 바랍니다. 그게 어떤 결론으로 이어질지 아무도 모르잖습니까."

"사실 더이상 드릴 말씀이 없어요. 그이가 저한테 무슨 말을 할 것 같은 낌새를 보인 적이 한두 번 있긴 해요. 어느 날 저녁에 사안의 심각성을 운운하면서 그걸 입수할 수만 있다면 외국 첩자들이 상당한 대가를 지불할 거라고 얘기한 적도 있고요."

내 친구의 표정이 점점 심각해졌다.

"그리고요?"

“국가 기밀을 너무 허술하게 다룬다고, 마음만 먹으면 아무나 설계도를 훔칠 수 있다고 했어요.”

“최근 들어서 그런 소리를 하던가요?”

“네, 요 며칠 동안 그랬어요.”

“마지막날 저녁에 무슨 일이 있었는지 들려주시겠습니까?”

“우리는 연극을 보기로 했어요. 안개가 워낙 짙어서 마차가 무용지물이라 걸어서 갔죠. 걷다 보니 그이의 사무실 근처를 지나게 됐어요. 그때 그이가 갑자기 안개 속으로 뛰어들더라고요.”

“아무 말도 없이요?”

“뭐라고 소리를 지른 게 다예요. 기다려도 오질 않기에 저는 걸어서 집으로 돌아갔죠. 다음날 아침에 출근 시간이 지나고 나서 그이 사무실 직원들이 저를 찾아왔어요. 12시쯤에 끔찍한 소식을 들었고요. 아, 홈스 씨, 제발 그이의 누명을 벗겨주세요! 그이는 명예를 목숨처럼 여겼는데.”

홈스는 서글프게 고개를 저었다.

“가세, 왓슨. 다른 방법을 모색해야겠어. 다음 목적지는 설계도를 도난당한 사무실이 되어야겠지?”

마차가 느릿느릿 출발하자 그가 다시 입을 열었다.

“안 그래도 이 청년에게 혐의가 있었는데 조사 결과 더욱 짙어졌군. 결혼식을 앞두고 있었다니 범행 동기가 밝혀졌네. 당연히 돈이 필요했을 테니 말일세. 계속 그 이야기를 꺼냈다고 하니 진작부터 그럴 생각이었던 거야. 자기 계획을 털어놓았더라면 약혼녀까지 공범이 될 뻔했어. 끔찍하군."

"하지만 홈스, 그자는 그럴 성격이 아니라지 않은가? 그리고 중죄를 저지르러 가는 마당에 약혼녀를 길바닥에 내버려두고 쏜살같이 사라질 이유는 뭔가?"

"그렇지! 군데군데 의심스러운 부분이 있어. 그런 점들을 풀어야 하는 만만찮은 사건이야."

사무실에 도착하자 고참 사무직원인 시드니 존슨 씨가 깍듯하게 우리를 맞았다. 내 친구의 명함을 받은 사람들은 늘 그런 반응을 보였다. 그는 몸이 호리호리하고 목소리가 걸걸하며 안경을 낀 중년 남자인데 두 뺨은 움푹 꺼졌고 신경과민 증상으로 손을 계속 움찔거렸다.

"참담합니다, 홈스 씨, 정말이지 참담합니다! 저희 부장님 소식은 들으셨죠?"

"그 댁에 들렀다 오는 길입니다."

"여기는 지금 엉망진창이에요. 부장님은 돌아가시고, 캐도건 웨스트도 죽고, 서류는 도난당하고. 월요일 저녁에 다들 퇴근할 때만 해도 여느 부서 못지않게 일 잘한다는 소리를 들었는데 말이죠. 어휴, 생각하기도 싫습니다! 다른 직원도 아니고 웨스트가 그런 짓을 저지르다니!"

"그 사람의 소행이라고 확신하시는 모양이로군요?"

"다른 용의자가 없지 않습니까. 철석같이 믿었던 직원이기는 해도요."

"다들 월요일 몇 시에 퇴근하셨습니까?"

"5시요."

"문은 선생께서 잠그셨고요?"

"제가 항상 마지막에 퇴근합니다."

"설계도는 어디 있었습니까?"

"금고요. 제가 직접 넣었습니다."

"이 건물에 경비는 없습니까?"

"있지만 다른 부서도 관리해야 합니다. 퇴역 군인이고 믿음직한 사람인데 그날 저녁에 아무것도 보지 못했다고 하더군요. 그럴 만도 하죠, 안개가 워낙 짙었으니까."

"캐도건 웨스트가 퇴근 후에 건물 안으로 잠입할 작정이었다고 칩시다. 그러려면 열쇠 세 개가 있어야 설계도를 입수할 수 있지 않습니까?"

"맞습니다. 건물 열쇠, 사무실 열쇠, 금고 열쇠."

"그 열쇠들은 제임스 월터 경과 선생만 가지고 있었고요?"

"건물과 사무실 열쇠는 아닙니다. 저는 금고 열쇠만 가지고 있었죠."

"제임스 경은 정돈을 잘하는 성격이었나요?"

"네, 제가 알기로는 그랬습니다. 열쇠 세 개를 고리 하나에 끼워서 보관하셨어요. 저도 종종 보았고요."

"런던에 갈 때 열쇠고리를 들고 가셨나요?"

"그랬다고 하셨어요."

"선생은 열쇠를 절대 잃어버린 적이 없었고요?"

"네."

"웨스트가 범인이라면 복제한 열쇠를 가지고 있었겠군요. 그런데 시신에서 나온 열쇠가 없단 말이죠. 그리고 또 한 가지, 만약 이 부서의 직원이 설계도를 팔아넘길 생각이라면 원본을 들고 나가기보다 베끼는 편이 훨씬 더 간단하지 않을까요?"

"실무적인 지식을 어느 정도 갖추고 있어야 설계도를 제대로 베낄 수 있습니다."

"제임스 경과 선생은 물론 웨스트 역시 그만한 실무 지식을 갖추고 있었겠죠?"

"그렇습니다만 저까지 한데 엮지는 말아주시기 바랍니다. 웨스트의 시신에서 원본이 나온 마당에 이런 추측이 무슨 소용입니까?"

"사본이어도 되는데 위험을 무릅쓰고 원본을 들고 나온 게 이상해서 말입니다."

"네, 이상하죠. 하지만 그랬는걸요."

"사건을 수사할수록 이해가 안 되는 부분들이 하나씩 튀어나옵니다. 그나저나 설계도 세 장이 없어졌죠? 중요한 부분이라고 들었습니다만."

"네, 맞습니다."

"그 세 장만 있으면 나머지 일곱 장이 없어도 브루스파팅턴 잠수함을 만들 수 있다는 말씀이십니까?"

"해군본부에는 그렇게 보고했습니다. 그런데 오늘 설계도를 다시 살펴보니 아닐 수도 있겠다는 생각이 들더군요. 회수된 일곱 장 가운데 자동 조절 기능을 갖춘 이중 밸브 설계도가 있어서요. 그걸 발명하지 않는 이상 다른 어느 나라도 잠수함을 만들 수 없습니다. 물론 금세 난관을 극복할 수도 있겠지만요."

"아무튼 없어진 세 장이 가장 중요한 설계도라는 거죠?"

"그렇습니다."

"사무실을 좀 둘러봐도 되겠습니까? 더이상 여쭈어보고 싶은 것도 없군요."

홈스는 금고 자물쇠와 사무실 출입문과 마지막으로 창문에 달린 철제 덧문까지 살펴보았다. 적극적으로 수사를 시작한 건 건물 밖 잔디밭으로 나온 다음이었다. 창문 앞에 월계수가 한 그루 있었는데 가지 몇 개가 뒤틀리고 꺾인 흔적이 보였다. 그는 월계수 가지와 그 아래 땅바닥에 찍힌 희미한 발자국을 돋보기로 꼼꼼히 들여다보았다. 그러고 나서 존슨에게 철제 덧문을 닫아달라고 부탁하고는 아귀가 잘 맞지 않아서 가운데가 벌어진 덧문을 가리키며 안에서 벌어지고 있는 일을 밖에서 볼 수 있었겠다고 이야기했다.

"삼 일이나 지나서 발자국이 훼손됐군. 단서가 될 수도 있고 그렇지 않을 수도 있겠어. 아무튼 울리치에서는 이쯤 했으면 된 것 같네, 왓슨. 소득이 변변찮군. 런던에서는 더 좋은 성적을 거둘 수 있을까."

울리치 역에서 일말의 수확을 거뒀다. 매표소 직원이 월요일 밤에 캐도건 웨스트를 보았노라고 장담한 것이다. 얼굴을 확실히 기억한다고까지 했다. 그는 동행 없이 삼등석 표를 한 장 끊었다. 직원은 흥분해서 안절부절못하는 그를 보고 놀랐다. 잔돈을 줍지도 못할 정도로 손을 부들부들 떨어서 직원이 집어주어야 했다. 시간표를 보니 웨스트가 7시 30분경에 약혼녀와 헤어지고 탈 수 있었던 첫차가 8시 15분 열차였다.

"왓슨, 사건을 재구성해볼까?"

삼십 분 동안 침묵을 지키던 홈스가 말했다.

"우리 둘이 수사한 사건 중에 이보다 더 까다로운 사건이 있었을까 싶군. 한 걸음 전진할 때마다 새로운 장애물이 등장하니 말일세. 그래도 지금까지 상당한 성과를 거두기는 했네.

울리치에서 조사한 바로는 캐도건 웨스트에게 불리한 결론이 내려졌지. 하지만 그에게 유리하게 작용할 수 있는 단서 몇 개가 창문 주변에서 발견되었어. 외국 첩보원이 그에게 접근했다고 가정해보세. 첩보원은 아무한테도 발설하지 말라는 조건을 달았겠지만, 약혼녀에게 한 이야기를 보면 그 생각이 머릿속을 떠나지 않았다는 걸 알 수 있지. 여기까지는 좋았어.

이제, 그가 약혼녀와 함께 극장으로 가던 길에 사무실 쪽으로 가는 첩보원을 안개 사이로 문득 보았다고 가정해보세. 그는 즉흥적이고 판단이 빠른 성격이었지. 세상 그 무엇보다 임무를 우선시했고. 그는 첩보원의 뒤를 밟아서 창문 앞에 다다랐을 때 설계도를 빼돌리는 첩보원을 보고 따라 나섰지. 이런 시나리오라야 범인이 복사를 하지 않고 원본을 훔친 이유가 설명이 된다네. 외부인이라면 원본을 들고 갈 수밖에 없을 테니까. 여기까지는 논리적으로 결함이 없지."

"그런 다음에는?"

"여기부터 난관에 부딪힌다네. 누가 봐도 그런 경우에는 당장 도둑을 잡고 경보를 울리는 게 상책이지. 그런데 캐도건 웨스트가 그러지 않은 이유가 뭐였을까? 설계도를 꺼낸 사람이 상사여서 그랬을까? 그런 거였다면 웨스트의 행동이 이해가 되지. 아니면 안개 때문에 범인을 놓치자 진로를 바꿔서 곧장 런던으로 달려간 걸까? 범인의 소굴이 어디인지 알기 때문에? 약혼녀를 안개 속에 내버려둔 채 말 한마디 하지 않고 달려간 것을 보면 다급한 상황이 분명해. 우리의 추적은 여기서 끊긴다네. 주머니 속에 일곱 장의 설계도를 담고 런던행 열차 지붕에 쓰러져 있었던 웨스트의 시신과 가설 사이에는 어마어마한 구멍이 존재하지. 이쯤에서 역추적하는 게 좋겠군. 마이크로프트 형이 용의자 주소록을 보내놓았다면 양쪽 방향에서 수사를 진행할 수 있을 텐데."

아니나 다를까 편지 하나가 베이커 스트리트에서 우리를 기다리고 있었다. 정부 사환이 속달로 들고 온 편지였다. 홈스는 훑어보고 내게 건네주었다.

잔챙이들은 많지만 이 정도로 엄청난 사건을 꾸밀 인물은 몇 명 안 되지. 웨스트민스터의 그레이트조지 스트리트 13번지에 사는 아돌프 마이어, 노팅힐의 캠던 맨션스에 사는 루이 라로티에르, 켄싱턴의 콜필드 가든스에 사는 휴고 오버슈타인 정도를 꼽을 수 있다. 라로티에르는 월요일에 런던에 있었는데 지금은 떠났다고 한다. 빛줄기가 보인다니 다행이다. 내각이 너의 최종 보고를 애타게 기다리고 있다. 최고위층에서도 독촉하고 있고. 거국적인 지원 태세를 갖추고 있으니 도움이 필요하거든 이야기하거라.

마이크로프트

홈스는 웃으며 말했다.

"이 나라의 병력을 전부 동원한다 한들 전혀 도움이 안 될 것 같은데."

그는 대형 런던 지도를 펼쳐놓고 열심히 들여다보더니 이내 흡족해하며 탄성을 질렀다.

"흠, 드디어 저울이 우리 쪽으로 기우는군. 왓슨, 결국에는 해결할 수 있겠다는 생각이 드는데?"

그는 갑자기 법석을 떨며 내 어깨를 찰싹 때렸다.

"바로 나갔다 와야겠네. 사전 답사를 해야겠어. 믿음직한 동지 겸 전기 작가 없이 대단한 일을 벌이지는 않을 테니 걱정 말게. 집을 지키고 있으면 한두 시간 내로 나를 다시 만날 수 있을 걸세. 시간이 너무 안 간다 싶으면 종이와 펜을 꺼내 우리가 어떻게 조국을 구했는지 기록을 시작해도 좋겠지."

나는 평소에 근엄하기 짝이 없는 그가 이유 없이 기뻐서 날뛸리 없다는 걸 알기에 덩달아 신이 났다. 십일월의 기나긴 저녁 내내 그가 돌아오기만을 손꼽아 기다렸다. 마침내 9시가 조금 지났을 때 사환 하나가 편지를 들고 등장했다.

켄싱턴의 글로스터 로드에 있는 골디니스 레스토랑에서 저녁 식사를 하고 있음. 당장 와주길 바람. 쇠지렛대, 차광이 되는 등, 끌, 리볼버를 들고 오길.

S.H.

번듯한 시민이 안개가 드리운 흐린 밤거리에서 들고 다니기엔 참으로 요상한 장비였다. 나는 모든 장비를 외투 속에 챙기고 편지에 적힌 주소지로 달려갔다. 요란한 이탈리안 레스토랑 입구 근처의 조그만 원형 탁자에 친구가 앉아 있었다.

"뭐 좀 먹었나? 그럼 같이 커피하고 퀴라소■ 좀 들지그래. 이 집 시가도 한 대 피우고. 생각보다 독하지 않다네. 장비들은 들고 왔지?"

"외투 속에 챙겨가지고 왔지."

"좋아. 내가 지금까지 뭘 했고, 우리 둘이 앞으로 어떻게 할

■ 오렌지 껍질로 만드는 독한 술.

계획인지 간단하게 설명해주겠네. 왓슨, 이제 자네도 알겠지만 청년의 시신은 열차 지붕에 얹혀 있었어. 그가 객차가 아니라 지붕에서 떨어졌다고 결론을 내린 시점부터 분명해진 사실이지."

"다리에서 떨어뜨렸는데 열차 지붕에 안착했을 수도 있지 않을까?"

"내가 보기에는 불가능한 일일세. 지붕이 둥그스름하고 가장자리에 난간도 없으니 캐도건 웨스트의 시신을 누가 거기에 올려놓았다고 장담할 수 있지."

"무슨 수로 거기 얹었을까?"

"그게 관건이지. 방법은 딱 한 가지라네. 자네도 알 테지만 웨스트엔드에는 터널이 없는 구간이 몇 군데 있지. 그 구간을 지날 때 머리 바로 위로 가끔 창문이 보였던 기억이 희미하게 나는군. 열차가 창문 아래에서 잠깐 멈춘다면 지붕에 시신을 얹기도 그리 어려운 일이 아니지 않겠나."

"설마 그랬을까."

"불가능한 일들을 하나씩 제거한 뒤에 마지막에 남는 것이 아무리 터무니없어 보이더라도 진실이라는 오래된 격언도 있지 않은가. 이 사건에서는 다른 모든 가능성이 틀린 것으로 밝혀졌지. 손꼽히는 국제 첩보원이 열차가 지나는 곳 근처에서 산다는 사실을 알았을 때 내가 좋아서 갑자기 경망스럽게 굴지 않았나. 자네가 살짝 놀랐을 정도로."

"아, 그 때문이었군?"

"음, 그렇다네. 콜필드 가든스 13번지에 사는 휴고 오버슈타인이 내 목표물이지. 글로스터로드 역에서부터 수사를 시작했다네. 협조적인 직원과 선로를 따라 걸으며 확인한 결과, 콜필드 가든스의 뒷계단 창문이 철길을 향해 열려 있을 뿐 아니라 이용객이 많은 열차와 교차하는 지점이라 열차가 몇 분씩 가만히 서 있기도 한다는 중요한 사실을 파악했다네."

"대단해, 홈스! 결국 알아냈군!"

"여기까지는. 여기까지는, 왓슨. 진전이 있긴 하지만 아직 갈 길이 멀다네. 콜필드 가든스의 뒤편을 확인한 뒤에 앞쪽으로 돌아가보니 예상했던 대로 용의자가 벌써 사라지고 없지 뭔가. 보아하니 가구 하나 없는 상당히 넓은 이층집이야. 오버슈타인은 하인 한 명과 살았다는데 전적으로 믿을 수 있는 심복이었겠지. 오버슈타인이 유럽 대륙으로 건너간 이유는 전리품을 처리하기 위해서이지, 도주가 목적이 아니라는 점을 명심해야 하네. 그는 수색영장을 두려워할 이유가 전혀 없으니 아마추어의 가택수색은 상상도 하지 못하겠지. 지금 우리가 그걸 하려는 것이네만."

"영장을 발부받아서 정식으로 수색하면 안 되는가?"

"증거가 거의 없지 않은가."

"들어가서 뭘 찾으려고?"

"무슨 편지라도 있을지 모르잖나."

"영 내키지가 않네만."

"왓슨, 자네는 길에서 망만 보게. 불법행위는 나 혼자 저지를 테니까. 지금은 사소한 부분에 연연할 때가 아닐세. 마이크로프트 형도 편지에서 해군본부와 내각과 고위 관료가 소식을 기다리고 있다지 않은가. 가야만 해."

나는 자리에서 일어나는 것으로 대답을 대신했다.

"맞아, 홈스. 가야지."

그는 벌떡 일어나서 내 손을 잡았다.

"자네가 용감하게 나설 줄 알았지."

내가 그때까지 본 중에서 가장 다정하다고 할 수 있는 눈빛이 그의 눈을 언뜻 스치고 지나갔다. 하지만 거만하고 현실적인 본연의 모습으로 금세 되돌아갔다.

"일 킬로미터쯤 떨어져 있지만 급할 것 없으니 슬슬 걸어가세. 제발 부탁인데 장비를 떨어뜨리지는 말아주게. 자네가 수상한 인물로 체포되면 그보다 당혹스럽고 골치 아픈 일도 없을 테니까."

콜필드 가든스는 빅토리아시대 중기 런던 웨스트엔드의 도드라진 특징을 가진 집으로 가득한 동네였다. 평평한 전면에 기둥과 현관이 딸린 집들이 줄줄이 이어졌다. 옆집에서 파티를 벌이는지 아이들의 명랑한 음성과 뚱땅거리는 피아노 소리가 밤하늘 속으로 퍼졌다. 걷힐 줄 모르는 안개가 포근한 어스름 속에 우리를 숨겨주었다. 홈스가 등불을 켜서 거대한 대문을 비추었다.

"일이 만만치 않겠어. 자물쇠를 채운 건 물론이고 빗장까지 질러놓았군. 지하실 출입문을 시도해보아야겠네. 저 아치 출입구로 들어가면 의욕이 넘치는 경찰관이 끼어들더라도 들킬 걱정이 없지. 나 좀 잡아주게, 왓슨. 내가 먼저 내려가서 자넬 도와줄 테니."

잠시 후에 우리는 지하실 출입문 앞에 도착했다. 어두컴컴한 그늘 속으로 몸을 숨기자마자 안개를 헤치며 걸어가는 경찰관의 발소리가 머리 위로 지나갔다. 나지막하고 규칙적인 발소리가 사라지자 홈스는 문을 붙잡고 작업에 착수했다. 그가 몸을 웅크리고 힘을 주자 날카로운 굉음과 함께 문이 열렸다. 우리는 어두컴컴한 통로로 얼른 뛰어들었고 등뒤로 문을 닫았다. 홈스가 앞장서서 양탄자가 깔리지 않은 구불구불한 계단을 올라갔다. 부채꼴 모양의 누런 불빛이 나지막이 달린 창문을 비추었다.

"여길세, 왓슨. 이 창문인 게 분명해."

그가 창문을 열자 귀에 거슬리는 나지막한 소음이 점점 커지는가 싶더니 열차가 요란한 굉음을 내며 어둠을 뚫고 우리 옆을 지나갔다. 홈스가 등불로 창턱을 훑었다. 지나가는 열차들 때문에 검댕이 두툼하게 쌓였는데 여기저기 뭉개지고 벗겨진 흔적이 있었다.

"시신을 어디다 걸쳐놓았는지 알겠지? 이런! 왓슨, 이게 뭔가? 분명 혈흔으로 보이는데?"

그가 군데군데 희미하게 변색된 나무 창틀을 가리키며 말했다.

"돌계단 위에도 똑같은 흔적이 남아 있어. 완벽한 증거로군. 열차가 멈추어 설 때까지 여기서 기다려보세."

한참 기다릴 필요도 없었다. 바로 다음 열차가 이번에도 굉음을 토하며 터널에서 빠져나오더니 끼이익 하는 브레이크 소리와 함께 우리 바로 아래에서 멈추어 섰다. 창턱에서 객차 지붕까지 일 미터 정도밖에 되지 않았다. 홈스는 가만히 창문을 닫았다.

"여기까지는 짐작이 맞아떨어졌군. 자네가 보기에는 어떤가, 왓슨?"

"일품일세. 이번에야말로 자네가 제대로 실력 발휘를 한 것 같네."

"아닐세. 시신이 지붕에 얹혀 있었을 거라는, 그다지 어려울 것도 없는 추측을 하고 나니 나머지는 저절로 따라온 것 아닌가. 국익이 달려 있어서 그렇지 여기까지는 대수롭지 않은 사건이었다네. 앞으로가 문제야. 여기서 도움이 될 만한 단서를 찾을 수 있을지도 모르겠네만."

부엌에 있는 계단을 올라가자 2층의 방이 여러 개 나왔다. 첫 번째 방은 가구가 거의 없고 눈여겨볼 만한 부분도 전혀 없는 식당이었다. 침실인 두 번째 방 역시 별게 없었다. 마지막 방은 뭐가 나올 가능성이 있어 보였다. 내 친구는 체계적인 조사에 착수했다. 책과 서류가 여기저기 흩어져 있는 것으로 보건대 서재로 사용된 방이 분명했다. 홈스는 체계적이고 신속하게 서랍과 벽장을 뒤졌지만 근엄한 얼굴 위로 성과의 빛이 드리우진 않았다. 한 시간이 지났는데도 별 소득이 없었다.

"그 교활한 인간이 흔적을 다 지웠군. 증거가 될 것을 남기지 않았어. 위험한 서신은 파기하거나 다른 데로 옮겼고. 유일한 희망이라고는 이것뿐인데."

책상 위에 조그만 깡통 금고가 놓여 있었다. 홈스가 끌로 뚜껑을 땄다. 뭔지 모를 숫자와 수식이 잔뜩 적힌 종이 몇 장이 들어 있었다. '수압'과 '제곱인치당 압력'이라는 단어가 반복되는 것을 보니 잠수함과 연관이 있어 보였다. 홈스는 조급하게 종이

뭉치를 한쪽 옆으로 치웠다. 이제 남은 것은 신문에서 오린 기사 몇 개가 담긴 봉투뿐이었다. 그가 신문 기사를 책상 위로 쏟아부었다. 나는 그의 열띤 표정에서 희망의 기미를 느낄 수 있었다.

"이게 뭘까, 왓슨? 응? 이게 뭘까? 신문광고란에 실린 메시지를 모은 거야. 활자와 종이를 보니 《데일리 텔레그래프》로군. 오른쪽 상단의 모퉁이고. 날짜는 없지만 내용을 보면 순서를 유추할 수 있어. 이게 첫 번째 메시지였겠군.

'조속히 연락 바람. 조건에 동의함. 명함의 주소지로 정식 서신 발송 요망. 피에로.'

그다음은,

'너무 복잡해서 필사 불가. 전부 가져올 것. 물건이 배달되면 보수 지급 예정. 피에로.'

그러고 나서,

'사태 시급. 계약대로 이행하지 않으면 제안 철회. 편지로 약속을 정할 것. 광고로 확답하겠음. 피에로.'

그리고 마지막으로,

'월요일 밤 9시 이후. 노크 두 번. 우리끼리만. 너무 의심하지 말 것. 물건 배달 후 현금 지불.'

완벽한 기록 아닌가, 왓슨! 상대가 누구인지 알아낼 수만 있으면 좋을 텐데!"

홈스는 자리에 앉아 손가락으로 책상을 두드리며 멍하니 생각에 잠겼다. 잠시 후에 그가 벌떡 일어섰다.

"어쩌면 그리 어려운 일이 아닐지 몰라. 여기서 볼일은 끝났네, 왓슨. 《데일리 텔레그래프》 사무실을 찾아가는 것으로 오늘 하루 일과를 마감하는 게 좋겠군."

약속대로 다음날 아침 식사가 끝났을 때 마이크로프트 홈스와 레스트레이드가 찾아왔다. 홈스는 전날에 거둔 수확을 그들에게 알렸다. 무단 침입을 했다는 고백에 형사는 고개를 저었다.

"우리는 그런 식으로 수사를 벌일 수 없습니다. 홈스 씨가 훨씬 훌륭한 성과를 거둘 수밖에 없군요. 하지만 언젠가는 선을 넘어서 홈스 씨와 친구분이 난처한 상황에 놓이는 날이 올 겁니다."

"'영국과 가족과 미녀를 위해서' 한 일인걸요. 안 그런가, 왓슨? 조국이라는 제단에 바치는 순교라고 할까요. 아무튼 형이 보기에는 어때?"

"대단하다, 홈스! 훌륭해! 하지만 그 정보를 어떤 식으로 활용할 작정이냐?"

홈스는 탁자에 놓여 있던 《데일리 텔레그래프》를 집었다.

"오늘 실린 피에로의 광고 봤어?"

"뭐! 광고가 또 실렸다고?"

"그래. '오늘밤. 같은 시각. 같은 장소. 노크 두 번. 매우 중요한 용건. 당신의 목숨이 걸려 있음. 피에로.'"

"맙소사! 그자가 응답만 한다면 잡을 수 있겠군요!"

레스트레이드가 외쳤다.

"그렇지 않을까 하는 생각에 광고를 낸 겁니다. 8시쯤에 다 같이 콜필드 가든스로 출동하면 해답에 한 걸음 다가갈 수 있을지 모릅니다."

셜록 홈스의 가장 신기한 점은 당장 할 수 있는 일이 없다는 판단이 내려질 경우, 머릿속을 완전히 비우고 좀더 가벼운 사안에 온 정신을 집중할 수 있다는 것이었다. 결전의 그날에도 그는 플랑드르의 작곡가 라소의 다성多聲 모테트를 주제로 하루 종일 논문을 썼다. 나로 말할 것 같으면 그런 능력이 없었기에 그날따라 시간이 느리게 가는 것처럼 느껴졌다. 워낙 국가적으로 중대한 사안이라 윗선에서도 촉각을 곤두세우고 있으니 결전을 눈앞에 앞두고 초조하기 그지없었다. 간단한 저녁 식사 후 드디어 출정하러 나섰을 때 얼마나 마음이 놓였는지 모른다. 약속한 대로 레스트레이드와 마이크로프트가 글로스터로드 역 앞에서 우리를 기다리고 있었다. 오버슈타인이 사는 집의 지하실 출입문을 전날 밤에 열어놓았지만 마이크로프트 홈스가 절대 난간을 타고 넘지 않겠다고 꿋꿋하게 거부하는 바람에 내가 건물로 들어가 현관문을 열어주어야 했다. 9시가 되었을 때 우리 넷은 서재에 자리를 잡고 앉아서 표적을 차분하게 기다렸다.

한 시간이 지나고 또 한 시간이 지났다. 교회 시계가 침착하게 11시를 알리는 소리가 장송곡처럼 느껴졌다. 레스트레이드와 마이크로프트는 안절부절못하며 일 분에 두 번씩 시계를 확인했다. 홈스는 말없이 차분하게 앉아서 눈을 반쯤 감고 있었지만 신경은 곤두세우고 있었다. 잠시 후에 그가 홱 하니 고개를 들었다.

"그자가 오고 있어."

홈스가 말했다.

누가 살금살금 현관문 앞을 지났다가 되돌아왔다. 밖에서 부스럭거리는 소리에 이어 노커로 문을 두 번 두드리는 날카로운 소리가 들렸다. 홈스는 우리에게 가만히 앉아 있으라는 신호를 보내며 자리에서 일어섰다. 현관에 걸린 가스등은 한 점의 불빛에 불과했다. 홈스가 현관문을 열었고, 어두컴컴한 형체가 그의 앞을 지나 안으로 들어오자 다시 문을 닫고 잠갔다.

"이쪽으로!"

홈스의 목소리가 들리고 잠시 후, 그자가 우리 앞에 섰다. 그가 놀라서 비명을 지르며 몸을 돌리자 그 뒤를 바짝 따라온 홈스가 멱살을 잡고 그를 방안으로 내동댕이쳤다. 포로가 몸을 가누기 전에 문이 닫혔다. 홈스는 문을 등지고 섰다. 남자는 주변을 노려보며 휘청거리다 정신을 잃고 바닥으로 쓰러졌다. 그 충격에 쓰고 있던 챙 넓은 모자가 날아가고 입을 가리고 있던 스카프가 풀렸다. 밸런타인 월터 대령의 길고 옅은 수염과 오밀조밀하게 잘생긴 이목구비가 드러났다.

홈스는 놀라서 휘파람을 불었다.

"왓슨, 이번 작품에서는 나를 멍청이로 묘사해도 할말이 없겠네. 완전히 헛다리를 짚었거든."

"이자가 누구냐?"

마이크로프트가 열띤 목소리로 물었다.

"고인이 된 잠수함 부서장 제임스 월터 경의 동생. 그래, 그래, 어떻게 된 건지 이제 알겠어. 정신이 드는 모양이로군. 신문은 나한테 맡겨줘."

우리는 앞으로 거꾸러진 그를 소파로 옮겨놓았다. 금세 일어나 앉은 포로는 겁에 질린 눈빛으로 두리번거리며, 꿈인지 생시인지 헷갈리는 사람처럼 이마를 손으로 쓸어올렸다.

"왜 이러십니까? 나는 오버슈타인 씨를 만나러 왔는데요."

"진상이 전부 밝혀졌습니다, 월터 대령."

홈스가 말했다.

"영국 신사가 어째서 그렇게 처신했는지 나로서는 이해가 되지 않습니다만, 오버슈타인과 대령이 어떤 관계이며 어떤 메시지를 주고받았는지 다 알고 있습니다. 캐도건 웨스트가 어쩌다 죽음을 맞이하게 되었는지도. 회개와 자백의 기회를 조금이나마 누리고 싶거든 대령만 아는 몇 가지 소소한 내용들을 이 자리에서 털어놓으시죠."

그는 신음 소리를 내며 두 손에 얼굴을 묻었다. 기다렸지만 아무 말도 하지 않았다.

홈스가 말했다.

"중요한 부분들은 이미 알고 있습니다. 대령이 돈이 궁했다는 것도, 형의 열쇠를 복제했다는 것도, 오버슈타인에게 편지를 보내면 그가 《데일리 텔레그래프》의 광고란을 통해 답장을 보냈다는 것도. 안개가 자욱했던 월요일 밤 대령이 사무실에 들어가는 것을 캐도건 웨스트가 발견하고 뒤를 쫓았죠. 그는 어쩌면 전부터 대령을 의심했을지도 모릅니다. 그는 대령이 서류를 훔치는 광경을 목격했지만 런던에 있는 형에게 가지고 가려는 것일 수도 있었기에 경보를 울릴 수 없었습니다. 하지만 모범 시민답게 만사 제쳐두고 안개를 헤치며 이 집까지 대령을 바짝 뒤

쫓아왔습니다. 그가 개입한 바로 그때 월터 대령 당신은 반역 행위에 살인이라는 중죄를 더한 겁니다."

"아니에요! 아닙니다! 하늘에 대고 맹세하지만 내가 죽이지 않았어요!"

가증스러운 포로가 이렇게 외쳤다.

"그럼 캐도건 웨스트가 어떤 식으로 최후를 맞이했고 어떤 식으로 열차 지붕 위로 떨어졌는지 말씀해보시죠."

"네, 말씀드리죠. 나머지 부분은 제가 했어요. 인정합니다. 말씀하신 대로입니다. 주식으로 진 빚을 갚아야 했어요. 돈이 정말 급했습니다. 오버슈타인이 오천 파운드를 주겠다고 하더군요. 파산을 면하려면 어쩔 수 없었어요. 하지만 살인에 있어서만큼은 절대 결백합니다."

"그럼 어떻게 된 겁니까?"

"말씀하신 것처럼 웨스트는 전부터 나를 의심하고 있었습니다. 그가 뒤쫓아왔다는 걸 문 앞에 다다라서야 알아차렸어요. 안개가 워낙 짙어서 삼 미터 전방도 보이지 않을 정도였거든요. 내가 노크를 두 번 하자 오버슈타인이 문을 열어주었죠. 그때 그 청년이 달려들어서 설계도를 어쩔 작정이냐고 따져 묻더군요. 오버슈타인은 짧은 호신용 곤봉을 갖고 있었어요. 어디든 곤봉을 들고 다녔죠. 웨스트가 억지로 따라 들어오자 오버스타인이 곤봉으로 머리를 내리쳤지 뭡니까. 치명타였죠. 그는 오 분 만에 숨을 거두었어요. 현관에 쓰러진 그를 어찌해야 할지 모르겠더군요. 그때 오버슈타인이 좋은 수가 생각났다면서 집 뒤 창문 앞에서 잠깐 정차하는 열차 이야기를 꺼냈어요. 그리고 내가 들고 온 설계도부터 먼저 점검했죠. 그는 꼭 필요한 설계도가 세 장이라며 그걸 들고 가야겠다고 하더군요.

'안 됩니다. 다시 갖다놓지 않으면 울리치에서 난리가 날 거예요.'

'워낙 기술적으로 까다로운 부분이라 사본을 만드는 데 시간이 걸리니 들고 가야겠소.'

'사본을 만들고 오늘밤 안으로 갖다놓아야 합니다.'

그는 곰곰이 생각하더니 이러면 되겠다고 외치더군요.

'세 장은 내가 가지고 나머지는 이자의 주머니에 쑤셔넣읍시다. 그러면 시신이 발견됐을 때 몽땅 이자가 뒤집어쓰지 않겠소?'

달리 방법이 없었기에 하자는 대로 했죠. 창문 앞에서 삼십 분 동안 기다렸더니 열차가 멈추어 서더군요. 안개가 워낙 짙어서 아무것도 보이지 않았기 때문에 웨스트의 시신을 열차 지붕에 얹는 일은 별문제 없이 마쳤습니다. 제가 관여한 부분은 여기까지입니다."

"형님은요?"

"형님은 아무 말도 하지 않았지만 예전에 제가 형님의 열쇠에 손을 댔다가 들킨 적이 있거든요. 그러니 저를 의심했을 겁니다. 눈빛을 보면 알 수 있었어요. 아시다시피 형님은 그 사건 이후로 영영 고개를 들지 못했습니다."

방안에 정적이 흘렀다. 정적을 깬 사람은 마이크로프트 홈스였다.

"보상을 하면 어떻습니까? 그러면 양심의 가책도 덜고 형량도 줄일 수 있을지 모릅니다."

"무슨 수로 보상할 수 있을까요?"

"오버슈타인이 설계도를 들고 어디로 갔습니까?"

"모르겠습니다."

"대령에게 행선지를 알리지 않았습니까?"

"파리의 루브르 호텔로 편지를 보내면 자기와 연락할 수 있다고 했어요."

"그럼 보상할 방법이 있겠군요."

셜록 홈스가 말했다.

"뭐든 하겠습니다. 그자에게 미안한 마음도 없어요. 저를 파멸과 몰락의 구렁텅이로 밀어넣은 원흉입니다."

"여기 종이하고 펜이 있네요. 책상에 앉아서 제가 부르는 대로 쓰십시오. 봉투에 주소부터 적으시고. 좋습니다. 이제 편지를 쓰십시오.

'친애하는 오버슈타인 씨에게. 우리의 거래와 관련해서 중요한 부분이 하나 빠졌다는 것을 지금쯤 귀하도 알아차렸을 거라고 생각합니다. 그 부분을 메울 사본을 입수했습니다. 하지만 사본을 입수하느라 다시금 신경을 썼으니 오백 파운드의 비용을 추가로 청구해야겠습니다. 사본을 우편으로 발송하지는 못하겠고, 대가는 금이나 지폐로만 받을 생각입니다. 제가 직접 전달하면 좋겠지만 지금 상황에서 출국을 했다가는 의심을 살 테지요. 따라서 토요일 정오에 채링크로스 호텔의 흡연실에서 접선했으면 합니다. 영국 지폐나 금으로만 거래할 용의가 있음을 명심해주시기 바랍니다.'

이거면 될 겁니다. 그자가 미끼를 물지 않을 리가 없죠."

과연 작전은 주효했다! 역시 정사보다는 야사가 훨씬 은밀하고 흥미진진한 법이다. 오버슈타인은 일생일대의 과업을 완수할 욕심에 미끼를 물었고 십오 년 동안 영국에서 철창 신세를 지게 되었다. 그가 유럽의 모든 해군기지에 경매 매물로 내놓은 브루스파팅턴호 설계도는 그의 트렁크에서 발견되었다.

월터 대령은 투옥된 지 만 이 년이 됐을 무렵에 감옥에서 눈을 감았다. 홈스는 다시금 라소의 다성 모테트에 관한 논문 집필에 몰두해 자비 출간했고, 전문가들로부터 그 분야의 결정판이라는 평가를 받았다. 몇 주 뒤에 나는 내 친구가 윈저 궁에 하루 다녀왔다는 사실을 우연히 알게 되었는데, 돌아온 그의 넥타이에 근사한 에메랄드 핀이 꽂혀 있었다. 내가 어디서 났느냐고 묻자 어떤 우아한 귀부인의 사소한 사건을 운 좋게 해결해주고 선물로 받았다고 했다. 그는 더이상 아무 말도 하지 않았지만 나는 귀부인의 존함을 알 것 같았다. 에메랄드 핀을 볼 때마다 내 친구는 브루스파팅턴호 설계도 사건을 떠올릴 것이다.

죽어가는 탐정

셜록 홈스의 하숙집 주인인 허드슨 부인은 오랫동안 고생이 많았다. 특이한 사람들뿐만 아니라 달갑지 않은 사람들까지 그녀의 하숙집 2층에 시도 때도 없이 들이닥쳤고, 유명한 하숙인은 기벽이 심하고 비정상적이었으니 참는 데 진력이 났을 것이다. 홈스는 상상을 초월할 정도로 지저분하고, 엉뚱한 시각에 음악을 연주하며, 가끔 실내에서 사격 연습을 하고, 괴상망측하고 종종 고약한 냄새를 풍기는 과학 실험을 자행했다. 게다가 주변에 드리운 폭력과 위험의 그림자가 걷힐 날이 없으니 런던을 통틀어서 그보다 더 형편없는 하숙인은 없었다. 하지만 하숙비만큼은 후하게 지불했다. 홈스가 나와 함께 지낸 동안 하숙비로 낸 돈이면 그 집을 사고도 남았을 것이다.

허드슨 부인은 그를 존경했기에 아무리 황당한 짓을 저질러도 절대 간섭하지 않았다. 심지어 그를 좋아하기까지 했다. 그가 점잖고 깍듯하게 여자들을 대하기 때문이었다. 그는 여자들을 좋아하지도 믿지도 않았지만 늘 예의를 갖추었다. 나는 부인이 홈스를 얼마나 진심으로 아끼는지 잘 알고 있었다. 그래서 내가 결혼하고 이 년이 되던 해에 부인이 나를 찾아와 딱한 친구가 어떤 지경인지 열변을 토했을 때 진지하게 귀를 기울였다.

"그분은 지금 살날이 얼마 안 남았어요, 왓슨 박사님. 사흘 전부터 상태가 점점 나빠져서 오늘을 넘길 수 있을지 모르겠어요. 의사를 부르려고 해도 절대 안 된다고 해요. 그렇지만 오늘 아침 광대뼈가 불거진 얼굴로 큼지막한 눈을 반짝이는 그분을 마주본 순간, 더이상 두고 볼 수가 없더군요.

'홈스 씨, 허락을 하든 말든 지금 당장 의사를 부르겠어요.'

'그럼 왓슨을 불러주십시오.'

그분이 그러더군요. 얼른 달려가지 않으면 그새 그분이 숨을 거둘지도 몰라요."

나는 그의 병에 대해서 들은 바가 없었기에 소스라치게 놀랐다. 두말하지 않고 얼른 외투와 모자를 챙겨서 허드슨 부인과 함께 마차를 타고 가는 동안 자세한 정황을 물었다.

"저도 아는 게 별로 없답니다. 요즘 로더하이드라고, 강가의 어느 골목에서 사건을 수사중인데 거기서 옮아왔어요. 수요일 오후에 몸져누웠는데 지금까지 꼼짝을 못하네요. 사흘 동안 음식 한 숟가락, 물 한 모금 넘기지 못했고요."

"맙소사! 진작 의사를 부르지 그러셨어요!"

"한사코 안 된다고 하셔서요. 그분이 얼마나 멋대로인지 박사님도 아시잖아요. 뜻을 거스를 수가 있어야죠. 앞으로 살날이 얼마 안 남으시다니! 박사님도 보면 한눈에 알 수 있으실 거예요."

그는 정말이지 통탄할 만한 상태였다. 안개 낀 십일월이라 날이 흐려서 홈스의 침실은 어두컴컴했지만, 침대 위에서 나를 쳐다보는 해쓱하고 수척한 얼굴과 맞닥뜨린 순간 심장이 얼어붙었다. 열 기운에 두 눈은 번뜩거렸고 뺨은 붉었고, 입술은 터서 시커먼 딱지가 앉아 있었다. 침대보 위에 올려놓은 앙상한 손은 쉴 새 없이 움찔거렸고, 목소리는 갈라졌다. 맥없이 누워 있다가 내가 들어서자 알아보겠는지 눈을 반짝였다.

"어이, 왓슨, 힘겨운 순간이 찾아왔네그려."

그의 목소리에 힘은 없었지만 평소처럼 천연덕스러운 구석이 있었다.

"이 친구야!"

내가 외치며 다가갔다.

"물러서게! 당장!"

홈스가 명령조로 날카롭게 외쳤다. 그는 다급한 순간에 그런 말투를 쓰곤 했다.

"가까이 다가오면 내쫓을 거야."

"아니 왜?"

"내가 그러고 싶으니까. 다른 이유가 있어야 하나?"

허드슨 부인의 말이 맞았다. 그는 평소보다 훨씬 고압적이었다. 하지만 기진맥진한 모습이 안쓰럽기 그지없었다.

"도와주고 싶을 뿐이야."

내가 해명했다.

"그래! 내가 시키는 대로 하는 게 나를 돕는 걸세."

"알겠네, 홈스."

그는 긴장을 풀었다.

"화난 건 아니지?"

그가 숨을 헐떡이며 물었다. 딱하기도 하지. 축 늘어진 그를 보고 내가 어찌 화를 낼 수 있겠는가?

"자네를 위해서 이러는 걸세, 왓슨."

그가 쉰 목소리로 말했다.

"나를 위해서라고?"

"내가 무슨 병에 걸렸는지 알거든. 수마트라에서 온 일꾼들이 퍼뜨린 병일세. 우리보다 네덜란드인이 더 잘 아는 병이지. 그들도 아직까지 잘 모르긴 하지만. 딱 한 가지 사실만큼은 분명하다네. 치명적이며 전염성이 아주 높다는 것."

그는 움찔거리는 기다란 손으로 내게 멀찌감치 떨어져 있으라고 손짓하며 열에 들뜬 목소리로 말했다.

"접촉성 전염병일세, 왓슨. 그래, 접촉성. 멀찌감치 떨어져 있기만 하면 아무 문제 없다네."

"맙소사, 홈스! 내가 감염을 두려워할 거라고 생각하는가? 난 생처음 보는 환자라도 개의치 않을 걸세. 하물며 오랜 친구 앞에서 의사의 본분을 저버릴 수는 없어."

내가 다시 다가가려 하자 그는 노발대발하며 나를 물리쳤다.

"내 얘기를 듣고 싶거든 그 자리에 가만히 있게. 그러지 않을 거면 당장 나가고."

나는 홈스의 비범한 능력을 존중하기 때문에 그의 의도를 전혀 이해하지 못할 때도 요구에 따라왔다. 하지만 지금은 직업적인 본능이 고개를 들었다. 다른 데서는 그가 이래라저래라 할 수 있을지 몰라도 환자 앞에서는 내가 절대자였다.

"홈스, 자네는 지금 온전한 상태가 아니야. 환자는 어린애와 같으니 자네를 어린애 다루듯 하겠네. 뭐라고 하건 증상을 살피고 걸맞은 치료를 해야겠어."

그는 표독스러운 눈빛으로 노려보았다.

“싫든 좋든 진찰을 받아야 한다면 믿을 만한 사람에게 받겠네.”

그가 말했다.

“나는 못 믿겠다는 건가?”

“자네의 호의는 믿지. 하지만 인정할 건 인정해야 하지 않겠나. 왓슨, 자네는 경험도 별로 없고 특출나지도 않은 평범한 일반의 아닌가. 이런 말을 해서 미안하지만 자네가 그렇게 나오니 어쩔 수가 없군.”

나는 몹시 상처받았다.

“그런 소릴 하다니 홈스 자네답지 않군. 자네가 어떤 상태인지 이제 분명히 알겠어. 하지만 나를 못 믿겠다면 고집부리지 않겠네. 재스퍼 미크 경이든 펜로즈 피셔든 런던에서 가장 실력이 좋은 의사를 모셔오지. 어쨌든 누구한테라도 진찰을 받아야 하네. 그것만큼은 양보할 수 없다네. 내가 직접 치료하지도 않고 다른 의사를 데려오지도 않고 여기 이렇게 가만히 서서 자네가 죽도록 내버려둘 거라고 생각했다면 사람 잘못 본 걸세.”

“자네 마음이야 나도 알지, 왓슨.”

아픈 친구는 흐느낌인지 신음인지 모를 소리를 냈다.

“하지만 자네가 얼마나 아는 것이 없는지 내 입으로 굳이 이야기를 해야겠나? 자네, 타파눌리 열병이 뭔지 아나? 흑색 포모사 부패증은?"

"둘 다 처음 들어보는군."

"동양에는 수많은 질병이 있고 수많은 희귀 증상이 있다네, 왓슨."

그는 기운이 없는지 한 마디씩 쉬엄쉬엄 내뱉었다.

"나도 최근 범죄의학적인 관점에서 연구를 하다 많은 사실을 알게 되었지. 이 병도 연구중에 감염이 된 걸세. 자네가 해줄 수 있는 건 없어."

"그럴지도 모르지. 하지만 열대병의 최고 권위자인 에인스트리 박사가 런던에 있다는 소식을 마침 들었다네. 아무리 반항해도 소용없어, 홈스. 당장 그분을 모셔 오지."

나는 결연히 몸을 돌렸다.

그러자 아주 놀라운 일이 벌어졌다! 죽어가던 친구가 호랑이처럼 벌떡 일어나서 득달같이 앞을 가로막는 게 아닌가. 철커덕 하고 열쇠를 돌리는 날카로운 소리가 들렸다. 갑자기 힘을 쓰는 바람에 기운이 빠진 그는 숨을 헐떡이며 비틀비틀 침대로 돌아갔다.

"억지로 열쇠를 빼앗을 생각은 말게, 왓슨. 자네는 이제 내 손 안에 있네. 내가 움직이지 않는 한 끝까지 방안에 있어야 해.

심심치는 않게 해주지."

이 말을 하는데도 홈스는 숨이 가빠서 헐떡거렸다.

"자네는 나를 생각해서 그러는 거겠지. 그걸 왜 모르겠나. 곧 마음대로 하게 해줄 테니 기운을 추스를 시간을 주게. 지금은, 지금은 안 되네, 왓슨. 지금은 4시 아닌가. 6시에 보내주겠네."

"완전히 정신이 나갔나 보군, 홈스."

"딱 두 시간일세, 왓슨. 6시가 되면 보내주겠네. 그때까지 기다려주겠나?"

"선택의 여지가 없잖나."

"전혀 없지. 고맙네, 왓슨. 옷 갈아입는 건 혼자서도 할 수 있다네. 멀찌감치 떨어져주겠나? 그리고, 부탁이 하나 있다네. 도움을 청하되 자네가 얘기한 사람 말고 내가 고른 사람을 불러주게."

"알겠네."

"자네가 이 방에 들어온 이래 처음으로 분별력 있는 소리를 하는군. 저쪽에 보면 책이 몇 권 있을 걸세. 나는 좀 피곤하군. 전지가 부도체에 전기를 쏟으려고 할 때 이런 기분일까? 왓슨, 6시에 다시 이야기를 시작하세."

하지만 6시가 되기 훨씬 전에 대화는 다시 시작될 운명이었다. 그 상황이 내게 준 충격은 홈스가 문에 달려들었을 때에 버

금갈 정도였다.

홈스가 침대에서 잠이 들고 난 후, 나는 우두커니 서서 그의 모습을 바라보았다. 그는 이불을 얼굴까지 덮고 잠을 자는 듯했다. 차분하게 책을 읽을 수가 없어서 천천히 방안을 걸으며 사방의 벽을 장식한 유명한 범죄자의 사진들을 들여다보았다. 그렇게 어슬렁거리다 벽난로 선반 앞에 오게 되었다. 담배 파이프, 담배쌈지, 주사기, 주머니칼, 권총 탄약통, 기타 자질구레한 물건들이 어지럽게 놓여 있었다. 그 한복판에 미닫이 뚜껑이 달린 까만색과 하얀색의 조그만 상아 상자가 있었다. 깜찍한 상자의 정체가 뭔가 싶어서 자세히 들여다보려고 손을 내밀었다.

순간 그가 소름 끼치는 비명을 질렀다. 소리가 어찌나 큰지 길거리에서도 들리지 않았을까 싶었다. 끔찍한 소리에 소름이 돋고 머리털이 곤두섰다. 고개를 돌리자 잔뜩 일그러진 얼굴과 광기 어린 눈빛이 눈에 들어왔다. 나는 조그만 상자를 든 채 얼어붙었다.

"내려놓게! 내려놔. 지금 당장, 왓슨. 지금 당장, 얼른!"

상자를 벽난로 선반에 내려놓자 그는 베개에 고개를 묻고 깊은 안도의 한숨을 내쉬었다.

"누가 내 물건을 건드리는 건 질색이란 말일세. 왓슨, 자네도 알지 않나. 자네가 하도 거치적거려서 폭발할 지경일세. 환자를 정신병원으로 보내고도 남을 의사로군. 제발 자리에 가만히 앉아 있어주게. 그래야 나도 좀 쉴 것 아닌가!"

문득 섬뜩한 생각이 들었다. 평소에는 점잖던 그가 이유 없이 노발대발하다 모진 말을 퍼붓다니 정신이 얼마나 혼미한지 알 수 있었다. 그의 명석한 두뇌를 못 쓰게 된다면 그보다 애석한 일이 없었다. 나는 우울하게 앉아서 약속한 시각이 될 때까지 기다렸다. 그도 나처럼 시계를 보고 있었는지 6시가 되자마자 좀 전처럼 열에 들떠서 흥분한 목소리로 이야기를 시작했다.

"왓슨, 주머니에 동전 있나?"

"있어."

"은화는?"

"많아."

"반 크라운짜리가 몇 개인가?"

"다섯 개."

"아, 그걸로는 부족한데! 너무 부족해! 정말 안타깝군그래, 왓슨. 어쨌든 다섯 개라도 회중시계 넣는 주머니에 넣어주게. 나머지 동전은 바지 왼쪽 주머니에 넣고. 고맙네. 그럼 훨씬 균형이 잘 맞을 걸세."

헛소리가 점점 심해졌다. 그는 몸서리를 치더니 또다시 기침인지 흐느낌인지 모를 소리를 냈다.

"이제 가스등을 켜주게, 왓슨. 절대 불을 크게 키우지 말고. 부디 조심해주게, 왓슨. 고맙네, 잘했어. 아니, 커튼을 칠 필요는 없네. 이제 이 탁자 위, 내 손이 닿을 만한 위치에 편지와 신문 들을 놓아주겠나? 고맙네. 벽난로 선반에 있는 잡동사니 몇 개도. 잘했어. 저쪽에 각설탕 집게가 있다네. 집게로 조그만 상아 상자를 집어주겠나? 집어서 여기 신문 사이에 놓아주게. 좋아! 이제 나가서 로워버크 스트리트 13번지에 사는 컬버턴 스미스 씨를 모시고 와주게."

솔직히 나는 의사를 부르고 싶은 생각이 조금 가셨다. 가엾은 홈스는 정신이 오락가락해서 혼자 두면 위험할 것 같았다. 하지만 그는 의사는 싫다고 했을 때와 마찬가지로 이번에는 꼭 그 사람을 만나야 한다고 고집을 부렸다.

"그런 이름은 들어본 적이 없는데."

내가 말했다.

"그렇겠지, 왓슨. 자네가 들으면 깜짝 놀라겠지만 전 세계를 통틀어 이 병을 가장 잘 아는 사람은 의사가 아니라 농장주라네. 컬버턴 스미스는 수마트라의 유명 인사인데 지금 런던에 있어. 의료진의 도움을 받기 힘든 그의 농장에서 이 병이 발병하자 독학으로 연구해서 상당한 성과를 거두었지. 아주 규칙적인 사람이라 자네더러 6시까지 기다려달라고 한 걸세. 그전에는 찾아가봐야 소용이 없을 테니까. 그가 가장 사랑하는 취미 생활이 이 병을 연구하는 것이니 병을 접했던 특별한 경험을 살려서 도와달라고 설득해주게. 그가 오기만 하면 분명 내 목숨을 건질 수 있을 걸세."

나는 홈스가 숨을 헐떡이고 통증을 참느라 손을 맞잡고 중간에 쉰 부분들은 생략하고, 그가 한 말을 하나로 연결해서 기록하고 있다. 몇 시간 새 그의 안색은 한층 악화되었다. 열꽃이 전보다 눈에 띄었고, 움푹 들어간 두 눈은 번뜩거렸고, 식은땀이 이마 위에서 번들거렸다. 그래도 의기양양하고 당당한 말투는 여전했다. 그는 숨을 거두는 순간까지 자기 의지대로 행동할 것이다.

"내 상태가 어떤지 정확히 알려야 하네. 자네가 받은 느낌을 그대로 전하게. 죽을병에 걸려서 정신이 오락가락한다고 말일세. 나는 사실 바다 밑바닥이 굴로 덮이지 않는 이유를 모르겠다니까. 번식력이 그렇게 좋은데 말일세. 아, 엉뚱한 소리를 하고 있군! 뇌가 이런 식으로 뇌를 조종하다니 이상하기도 하지! 내가 무슨 말을 하고 있었나, 왓슨?"

"컬버턴 스미스 씨를 찾아가서 어떻게 하면 되는지 얘기하고 있었지."

"아, 그렇지, 이제 생각이 나는군. 내 목숨이 달린 문젤세. 왓슨, 그를 붙잡고 애원해주게. 사실 그와 나는 사이가 그리 좋지는 않다네. 그의 조카 때문일세, 왓슨. 그 아이가 무참하게 죽었어. 나는 그가 조카를 살해했을지 모른다고 의심을 품었는데 그걸 그가 알아차리고 말았어. 그래서 나한테 앙심을 품고 있다네. 왓슨, 자네라면 그의 노여움을 풀 수 있을 걸세. 간청하고 애원하고 무슨 수를 써서라도 데려와주게. 오직 그 사람만이 내 목숨을 구할 수 있어!"

"마차에 강제로 태워서라도 데려오겠네."

"그런 짓은 하지 말고 어떻게든 그를 설득해주게. 그리고 자네는 그보다 먼저 와야 해. 그럴듯한 핑계를 대서 그와 따로 와달란 말일세. 명심하게, 왓슨. 실망시키지는 않겠지. 자네는 지금까지 나를 실망시킨 적이 한 번도 없잖나. 물론 천적이 있기 때문에 생물은 무한 번식을 하지 못하지. 자네와 나, 우리 둘은 본분을 다했잖나. 그럼 세상은 굴로 뒤덮이게 될까? 안 되지, 안 돼. 무슨 그런 끔찍한 소리를! 가서 자네가 느낀 바를 낱낱이 전해주게."

나는 신이 내린 천재가 어린애처럼 조잘거리는 한심한 모습을 머릿속에 새기고 방에서 나왔다. 열쇠를 건네기에 적어도 그가 안에서 문을 잠그고 스스로를 가둘 일은 없겠다는 생각을 하며 얼른 받았다. 허드슨 부인이 흐느껴 우느라 온몸을 부들부들 떨며 복도에서 기다리고 있었다. 하숙집에서 나오는 나의 등뒤로 휫소리를 외치는 홈스의 높고 가는 목소리가 들렸다. 아래로 내려가서 마차를 잡으려고 휘파람을 부는데 안개를 뚫고 어떤 남자가 다가왔다.

"홈스 씨는 좀 어떻습니까?"

예전부터 알고 지냈던 런던 경찰청의 모턴 경위였다. 오늘은 경찰 제복이 아니라 트위드 옷감으로 지은 평상복을 입고 있었다.

"심각합니다."

그는 아주 이상한 표정으로 나를 쳐다보았다. 섬뜩한 분위기를 풍겼기 망정이지, 그렇지 않았다면 어슴푸레한 채광창에 비친 얼굴이 기쁜 표정을 짓고 있는 줄 알았을 것이다.

"그렇다는 소문이 들리더군요."

마차가 서서 기다리고 있었기에 나는 그를 두고 길을 나섰다.

알고 보니 고급 주택들이 즐비한 로워버크 스트리트는 노팅힐과 켄싱턴의 어렴풋한 경계선에 해당하는 곳이었다. 마부는 고풍스러운 철책과 거대한 대문과 반짝이는 황동 손잡이가 거만하고 점잔 빼는 분위기를 풍기는 집 앞에서 마차를 세웠다. 이 집의 분위기와 잘 맞는 근엄한 표정의 집사가 분홍색 전등 불빛을 등지고 등장했다.

"네, 주인님은 안에 계십니다. 왓슨 박사님이시라고요! 알겠습니다. 명함 전하겠습니다."

컬버턴 스미스는 내 보잘것없는 이름과 직함에 시큰둥한 반응이었다. 반쯤 열린 문 사이로 날카롭고 짜증이 섞인 높은 목소리가 들렸다.

"누군데? 무슨 용건으로? 맙소사, 스테이플스, 연구하는 시간에는 절대 방해하지 말라고 몇 번이나 얘기해야 알아듣겠나?"

집사가 달래는 투로 나지막이 설명하는 소리가 흘러나왔다.

"만나지 않겠네, 스테이플스. 이런 식으로 일을 방해하는 건 용납할 수 없어. 난 집에 없는 걸세. 가서 전해. 정말로 만나고 싶으면 아침에 찾아오라고."

다시 나지막한 중얼거림이 들렸다.

"어허, 그렇게 전하라니까. 아침에 찾아올 거 아니면 오지 말라고. 무엇도 내 일을 방해할 수 없어."

나는 홈스를 떠올렸다. 침대에서 뒤척이며 이제나저제나 원군을 기다리며 앓고 있을 것이다. 예의를 차리고 말고 할 때가 아니었다. 그의 목숨이 경각에 달려 있었다. 집사가 사과의 말을 전하기도 전에 나는 그를 밀치고 방안으로 들어갔다.

벽난로 옆 안락의자에 앉아 있던 남자가 분노의 고함을 지르며 벌떡 일어섰다. 큼지막한 누런 얼굴은 생김새가 거칠고 기름기로 번들거렸고 뒤룩뒤룩한 턱이 두 겹으로 접혔다. 옅은 갈색의 숱 많은 눈썹 아래에서 회색 눈이 험상궂고 위협적인 눈빛으로 나를 노려보았다. 벨벳으로 된 조그만 스모킹 캡이 대머리의 분홍색 곡선을 따라 한쪽으로 새침하게 얹혀 있었다. 어마어마하게 큰 머리에 비해 뜻밖에도 몸은 작고 가냘팠고, 어렸을 때 구루병을 앓은 환자처럼 어깨와 등이 굽었다.

남자가 카랑카랑한 목소리로 외쳤다.

"뭐요? 어쩌자고 함부로 쳐들어오는 거요? 내일 아침에 만나겠다고 전했잖소."

"미안하지만 미룰 수가 없는 문제라서요. 셜록 홈스 씨가……."

내 친구의 이름이 등장하자 남자의 태도는 놀라우리만치 달라졌다. 얼굴에서 노기가 당장 가시고 긴장하며 경계 태세를 갖추었다.

"홈스 씨가 보내서 왔습니까?"

"방금 전까지 곁에 있다가 온 참입니다."

"홈스 씨는 어떻소? 잘 지내고 있습니까?"

"심각한 병에 걸렸습니다. 그래서 선생을 찾아온 겁니다."

남자는 손짓으로 의자를 권하고 자기가 앉아 있던 안락의자로 돌아갔다. 그가 걸어가는 동안 벽난로 선반 위에 달린 거울을 통해 그의 얼굴을 볼 수 있었다. 장담하건대 사악하고 가증스러운 미소였다. 하지만 잠시 후에 그가 진심으로 걱정하는 표정으로 돌아보자 나는 소식을 듣고 놀라서 경련을 일으키는 바람에 그렇게 보였던 모양이라고 생각을 바꾸었다.

"그것참 유감스러운 소식이로군요. 홈스 씨하고는 예전에 어떤 일로 만난 게 전부지만 그의 능력과 성격은 존경해마지않습니다. 질병 연구가 내 취미라면 범죄 연구가 그의 취미죠. 내게 미생물이 있다면 그에게는 악당이 있고요. 이것들이 내 감옥입니다."

그는 곁탁자에 일렬로 놓인 병과 단지들을 가리키며 말을 이었다.

"지구상에서 가장 끔찍한 흉악범들이 이 젤라틴 배양지에서 징역살이를 하고 있죠."

"홈스가 선생을 만나고 싶어 하는 것도 선생만의 전문 지식 때문입니다. 그 친구가 선생을 어찌나 높이 평가하는지 런던에서 자기를 도울 수 있는 사람은 선생밖에 없다더군요."

남자가 움찔하자 단정하게 얹혀 있던 스모킹 캡이 바닥으로 떨어졌다.

"왜요? 내가 도와줄 수 있다고 생각하는 이유를 모르겠습니다만.”

“선생이 동양의 질병에 대해 잘 아니까요.”

“홈스 씨는 왜 자기가 걸린 병이 동양에서 왔다고 생각합니까?”

“사건 수사를 하느라 부두에서 중국 선원들과 접촉했다고 합니다.”

컬버턴 스미스는 빙그레 웃으며 스모킹 캡을 집었다.

“아, 그렇습니까? 박사님 생각만큼 심각한 문제는 아닐 겁니다. 앓아누운 지 얼마나 됐습니까?”

“사흘쯤 됐습니다.”

“정신이 오락가락합니까?”

“가끔요.”

“쯧쯧! 사태가 심각한 것 같군요. 요청을 거절한다면 인간의 도리가 아니겠죠. 연구를 중단하기는 싫지만 워낙 이례적인 상황이니까요. 당장 함께 가겠습니다.”

나는 홈스의 엄명을 떠올렸다.

“저는 다른 볼일이 있어요.”

“알겠습니다. 그럼 나 혼자 가도록 하죠. 홈스 씨의 집주소는 압니다. 아무리 늦어도 삼십 분 안에 도착하겠습니다.”

나는 무거운 가슴을 안고 홈스의 침실을 다시 찾았다. 내가 자리를 비운 동안 최악의 사태가 벌어졌을 수도 있었으나 다행스럽게도 그새 증세가 많이 호전된 듯했다. 얼굴은 그 어느 때보다 창백했지만 착란증이 말끔히 사라졌다. 목소리에는 힘이 없어도 평소처럼 말투가 분명하게 딱 부러졌다.

"그자를 만났나, 왓슨?"

"그래, 이쪽으로 오고 있다네."

"대단하군, 왓슨! 대단해! 자네처럼 훌륭한 심부름꾼은 없을 걸세."

"원래는 나랑 같이 오겠다고 했어."

"안 될 말씀. 절대 안 되지. 내가 무슨 병에 걸렸는지 묻던가?"

"이스트엔드의 중국인 얘기를 했지."

"그렇지! 자네는 좋은 친구로서 소임을 다했어. 이제 퇴장해도 좋네."

"기다렸다가 소견을 들어야지."

"그래야지. 하지만 그는 나와 단둘이 있는 줄 알아야 좀더 솔직하고 값진 소견을 내놓을 거라네. 침대 머리 뒤쪽에 빈 공간이 있네."

"홈스!"

"달리 방법이 없다네, 왓슨. 방안엔 딱히 숨을 곳이 없으니 의심하지도 않겠지. 왓슨, 거기 있으면 별문제 없을 걸세."

갑자기 그가 초췌한 얼굴로 긴장한 표정을 지으며 일어나 앉았다.

"바퀴 소리가 들리는군. 왓슨, 나를 생각한다면 서둘러주게. 무슨 일이 있더라도 꼼짝하지 말게. 무슨 일이 있더라도, 알겠나? 아무 말 하지 마! 움직이지도 말고! 귀를 쫑긋 세우고 듣고만 있게."

단호하게 이래라저래라 하던 그는 갑자기 기운이 다했는지 반쯤 정신이 나간 사람처럼 뭔지 모를 소리를 나지막이 중얼거리기 시작했다.

나는 얼른 몸을 숨겼다. 계단을 올라오는 발소리에 이어 방문이 열리고 닫히는 소리가 들렸다. 그 뒤로 놀랍게도 한참 동안 정적이 이어졌다. 환자가 숨을 헐떡이며 가쁘게 몰아쉬는 소리만 들릴 뿐이었다. 침대 옆에 서서 환자를 내려다보는 방문객의 모습이 머릿속에 그려졌다. 마침내 묘한 정적이 깨졌다.

"홈스! 홈스!"

그가 잠이 든 사람을 깨우는 것처럼 다급한 목소리로 외쳤다.

"내 말 들리나?"

환자의 어깨를 잡고 거칠게 흔드는지 부스럭거리는 소리가 났다.

"스미스?"

홈스가 속삭였다.

"정말로 와줄 거라고는 생각 못 했는데."

상대방은 웃음을 터뜨렸다.

"나도 여기 오게 될 줄은 몰랐지. 하지만 이렇게 와 있지 뭔가. 원수를 은혜로 갚으라는 말이 있다네, 홈스. 원수를 은혜로!"

"고맙군, 훌륭해. 자네가 이 분야에 방대한 지식을 갖고 있지 않나."

방문객은 킬킬거렸다.

"그래. 하지만 그걸 아는 사람이 다행히 런던에서 자네 하나뿐이야. 자네가 무슨 병에 걸렸는지 아나?"

"그 애와 같은 병이지."

"아! 증상을 알아차린 모양이로군?"

"너무 잘 알아서 탈이랄까."

"뭐, 놀랄 일도 아니지, 홈스. 같은 병이라고 한들 놀랄 일은 아니야. 그런데 같은 병이면 큰일이지 뭔가. 가엾은 빅터는 나흘 만에 주검이 됐거든. 튼튼하고 원기 왕성한 아이였는데 말이야. 자네가 그때 이야기했다시피 런던 한복판에서 뜬금없이 동양의 질병에 감염되다니 놀라운 일이잖아. 그 병은 내 특별 연구 대상이기도 했어. 희한한 우연의 일치였다고 할까? 그걸 알아차리다니 영리해. 그런데 고약하게 인과관계를 운운할 건 뭔가."

"자네가 저지른 짓이라는 걸 알았으니까."

"아, 그래? 뭐, 아무튼 증거가 없잖나? 그런데 그런 소문을 퍼뜨려놓고 자기가 난처해지니까 기어와서 도와달라고 하는 건 뭔가? 그건 무슨 짓이냐고?"

환자의 거칠고 힘겨운 숨소리가 들렸다.

"물을 좀!"

그가 헐떡거렸다.

"이 친구야, 자네는 지금 죽을 날이 코앞이야. 하지만 내 말은 듣고 가야지. 그러니 물을 주겠네. 그렇게 질질 흘리면서 마시면 쓰나! 그렇지. 내 말이 무슨 뜻인지 알겠나?"

홈스는 신음 소리를 냈다.

"날 좀 도와주게. 과거는 과거로 묻고. 자네한테 들은 말은 지워버리겠네, 약속하지. 치료만 해주면 잊겠다고."

홈스는 거의 속삭이듯 말했다.

"뭘 잊어주겠다는 건가?"

"빅터 새비지의 죽음에 대해서. 방금 전에 자네가 저지른 짓이라고 시인한 거나 다름없잖나. 그걸 잊어주겠다고."

"잊어버리든지 기억하든지 마음대로 하게. 증인석에서 자넬 볼 일은 없을 거야. 네모반듯한 상자 안에서라면 모를까. 내 조카가 누구 손에 죽었는지 자네가 알거나 말거나 전혀 상관없어. 지금 중요한 문제는 그 녀석이 아니거든. 네놈이지."

"그렇지, 그렇지."

"날 데리러 온 친구, 이름은 기억이 안 나는데, 그 친구가 말하길 이스트엔드에 갔다가 선원들한테 옮았다며?"

"그게 아니면 다른 경로가 없지."

"홈스, 자네는 자기 머리가 좋은 줄 알지? 똑똑한 줄 알지? 이번에는 자네보다 더 똑똑한 인간을 만난 거야. 기억을 더듬어 봐, 홈스. 어쩌다 병에 걸렸는지 다른 경로를 생각해보라고."

"생각할 수가 없어. 머리가 돌아가질 않아. 제발 날 좀 도와주게!"

"그래, 도와주지. 지금 어떤 상태이며 어쩌다 그 지경이 됐는지 파악할 수 있게 도와주겠네. 그건 알고 죽었으면 좋겠군."

"통증을 가라앉힐 수 있게 뭐라도 주면 안 되겠나?"

"아프지? 맞아, 막판이 되니까 일꾼들도 비명을 질렀지. 경련이 일걸?"

"그래, 그래. 경련이 있어."

"아무튼 내 말은 들을 수 있겠지? 잘 들어! 이런 증상이 시작될 무렵에 특이한 사건이 벌어졌던 기억이 나지 않나?"

"전혀 기억이 안 나는데."

"잘 생각해보게."

"너무 아파서 생각을 할 수가 없다네."

"그렇다면 내가 도와주지. 소포로 뭐가 배달되지 않았나?"

"소포?"

"상자였을 텐데?"

"정신이 가물가물하군. 이대로 죽는 건가!"

"잘 들어, 홈스!"

그가 죽어가는 환자를 흔드는 듯한 소리가 들렸다. 나는 죽을 힘을 다해서 아무 소리도 내지 않았다.

"내 말을 들어야지, 내 말을 들어야 한다고. 상자 기억하나, 상아 상자? 수요일에 배달됐을 거야. 자네가 그걸 열었잖아, 기억하나?"

"그래, 그래, 열었어. 안에 날카로운 용수철이 들어 있더군. 누가 장난을……."

"장난이 아니었어. 조만간 대가를 치르며 깨닫겠지만. 미련한 자식, 대가를 치러야지, 그렇고말고. 어디서 감히 내 앞을 가로막아? 나를 건드리지 않았으면 다치지도 않았을 거다."

홈스는 헐떡거렸다.

"기억이 나는군. 용수철! 거기 찔려서 피가 났지. 이 상자, 탁자 위에 있는 거."

"그렇지, 바로 이거야! 방에서 나갈 때 내가 챙겨야겠군. 그래야 마지막 증거가 사라질 테니까. 이제는 진실을 파악했겠지, 홈스. 내 손에 죽는 거라는 진실을 파악했으니 이제 죽어도 좋아. 자네는 빅터 새비지의 운명에 대해서 너무 많이 알았어. 그 운명에 동참하라고 직접 자넬 보내는 거야. 이제 끝이 얼마 남지 않았다, 홈스. 여기 앉아서 자네가 죽는 모습을 지켜봐주지."

홈스의 목소리는 들리지도 않는 속삭임으로 잦아들었다.

스미스가 물었다.

"뭐라고? 가스등을 켜달라고? 아, 어둠이 내리기 시작했다 이건가? 그래, 켜주지. 그래야 자네를 잘 볼 수 있으니까."

그가 방 저쪽으로 걸어가자 갑자기 환한 불빛이 쏟아졌다.

"시킬 일이 또 있나, 친구?"

"성냥과 담배를 주겠나?"

나는 환희와 놀라움에 하마터면 비명을 지를 뻔했다. 그가 평소의 목소리로 말을 한 것이다. 조금 힘이 없을지 몰라도 내가 아는 목소리였다. 한참 동안 정적이 흘렀다. 놀란 컬버턴 스미스가 내 친구를 말없이 내려다보고 있는 상황이 머릿속에 그려졌다.

"이게 어떻게 된 거지?"

마침내 들린 그의 목소리는 갈라져서 귀에 거슬렸다.

"성공적으로 연기를 하는 가장 좋은 방법은 맡은 배역과 한몸이 되는 거지. 사흘 동안 아무것도 먹지도 마시지도 않았다네. 고맙게도 자네가 저 물을 따라주었을 때까지 말이야. 사실은 담배를 참는 것이 가장 괴롭더군. 아, 여기 담배가 몇 대 있네."

성냥을 긋는 소리가 들렸다.

"훨씬 낫군. 어라! 친구의 발소리가 들리는 것 같은데?"

밖에서 발소리가 들리더니 문이 열리면서 모턴 경위가 등장했다.

홈스가 말했다.

"전부 작전대로 되었습니다. 이자를 체포하십시오."

경위가 여느 때처럼 체포 사유를 고지했다.

"당신을 빅터 새비지 살인 사건의 피의자로 체포한다."

"셜록 홈스 살인 미수도 추가해주시죠."

친구의 목소리에 웃음기가 어려 있었다.

"고맙게도 환자가 번거롭지 않도록 컬버턴 스미스가 직접 가스등을 켜서 신호를 보내주었답니다, 경위님. 그나저나 피의자의 외투 오른쪽 주머니에 든 조그만 상자를 꺼내는 게 좋을 겁니다. 네, 그거요. 나라면 아주 조심스럽게 다루겠어요. 여기 내려놓으시죠. 법정에서 제 역할을 할 겁니다."

갑자기 몸싸움을 벌이는 소리에 이어 쨍그랑하는 쇳소리와 고통스러운 비명소리가 이어졌다.

"그래봐야 몸만 다칩니다. 가만히 계시죠."

경위의 목소리에 이어 철컥하고 수갑 채우는 소리가 들렸다.

"잘도 덫을 놓았군!"

으르렁거리는 카랑카랑한 소리가 들렸다.

"내가 아니라 홈스, 네가 피고석에 설 거다. 저자가 나더러 자길 치료하러 와달라고 했어요. 딱한 마음에 와준 것뿐입니다. 그랬더니 말도 안 되는 의혹을 꾸며놓고 내가 자백을 했다고 갖다붙이는군요. 마음대로 거짓말을 지껄여보시지, 홈스. 내 증언도 네 증언 못지않게 설득력이 있으니까."

"맙소사!"

홈스가 외쳤다.

"내가 까맣게 잊고 있었네. 왓슨, 수천 번 사과해도 모자라겠군. 자네를 깜빡하다니! 컬버턴 스미스를 소개할 필요는 없겠지? 좀 전에 만났을 테니까. 경위님, 마차 대기시켜 놓으셨습니까? 옷을 갈아입고 따라가겠습니다. 경찰서에서 내가 해야 할 일이 생길 수도 있으니까요."

옷을 갈아입는 동시에 보르도 레드와인 한 잔과 비스킷 몇 개를 먹으며 홈스가 말했다.

"내 평생 이렇게 배가 고픈 적은 처음이로군. 자네도 알다시피 난 워낙 불규칙하게 생활해서 남들보다 허기를 쉽게 참을 수 있긴 했지만 말일세. 진짜 병에 걸린 것처럼 허드슨 부인을 속이는 게 중요했거든. 그래야 부인이 자네한테 상황을 전하고, 자네가 그자한테 상황을 전할 테니 말일세. 기분 나빠하지 않을 테지, 왓슨? 자네는 여러 재주를 가졌지만 시치미를 떼는 재주는 없어서 만약 내 비밀을 알았다면 빨리 와달라고 스미스를 설득하지 못했을 거야. 전체 작전에서 그게 핵심인데 말이지. 그자는 내게 앙심을 품고 있으니 자기 솜씨를 확인하러 올 거라고 확신했지."

"얼굴은 어떻게 한 건가, 홈스? 안색이 창백하던데."

"사흘 동안 완전히 금식하면 꼴이 말이 아니게 된다네, 왓슨. 그 위에 분장을 좀 했을 뿐이야. 이마에는 바셀린을, 눈에는 벨라도나■를, 광대뼈 부분에는 볼연지를, 입술에는 밀랍 가루를 바르면 만족스러운 효과를 낼 수 있지. 가끔 꾀병을 주제로 논문을 써볼까 하는 마음도 든다니까? 거기다 무게를 맞춘답시고

■ 독성이 있는 풀. 눈에 바르면 동공을 확대하는 효과가 있다.

은화를 어디 넣어달라거나 굴이 바다를 장악할 거라는 상관없는 이야기를 꺼내면 정신착란을 일으킨 것처럼 보일 수 있고."

"전염될 위험이 없다면 왜 나더러 가까이 오지 말라고 했는가?"

"그걸 꼭 설명을 해야 알겠나, 왓슨? 내가 의사로서의 자네 능력을 무시한다고 생각하나? 아무리 기운이 없다고 해도, 맥박이 그대로고 열도 나지 않는데 내가 어떻게 죽을병에 걸렸다는 말로 자네의 예리한 눈을 속일 수 있겠나? 사 미터쯤 거리를 두고 있으면 모를까. 자네를 속이지 못하면 누가 스미스를 내 앞에 데려다주겠나? 안 돼, 왓슨! 나라면 그 상자는 건드리지 않겠네. 옆에서 보면 뚜껑을 여는 순간 독사의 송곳니처럼 튀어나올 날카로운 용수철이 보이잖나. 가엾은 빅터 새비지도 재산 귀속권을 두고 악당과 맞서는 바람에 비슷한 장치에 목숨을 잃었을 걸세. 자네도 알다시피 나는 다양한 우편물을 받기 때문에 소포를 조심스럽게 다루지. 그의 작전이 성공한 것처럼 꾸미면 자백을 받아낼 수 있다는 생각이 들어서 배우처럼 완벽하게 연극을 했지. 고맙네, 왓슨, 외투 입는 것 좀 도와주겠나? 경찰서에서 볼일이 끝나면 심프슨스 레스토랑에 가서 영양가 있는 음식을 먹으면 좋겠다는 생각이 드는군."

레이디 프랜시스 카팩스 실종 사건

"왜 하필 터키인가?"

내 신발을 빤히 쳐다보던 셜록 홈스가 물었다. 나는 그때 등나무 의자에 기대고 앉아 있었는데, 쉴 새 없이 변하는 그의 관심사가 이번에는 쭉 뻗은 내 발이었다.

내가 조금 놀란 목소리로 대답했다.

"영국제일세. 옥스퍼드 스트리트에 있는 래티머스에서 샀거든."

홈스는 미소를 지었지만 답답해하는 게 분명했다.

"목욕 말일세! 목욕! 왜 몸을 가뿐하게 만들어주는 영국식 목욕이 아니라 나른하고 비싼 터키탕을 선택했느냔 말일세."

"요 며칠 동안 뼈마디가 시큰거리고 나이가 든 것처럼 느껴져서. 의학계에서는 터키식 목욕을 체질 개선법이라고 한다네. 몸속을 깨끗하게 청소하고 새롭게 시작하는 거지. 그나저나 홈스, 논리적인 사람이 보기에는 내 신발과 터키탕의 관계가 뻔하겠지만 그래도 어떤 추론을 거쳤는지 설명해주면 고맙겠는데."

"어려운 추론 과정을 거친 게 아니라네, 왓슨."

홈스가 장난스럽게 눈을 반짝이며 말했다.

"예컨대 내가 자네더러 오늘 아침에 마차를 합승했느냐고 묻는 것만큼이나 기초적인 수준이지."

"새로운 예로 설명을 대체하면 쓰나."

나는 살짝 퉁명스럽게 대꾸했다.

"브라보, 왓슨! 당당하게 논리적으로 항의를 하는군. 가만있자, 내가 무슨 이야기를 하고 있었지? 마지막 부분부터 짚고 넘어가야겠네. 마차 말일세. 자네도 보면 알겠지만 외투 왼쪽 소매와 어깨에 진흙이 튄 자국이 몇 군데 있네. 이륜마차 한가운데 앉았다면 그럴 일이 없었을 테고, 진흙이 튀었더라도 양쪽에 똑같이 자국이 남았을 테지. 그러니까 자네는 한쪽 옆에 앉았던 거지. 동행이 있어서 말일세."

"뻔한 추론이로군."

"어처구니없을 만큼 평범한 추론이지."

"신발하고 목욕은?"

"마찬가지로 유치한 수준이지. 자네는 신발끈을 묶는 특유의 방식이 있어. 그런데 오늘은 평소와 다르게 정성스럽게 이중으로 나비매듭을 지었잖나. 어딘가에서 신발을 벗었던 거지. 누가 그 끈을 묶었을까? 구둣방 주인 아니면 목욕탕의 사환이었겠지. 그런데 구둣방 주인이었을 가능성은 거의 없어. 아직 새 신이나 다름없거든. 그럼 뭐가 남겠나? 목욕탕. 어처구니없지? 그렇긴 해도 터키탕에 간 목적을 달성하게 됐군."

"그게 무슨 소리인가?"

"기분 전환이 필요해서 터키탕에 갔다며? 그래서 내가 제안을 하나 하려는데. 스위스 로잔으로 여행 어떤가, 왓슨? 일등석 티켓에다 모든 비용을 내가 두둑하게 지원하는 조건으로."

"나야 대환영이지! 그런데 왜?"

홈스는 안락의자에 몸을 묻고 주머니에서 수첩을 꺼냈다.

"이 세상에서 가장 위험한 부류가 있다면 친구도 없이 떠돌아다니는 여성일세. 전 인류를 통틀어서 가장 남에게 폐를 끼치지 않고 가장 쓸모 있기도 하지만, 불가피하게 범죄를 유발하기 때문이지. 그런 여자들은 도움을 청할 곳도 없는 떠돌이라네. 재산은 넉넉해서 이 나라에서 저 나라로, 이 호텔에서 저 호텔로 옮겨다니다가 아무도 모르는 조그만 호텔과 하숙집의 미로 속으로 사라져버리곤 한다네. 여우들의 세상에서 길을 잃은 닭이 되어버린다고 할까. 그녀가 잡아먹혀도 알아채는 사람은 거의 없지. 레이디 프랜시스 카팩스도 그런 몹쓸 운명을 맞은 게 아닐까 싶은데."

일반론이 이어지다 특정 인물로 화제가 옮겨지자 나는 마음이 놓였다. 홈스는 수첩을 뒤적였다.

"레이디 프랜시스 카팩스는 작고한 루프턴 백작의 직계 후손 중 유일한 생존자일세. 자네도 기억할지 모르겠는데 부동산은 남자 자손들에게 상속됐지. 레이디는 얼마 안 되는 재산을 물려받았어. 그중에서도 오래전에 스페인에서 만들어진 은장신구와 특이하게 세공된 다이아몬드를 특히 마음에 들어 했다네. 은행에 맡기지 않고 어디든 들고 다닐 정도였지. 레이디는 다소 애처로운 인물이라네. 출중한 외모에 나이도 이제 막 중년으로 접어들었을 뿐인데, 어쩌다 보니 이십 년 전만 해도 쟁쟁했던 가문의 마지막 낙오자로 전락하고 말았으니 말일세."

"무슨 일이 생긴 건가?"

"아, 레이디에게 무슨 일이 생겼느냐고? 살아 있기는 할까? 그걸 우리가 알아내야 한다네. 그녀는 규칙적인 사람이라, 오래전에 은퇴해서 캠버웰에 사는 예전의 가정교사 도브니 양에게 지난 사 년 동안 이 주에 한 번씩 편지를 보냈다네. 이 도브니 양이 나를 찾아왔어. 편지가 끊긴 지 거의 오 주가 지났다는군.

마지막으로 편지를 보낸 곳이 로잔의 내셔널 호텔이었다고 해. 그녀는 그곳에서 나온 뒤로 행적이 묘연한 모양이야. 친척들이 걱정을 하고 있다네. 워낙 부유한 사람들이다 보니 우리가 사태를 해결해주기만 하면 비용은 아끼지 않을 걸세."

"도브니 양이 유일한 정보원인가? 소식을 주고받은 사람이 더 있지 않을까?"

"소식을 주고받은 확실한 상대가 하나 더 있다네, 왓슨. 바로 은행이지. 독신 여성들도 먹고사는 당연한 일을 하기에 통장이 간단한 일기장이나 다름없거든. 그녀의 주거래 은행은 실베스터은행이야. 계좌를 확인해보니 마지막에서 두 번째로 출금한 곳이 로잔이었는데, 금액이 상당하더군. 아직 현금이 남아 있을 거야. 그 뒤로는 수표를 발행한 기록 하나뿐이라네."

"어디서 누굴 상대로 작성한 수표인가?"

"수신인은 마리 드뱅 양, 수표를 작성한 장소는 알 길이 없어. 프랑스 몽펠리에의 크레디리요네은행에서 현금으로 바꾼 지 삼 주도 안 됐더군. 금액은 오십 파운드였고."

"마리 드뱅 양은 누구인가?"

"그녀의 정체도 파악해놓았지. 마리 드뱅 양은 레이디 프랜시스 카팩스의 시중을 들었던 아가씨더군. 그녀에게 수표를 끊어준 이유는 아직 알 수 없고. 하지만 자네가 조사를 시작하면 조만간 밝혀지겠지."

"내가 조사를 시작한다고?"

"그 김에 로잔에 가서 건강도 챙기고 좋잖나. 자네도 알다시피 에이브러햄스 영감이 살인 위협을 당하고 있는 마당에 내가 어찌 런던을 비울 수 있겠어. 게다가 기본적으로 나는 이 나라에 붙어 있는 게 좋아. 내가 없으면 런던 경찰청이 외로워지고 범죄자들이 쓸데없이 흥분할 테니까. 그러니 왓슨, 자네가 가주게. 내 변변찮은 도움이 필요하거든 한 단어에 이 펜스라는 거금이 들겠지만 언제든 전보를 치고."

이틀 뒤에 나는 로잔의 내셔널 호텔에 도착했고, 유명한 모제르 지배인에게 융숭한 대접을 받았다. 그가 말하길 레이디는 몇 주 동안 호텔에 머물렀다고 했다. 만난 사람마다 그녀를 좋게 이야기했다. 나이는 기껏해야 마흔이었고 젊은 시절의 미모를 유지하고 있어서 여전히 아름다웠다. 모제르는 귀중품에 대해 전혀 아는 바가 없었지만 직원들 말로는 레이디가 객실에 두는 묵직한 여행 가방을 항상 철저하게 잠가놓았다고 했다. 그녀의 시중을 들었던 마리 드뱅도 그녀 못지않게 인기가 많았다. 마리 드뱅이 호텔의 수석 웨이터와 약혼한 덕분에 별 어려움 없이 집 주소를 알아낼 수 있었다. 몽펠리에의 뤼 데 트라얀 11번지였다. 주소를 받아 적으면서 홈스도 이보다 노련하게 정보를 수집하지는 못했을 거라는 생각이 들었다.

이제 딱 한 가지 부분이 의문으로 남았다. 내가 입수한 정보를 아무리 짜맞추어도 레이디가 갑자기 로잔을 떠난 이유를 파악할 수가 없었다. 그녀는 로잔에서 즐겁게 지냈다. 누가 봐도 호수가 내려다보이는 호화로운 객실에서 한철을 보낼 기세였다. 그런데 레이디는 느닷없이 다음날 퇴실하겠다고 하더니 정말로 떠나버렸다. 일주일치 요금까지 결제해놓은 상태에서 말이다. 하녀와 약혼한 수석 웨이터 쥘 비바르가 유일하게 그럴듯한 이유를 제시했다. 레이디가 떠나기 하루인가 이틀 전에 키가 크고 까무잡잡하며 수염을 기른 남자가 호텔로 찾아왔는데 그 일과 관계있을지도 모른다고 했다. 쥘 비바르는 "야만인이었어요, 진짜 야만인이었어요!"라고 외쳤다. 그 남자는 시내 어딘가에서 지냈다. 호숫가 산책로에서 레이디에게 뭐라고 열렬하게 이야기하는 모습이 목격된 적 있었다. 호텔로 찾아오기도 했지만 그녀는 그를 만나지 않겠다고 했다. 남자는 영국인이었지만 이름은 남기지 않았다. 레이디는 그 직후에 호텔을 떠났다. 쥘 비바르와 그의 약혼녀는 찾아온 남자 때문에 레이디가 떠나는 거라고 생각했다. 그런데 쥘이 언급을 꺼린 부분이 딱 하나 있었다. 마리가 주인과 헤어진 이유였다. 그 부분에 대해서는 아무것도 말할 수 없다고 했다. 알고 싶으면 몽펠리에의 약혼녀 집으로 가서 직접 물어보라고 했다.

수사 1단계는 이렇게 끝났다. 2단계는 로잔을 떠난 레이디 프랜시스 카팩스의 행선지를 파악하는 데 할애됐다. 행선지를 비밀에 부친 것을 보면 누군가를 따돌리려는 의도가 다분한 듯했다. 그렇지 않으면 짐 가방에 '바덴행'이라고 딱지를 떳떳하게 붙이지 않은 이유가 뭐겠는가. 그녀와 짐 가방은 우회로를 따라 빙빙 돌아서 라인 강 유역의 휴양 시설에 도착했다. 쿡 여행사의 그 마을 지점장을 통해 얻은 정보는 여기까지였다. 나는 홈스에게 전보로 진행 상황을 알리고, 농담조로 성과를 칭찬하는 전보를 답장으로 받은 뒤 바덴으로 출발했다.

바덴에서 레이디의 흔적을 추적하는 건 어렵지 않았다. 그녀는 잉글리셔 호프 호텔에서 이 주 동안 묵었다. 그러는 동안 남아메리카에서 온 선교사 부부인 슐레징어 박사 부부와 친분을 쌓았다. 외로운 여인들이 대부분 그렇듯 레이디 프랜시스 카팩스에게는 종교가 위안이자 소일거리였다. 그녀는 슐레징어 박사의 훌륭한 인품과 독실한 신앙심, 사도의 임무를 수행하다 걸린 병에서 회복중이라는 사실에 깊은 감동을 받았다. 그녀는 슐레징어 부인을 도와서 요양중인 성인聖人을 간호했다. 지배인의 설명에 따르면 슐레징어 박사는 시중을 드는 여자를 양옆에 거

느리고 베란다의 안락의자에서 주로 시간을 보냈다. 그는 메디아 왕국에 중점을 둔 성지 지도를 만들고 있었는데, 메디아 왕국은 그의 논문 주제이기도 했다. 마침내 박사의 건강이 많이 회복되자 그들 부부는 런던으로 돌아갔고 레이디도 그들을 따라갔다. 그것이 삼 주 전의 일이었고 지배인은 그 뒤로 소식을 듣지 못했다. 하녀 마리는 다른 하녀들에게 일을 영영 그만둔다고 알리고, 레이디보다 며칠 전에 눈물을 펑펑 쏟으며 떠났다. 슐레징어 박사가 그들 일행의 숙박비를 일괄 지불했다.

지배인이 말했다.

"전에도 레이디 프랜시스 카팩스를 찾으시는 분이 있었어요. 일주일쯤 전에 어떤 남자분이 똑같은 용건으로 여길 왔었죠."

"그분이 이름을 밝히던가요?"

내가 물었다.

"아뇨, 하지만 영국인이었어요. 특이한 부류이기는 했지만."

"야만인처럼 생겼던가요?"

나는 유명한 내 친구를 흉내내서 수집한 정보를 연결해 물었다.

"맞아요. 그 말이 딱 맞네요. 덩치가 크고 수염을 길렀고 피부가 까무잡잡해서 값비싼 호텔보다 농부들이 애용하는 여관에 어울릴 법한 인상이었어요. 사납고 험상궂게 생겨서 잘못 건드렸다가는 큰일나겠더라고요."

안개가 걷히면서 관련 인물들의 윤곽이 선명해지자 벌써부터 수수께끼가 풀리기 시작했다. 착하고 신앙심이 깊은 숙녀를 사악한 악당이 끈질기게 따라다녔다. 그녀는 그자를 두려워해서 로잔에서 도망쳤다. 남자는 지금까지도 포기하지 않았다. 조만간 그녀를 따라잡을 것이다. 벌써 따라잡았을까? 그래서 그녀한테서 소식이 없나? 레이디와 동행한 선량한 사람들은 그의 폭력이나 협박에서 그녀를 지켜주지 못했을까? 그는 어떤 지독한 목적이나 음흉한 계획이 있기에 레이디를 이렇게 끈질기게 쫓아다니는 걸까? 나는 그 부분을 알아내야 했다.

내가 얼마나 신속하고 정확하게 문제의 핵심으로 파고들었는지 홈스에게 편지를 썼다. 그는 답장으로 슐레징어 박사의 왼쪽 귀가 어떻게 생겼는지 알려달라는 전보를 보냈다. 홈스가 종종 해괴하고 불쾌한 장난을 잘 치기 때문에 나는 그의 실없는 농담을 그대로 무시했다. 사실, 그의 답장이 도착하기도 전에 나는 이미 하녀 마리를 만나러 몽펠리에로 떠났다.

하녀를 찾아서 그녀의 이야기를 듣기까지 별다른 어려움은 없었다. 마리는 헌신적인 성격이었고, 전 주인의 곁을 떠난 이유도 오로지 레이디가 좋은 사람들을 만난 게 분명한데다 자기 결혼이 코앞으로 다가와서 일을 그만둘 수밖에 없는 상황이기 때문이었다. 그녀는 바덴에서 머무는 동안 전 주인이 짜증을 부리는가 하면 자신을 의심이라도 하는 것처럼 추궁한 적도 있었다고 괴로워하며 털어놓았다. 솔직히 덕분에 헤어지기가 한결 수월했다. 레이디는 그녀에게 결혼 선물로 오십 파운드를 주었다. 마리도 전 주인을 로잔에서 몰아낸 그 낯선 남자를 나만큼이나 수상하게 생각했다. 그녀는 호숫가 산책로에서 남자가 레이디의 손목을 우악스럽게 잡는 것을 두 눈으로 직접 본 적도 있었다. 레이디가 슐레징어 부부와 함께 런던으로 간 것도 그를 두려워했기 때문이었다. 레이디가 마리에게 직접 얘기한 적은 없었지만, 여러 정황상 심리적으로 계속 불안한 상태였던 게 분명했다. 여기까지 이야기를 끝냈을 때 그녀가 놀라움과 공포로 얼굴을 일그러뜨리며 의자에서 벌떡 일어났다.

"저것 좀 보세요! 악당이 아직까지 따라다니고 있어요! 저자가 바로 제가 얘기한 남자예요."

열린 응접실 창문 너머로, 까무잡잡한 얼굴에 까만색의 뻣뻣한 수염을 기른 거구의 사나이가 보였다. 대로 한복판을 천천히 걸으며 번지수를 열심히 확인하고 있었다. 그도 나처럼 하녀를 찾아 나선 모양이었다. 나는 충동적으로 달려나가서 그에게 다가갔다.

"영국인이죠?"

내가 물었다.

"그렇다면?"

그가 험상궂게 인상을 쓰며 되물었다.

"이름이 뭔지 물어도 되겠습니까?"

"안 되오."

그가 딱 잘라서 대답했다. 난처한 상황에는 정공법이 정답이기도 하다.

"레이디 프랜시스 카팩스는 어디 있습니까?"

그는 놀란 얼굴로 나를 빤히 쳐다보았다.

"레이디를 어떻게 했습니까? 왜 레이디를 따라다니는 거요? 대답하십시오!"

내가 말했다.

그가 분노의 고함을 지르며 호랑이처럼 나를 덮쳤다. 나는 몸싸움을 여러 번 겪어보았지만 이 남자는 보통 사람보다 아귀힘이 무지막지하고 마귀처럼 사나웠다. 그의 손에 목이 졸려서 이러다 까무러치겠다 싶었을 때 파란색 작업복을 입고 수염을 기른 프랑스 일꾼이 곤봉을 들고 맞은편 선술집에서 달려나왔다. 일꾼이 곤봉으로 남자의 팔뚝을 딱 소리가 나도록 내리치자 그가 목을 놓았다. 남자는 다시 공격할지 말지 결정을 내리지 못한 채 씩씩대며 잠깐 서 있었다. 그러다 방금 전까지 내가 있다가 나온 오두막집으로 으르렁거리며 들어갔다. 나는 감사 인사를 하려고 옆에 서 있던 은인 쪽으로 고개를 돌렸다.

그가 말했다.

"어이, 왓슨. 일을 엉망진창으로 만들어놨군! 나랑 같이 야간 열차를 타고 런던으로 돌아가는 게 좋겠네."

한 시간 뒤, 셜록 홈스는 평소 복장으로 내가 머무는 호텔 객실에 앉아 있었다. 그가 알맞은 때 느닷없이 등장한 이유는 간단하기 그지없었다. 런던을 비울 수 있게 되어서 나의 다음번 행선지가 될 게 분명한 곳에 먼저 가 있기로 작정한 것이다. 그는 일꾼으로 변장하고 선술집에서 내가 등장할 때까지 기다리고 있었다.

"왓슨, 일관성 있게 수사를 진행했더군. 저지를 수 있는 실수 가운데 뭐를 빠뜨렸는지 지금으로서는 생각이 나지 않네. 그런 식으로 사방을 들쑤셔놓고 아무것도 알아내지 못했잖은가."

"아마 자네가 나섰어도 별 차이 없었을걸?"

내가 쏘아붙였다.

"'아마' 그랬을 거라니 무슨 소리. 이미 자네를 앞질렀다네. 자네와 마찬가지로 이 호텔에 묵고 있는 필립 그린 공이라는 사람이 있어. 그를 출발점으로 삼으면 수사에서 좀더 훌륭한 성과를 거둘 수 있을 걸세."

명함이 놓인 금속 쟁반이 들어왔다. 뒤이어 들어온 사람은 길거리에서 나를 공격했던 수염 기른 악당이었다. 그는 나를 보더니 움찔했다.

"어떻게 된 거요, 홈스 씨? 홈스 씨의 전갈을 받고 내려왔더니. 이자는 무슨 관련이 있소?"

"이쪽은 내 오랜 친구이자 동료인 왓슨 박사입니다. 이번 사건의 수사를 돕고 있죠."

정체 모를 남자는 햇볕에 그을린 큼지막한 손을 내밀며 사과의 말을 몇 마디 건넸다.

"나 때문에 다치지는 않으셨는지 모르겠소. 그녀를 괴롭혔느냐고 추궁하는 소리에 그만 이성을 잃었군. 사실 요즘 내가 제정신이 아니오. 조금만 건드려도 터지기 일보 직전이라오. 감당하기 힘든 상황이니. 그런데 제일 궁금한 건 홈스 씨가 내 존재를 어떻게 알았느냐는 거요."

"레이디의 가정교사였던 도브니 양에게 연락했죠."

"프릴 모자를 쓰고 다니던 수전 도브니! 생생하게 기억나오."

"도브니 양도 당신을 기억하더군요. 남아프리카로 떠나는 게 낫겠다고 결정을 내리기 전의 당신을요."

"아, 내 과거를 아는군. 그럼 아무것도 숨길 필요가 없겠소. 홈스 씨, 내가 프랜시스를 사랑한 만큼 진심으로 한 여자를 사랑했던 남자는 이 세상에 없을 거요. 젊었을 때 나는 좀 거칠었소. 나 같은 부류의 사람들이 다 그랬지. 하지만 그녀는 하얀 눈처럼 순수했소. 천박한 것을 조금도 용납하지 못했고. 그래서 내가 예전에 어떤 짓을 저질렀는지 알게 됐을 때 나와 말도 섞지 않으려고 했다오. 그래도 나를 사랑했다는 게, 생각해보면 정말 놀라운 일 아니오? 나를 사랑했기에 나를 위해서 꽃다운 시절을 독신으로 지낸 거요. 세월이 흘러 바버턴에서 한몫 챙겼을 때 그녀를 찾아가면 전보다 너그럽게 대해줄지 모른다는 생각이 들더군. 아직 결혼을 하지 않았다는 소식도 들었고. 그래서 로잔에서 지내는 그녀를 찾아가서 온갖 수단과 방법을 총동원했소. 그녀는 마음이 좀 약해졌지만 여전히 황소고집이었지. 다시 한번 만나려고 찾아갔더니 이미 떠나고 없더군요. 바덴까지 쫓아갔다가 하녀가 여기 산다는 이야기를 들었소. 내가 워낙 험하게 살았던 사람이라 왓슨 박사님의 말을 듣고 잠깐 이성을 잃었소. 프랜시스가 어떻게 됐는지 제발 좀 알려주시오."

"그걸 우리가 알아내야 합니다. 런던에서 어디에 묵고 있습니까, 그린 공?"

셜록 홈스가 특유의 심각한 목소리로 말했다.

"랭엄 호텔로 연락하면 되오."

"그럼 호텔로 돌아가서 내 연락을 기다려주십시오. 허튼 희망은 심어드리지 않겠습니다만, 레이디의 안전을 위해 필요한 모든 조치를 동원할 테니 안심하십시오. 지금으로서는 드릴 수 있는 말씀이 이것뿐이군요. 필요할 때 연락하실 수 있도록 명함을 드리겠습니다. 자, 왓슨. 짐을 챙기게나. 내일 저녁 7시 30분에 굶주린 두 여행객을 위해 솜씨 한번 제대로 발휘해달라고 허드슨 부인에게 전보를 치겠네."

베이커 스트리트의 하숙집에 도착하니 전보가 기다리고 있었다. 홈스는 전보를 읽으며 탄성을 터뜨리더니 내게 던져주었다. 전보에는 "우둘투둘 또는 너덜너덜"이라고 적혀 있었고 발신지는 바덴이었다.

"이게 뭔가?"

내가 물었다.

"결정적인 단서라네. 내가 선교사의 왼쪽 귀가 어떻게 생겼느냐고 엉뚱해 보이는 질문을 한 것 기억하나? 자네는 답장을 하지 않았네만."

"이미 바덴을 떠난 뒤라 조사할 수가 없었어."

"그렇지. 그래서 내가 엥글리셔 호프 호텔의 지배인에게 똑같은 전보를 보냈다네. 이게 답장일세."

"그래서 이게 무슨 뜻인가?"

"우리가 아주 영악하고 위험한 인물을 상대하고 있다는 뜻이라네, 왓슨. 남아메리카에서 왔다는 슐레징어 박사 겸 선교사는 다름 아니라 오스트레일리아가 낳은 가장 악랄한 악당인 홀리 피터스라네. 생긴 지 얼마 되지도 않은 나라에서 수준 높은 범죄자가 나왔지 뭔가. 혼자 지내는 여성의 신앙심을 자극해서 사기를 치는 것이 주특기이고, 소위 아내라는 영국 여자 프레이저의 내조가 일품이라네. 수법을 듣고 박사의 정체를 의심했는데 신체적인 특징을 보니 확실하군. 1889년에 애들레이드의 술집에서 싸우다 상대에게 귀를 심하게 물어뜯겼거든. 딱한 레이디는 물불 가리지 않는 악랄한 한 쌍에게 완전히 넘어간 거야. 이미 죽었을 가능성이 크다네. 그렇지 않더라도 감금을 당했거나 자유를 잃어서 도브니 양이나 다른 친구들에게 편지를 보내지 못하는 것일 테고. 그녀가 런던 땅을 밟지 않았거나 런던을 거쳐서 다른 곳으로 이동했을 수도 있지만 전자는 가능성이 희박해. 등록제도 때문에 외국인들은 유럽 대륙의 경찰을 속이기가 쉽지 않거든. 후자도 포로를 감금하기에 런던만큼 좋은 곳이 별로 없기 때문에 가능성이 낮아. 내 모든 감각이 레이디는 런던에 있다고 말하고 있어. 당장은 어디 있는지 알아낼 방법이 없으니 뻔한 조치를 취하고 저녁을 먹으며 느긋하게 기다릴 수밖에. 이따 밤에 나가서 런던 경찰청의 레스트레이드와 이야기를 나눌 생각일세."

하지만 경찰과 홈스의 작지만 유능한 사조직을 동원해도 수수께끼는 풀리지 않았다. 수백만 명이 거주하는 런던에서 우리가 찾는 세 사람의 흔적은 찾을 수가 없었다. 처음부터 존재하지 않았던 사람들인 양 그랬다. 광고도 여러 번 냈지만 소용없었다. 단서도 추적해봤지만 소득이 없었다. 슐레징어가 드나들 만한 범죄 소굴을 뒤졌지만 헛수고였다. 그의 예전 패거리를 주시했지만 서로 왕래가 전혀 없었다. 의미 없는 긴장감이 일주일쯤 이어졌을 무렵 갑자기 한줄기 서광이 비쳤다. 오래전에 스페인에서 제작된 반짝이는 은펜던트가 웨스트민스터 로드의 보빙턴 전당포에 맡겨진 것이다. 전당포에 물건을 맡긴 사람은 깨끗하게 수염을 깎은 얼굴로 성직자 같은 분위기를 풍기는 풍채 좋은 남자였다. 이름과 주소는 누가 봐도 가짜였다. 전당포 주인이 귀는 보지 못했다고 했지만 인상착의가 분명 슐레징어였다.

털북숭이 친구는 랭엄 호텔에서 세 번이나 찾아왔다. 세 번째로 찾아왔을 때는 새로운 소식이 입수된 지 한 시간도 안 됐을 때였다. 거구를 감싼 옷이 헐렁했다. 걱정하느라 몸이 야윈 모양이었다. "뭐라도 할 일을 좀 주시오!"라고 매번 울부짖던 그에게 드디어 홈스가 일을 맡겼다.

"그자가 보석들을 전당포에 맡기기 시작했어요. 이제 잡을 수 있습니다."

"그럼 프랜시스가 잘못됐다는 얘기 아니오?"

홈스는 심각한 표정으로 고개를 끄덕였다.

"만약 지금까지 레이디를 붙잡아두고 있다면, 그들이 자멸하려는 게 아니고서야 레이디를 고이 풀어줄 리 없습니다. 최악의 사태까지 대비해야 합니다."

"내가 뭘 어떻게 하면 되겠소?"

"그자들은 공의 얼굴을 모르죠?"

"그렇소."

"그자가 다음엔 다른 전당포로 갈 수도 있습니다. 그러면 처음부터 다시 시작해야겠죠. 하지만 보빙턴 전당포에서 값을 후하게 쳐주었고 아무것도 묻지 않았으니 돈이 필요하면 다시 찾을 겁니다. 내가 연락해놓을 테니 전당포에서 기다리십시오. 그자가 나타나면 집까지 뒤를 밟으십시오. 경솔하게 나서거나, 무엇보다 폭력을 쓰면 안 됩니다. 공의 명예에 대고 말하건대 나에게 알리거나 동의를 받지 않으면 아무 조치도 취하지 마십시오."

필립 그린 공(그는 크림전쟁에서 아조프 해 함대를 지휘했던 유명한 제독의 아들이었다)은 이틀 동안 아무 소식도 전하지 않았다. 그러다 셋째 날 저녁에 응접실에 들이닥쳤다. 얼굴은 창백했고, 탄

탄한 온몸의 근육을 격렬한 감정으로 부들부들 떨고 있었다.

"찾았소! 그자를 찾았어!"

그는 흥분해서 횡설수설했다. 홈스가 몇 마디 말로 그를 달래어 안락의자에 앉혔다.

"자, 차근차근 이야기해보십시오."

"한 시간쯤 전에 여자가 찾아왔소. 이번에는 아내를 보낸 모양이오. 지난번에 맡긴 것과 한 쌍인 펜던트를 들고 왔소. 여자는 키가 크고 얼굴에 핏기가 없고 눈이 족제비처럼 생겼고."

"그 여자가 맞습니다."

홈스가 말했다.

"여자가 전당포를 나서기에 뒤를 밟았소. 케닝턴 로드까지 계속 따라갔더니 어떤 가게로 들어가더군. 장의사 사무실이었소, 홈스 씨."

내 친구가 움찔했다.

"그래서요?"

질문을 하는 홈스의 얼굴은 차갑고 창백했으나 떨리는 목소리가 숨겨진 불같은 감정을 알려주었다.

"카운터에 앉은 여자와 대화를 나누고 있더군요. 나도 따라서 들어갔소.

'늦었네요.'

여자가 그 비슷한 말을 하는 게 들렸소. 변명을 하는 거였지.
'진작 배달됐어야 하는데. 표준 사양이 아니라 오래 걸렸어요.'
이쯤에서 두 사람 다 말을 멈추고 나를 쳐다보기에 몇 가지 물어보고 밖으로 나왔소."
"잘하셨습니다. 그런 다음에는요?"
"문간에 숨어 있자니 여자가 밖으로 나왔소. 의심스럽다는 듯이 주변을 둘러보더니 마차를 불러서 올라타더군. 다행히 다른 마차를 타고 뒤를 밟을 수 있었소. 여자는 한참 만에 브릭스턴의 폴트니 스퀘어 36번지에서 내렸소. 나는 그대로 지나쳐서 길 모퉁이에 다다랐을 때 마차에서 내려 그 집을 감시했지."
"사람이 보이던가요?"
"1층 한 군데 말고는 창문이 전부 어두컴컴했소. 커튼을 쳐서 안이 보이지 않더군. 거기 서서 이제 어떻게 하면 좋을까 고민하는데, 두 남자를 태운 포장마차가 집 앞에 멈춰 서지 뭐요. 두 사람이 마차에서 뭔가를 꺼내 현관 앞으로 옮겼소. 관이었다오, 홈스 씨."
"아!"
"그 순간 하마터면 달려들 뻔했소. 문이 열리자 두 남자가 관을 들고 들어갔다오. 문을 열어준 사람은 그 여자였는데 여자가 나를 언뜻 보고 아무래도 알아본 것 같소. 움찔하더니 얼른 문을 닫더군. 홈스 씨에게 한 약속을 기억하고 이렇게 달려왔소."

"아주 잘하셨습니다."

홈스는 반쪽짜리 종이에 뭔가를 끼적이며 이렇게 말했다.

"영장이 없으면 법적으로 아무것도 할 수가 없으니 이걸 들고 경찰서에 가서 영장을 받아주시면 가장 큰 도움이 되겠습니다. 까다롭게 굴 수도 있겠지만 놈들이 귀중품을 맡긴 이야기를 꺼내면 영장을 발부해줄 겁니다. 세세한 부분은 레스트레이드가 알아서 처리할 테고요."

"그러는 동안 그녀를 죽일 수도 있잖소. 관이 무슨 뜻이겠소? 그녀가 아니면 누굴 위해 준비한 관이냔 말이오?"

"최선을 다해보겠습니다, 그린 공. 한순간도 허투루 낭비하지 않고요. 우리에게 맡겨주십시오."

우리의 의뢰인이 황급히 출발하자 홈스가 덧붙였다.

"자, 왓슨. 정규군은 그가 출동시키겠지. 우리는 비정규군이니까 우리의 행동 방침에 따라 움직이세. 가장 극단적인 조치도 용인될 만큼 긴박한 상황이라는 판단이 드는군. 지체 말고 폴트니 스퀘어로 달려가야겠네."

국회의사당을 지나 웨스트민스터 브리지를 쏜살같이 달리는 동안 그가 말했다.

"상황을 재구성해볼까? 악당들은 먼저 믿음직한 하녀를 떼어내고 가엾은 레이디를 꼬드겨서 런던으로 데려왔지. 그녀가 편지를 썼더라도 그들이 가로챘을 걸세. 그들은 공범을 통해 가구 딸린 집을 얻어놓았겠지. 일단 집에 도착하자 그녀를 안에 가두고 본래 목표였던 값나가는 보석을 수중에 넣었어. 그녀의 운명에 관심을 기울이는 사람이 없다고 생각했는지 보석들을 팔아넘기기 시작했고. 들킬 염려가 없어 보인 거야. 풀어주면 그녀는 당연히 그들을 고발하겠지. 그러니까 절대 풀어줄 수가 없고 영영 방안에 가둬둘 수도 없으니 죽이는 수밖에 없지 않겠나."

"확실히 그렇겠군."

"이제 다른 쪽으로 추론해보세. 두 갈래로 생각의 고리를 따라가다 보면 진실에 가까운 접점을 찾을 수가 있거든. 이번에는 레이디가 아니라 관에서부터 거꾸로 되짚어보세. 관이 등장했다는 것은 레이디가 죽었다는 증거가 아닐까 싶다네. 사망진단서와 공식 승인서를 발급받아서 정식으로 매장하려는 증거이기도 하겠고. 레이디를 살해했다면 뒷마당에 구덩이를 파서 묻어도 충분할 걸세. 그런데 처음부터 끝까지 공개적이고 정상적인 과정을 밟고 있단 말이지. 그게 과연 무슨 뜻일까? 그녀에게 무슨 수작을 부려서 의사도 속아넘어갈 자연사를 이끌어냈다는 뜻이겠지. 예컨대 독약을 동원했든지. 그렇지 않으면 의사에게 그녀를 보인다는 게 얼마나 이상한 일인가. 의사도 공범이라면 모를까 그다지 신빙성 있는 가설이 아니란 말이지."

"사망진단서를 위조했을 수도 있지 않을까?"

"그건 위험하지, 왓슨. 너무 위험해. 아니, 그랬을 것 같지는 않아. 마부, 마차를 세워주시오! 방금 전에 전당포를 지났으니 분명 이 장의사일 걸세. 자네가 들어가주겠나, 왓슨? 자네 인상이 믿음직하거든. 내일 폴트니 스퀘어에서 장례식이 몇 시에 열리느냐고 물어보게."

장의사 여직원은 오전 8시에 열린다고 바로 대답했다.

"그래, 왓슨. 수수께끼가 풀렸군. 모든 게 밝혀졌어! 무슨 수를 썼는지 몰라도 법적인 서류를 갖추었으니 저들은 걱정할 게 없다고 생각하는 거야. 이제는 전면 공격을 감행하는 수밖에 없겠군. 자네, 무기 들고 왔나?"

"지팡이!"

"그래, 그래. 우리 완력으로 충분하겠지. '정의를 위해 싸우는 사람은 삼중으로 무장이 되어 있으니■.' 경찰을 기다리거나 법의 보호를 바랄 겨를이 없군. 마부, 이제 그만 가도 좋소. 자, 왓슨. 예전에 가끔 그랬던 것처럼 우리 두 사람의 운에 맡기세."

■ 셰익스피어의 『헨리 6세』에서 글로스터 공작이 서퍽 공작의 손에 암살되자 서퍽과 결투를 벌이기 위해 나서는 워릭 백작을 보고 헨리 6세가 하는 대사다.

그는 폴트니 스퀘어 한복판에 자리잡은 어두컴컴한 대저택의 초인종을 요란하게 눌렀다. 곧장 문이 열리며 키가 큰 여자가 희미하게 불을 밝힌 복도를 등지고 나타났다.

"무슨 일이시죠?"

그녀가 어둠을 뚫고 우리를 빤히 쳐다보며 날카롭게 쏘아붙였다.

"슐레징어 박사를 만나고 싶습니다만."

홈스가 말했다.

"그런 사람 안 살아요."

그녀가 문을 닫으려고 했지만 홈스가 발을 문틈에 밀어넣었다.

"이름이 뭐가 됐건 여기 사는 분을 만나고 싶습니다."

홈스가 딱 잘라서 말했다. 그녀는 머뭇거리더니 문을 열었다.

"그럼 들어오세요! 남편은 세상 누굴 만나도 무서울 게 없으니까요."

그녀는 우리 뒤에서 문을 닫고, 복도 오른편에 있는 응접실로 안내한 뒤 가스등을 켜고 나갔다.

"피터스가 금방 들어올 거예요."

좀이 슨 먼지투성이 실내를 둘러볼 새도 없이 문이 열리더니 그녀가 말한 대로 깨끗하게 면도한 거구의 민머리 남자가 사뿐히 들어왔다. 벌겋고 큼지막한 얼굴에 턱살은 늘어졌고, 전체적으로 애써 자애로운 척하는 인상을 풍겼지만 사악하고 심술궂은 입매가 망치고 있었다.

"두 분께서 착각을 하셨군요."

그가 번지르르하고 싹싹한 목소리로 말문을 열었다.

"집을 잘못 찾아오신 모양입니다. 이 길을 따라서 조금만 더 가시면……."

"그만하시지. 낭비할 시간 없으니까."

내 친구가 딱 잘라서 말했다.

"당신은 바덴과 남아메리카에서 슐레징어 목사를 사칭했던 애들레이드의 헨리 피터스 아닌가? 내 이름이 셜록 홈스인 것처럼 분명한 사실이지."

피터스는 움찔하더니 만만찮은 상대를 뚫어져라 쳐다보았다.

"그 이름을 들어도 나는 무서워할 이유가 없는데요, 홈스 씨. 양심에 거리낄 게 없는 사람은 겁먹을 일이 없으니까요. 내 집에는 어쩐 일입니까?"

그가 태연하게 말했다.

"바덴에서 데려온 레이디 프랜시스 카팩스를 어떻게 했는지 알고 싶은데."

"그분이 어디 있는지 나도 알았으면 좋겠소."

피터스는 태연하게 대꾸했다.

"나한테 정산해야 할 금액이 거의 백 파운드인데 거들떠보지도 않을 시시한 펜던트 몇 개만 남기고 사라졌거든. 바덴에서 우리 부부에게 들러붙어 지내더니 런던까지 따라오지 뭐요. 거기서 내가 가명을 썼던 건 사실이오. 어쨌든 내가 그녀의 경비와 푯값을 계산했는데 런던에 도착하자 구닥다리 보석만 몇 개 남기고 슬그머니 사라졌단 말이오. 그녀를 찾아주시오, 홈스 씨. 그러면 은혜는 잊지 않겠소."

"안 그래도 그녀를 찾을 작정일세. 이 집안을 뒤져서 찾고 말겠네."

홈스가 말했다.

"수색영장은 들고 오셨나?"

홈스는 주머니에서 리볼버를 반쯤 꺼냈다.

"정식 영장이 도착할 때까지 이걸로 때울 생각이네만."

"이런, 한낱 좀도둑이로군."

"마음대로 생각하시지."

홈스는 유쾌하게 받아넘겼다.

"내 친구도 나 못지않게 위험한 불한당일세. 우리 둘이서 자네 집을 뒤져야겠어."

우리의 적이 방문을 열었다.

"애니, 경찰을 불러!"

드레스 자락이 복도를 쓸고 지나가는 소리에 이어 현관문이 열렸다가 닫혔다.

"왓슨, 시간이 없네. 피터스, 우리를 막으려고 했다가는 다칠 거야. 집안으로 들인 관은 어디 있나?"

홈스가 말했다.

"그건 알아서 뭐하려고? 관은 지금 사용중이다. 안에 시신이 누워 있지."

"시신을 봐야겠는데."

"내 허락 없이는 안 돼."

"그럼 허락 없이 보기로 하지."

홈스는 잽싸게 상대를 한쪽으로 밀치고 복도로 나갔다. 반쯤 열린 문이 바로 앞에 있었다. 안으로 들어가자 식당이 나왔다. 희미하게 불을 밝힌 샹들리에 아래의 식탁에 관이 놓여 있었다. 홈스가 가스등을 켜고 뚜껑을 열었다. 깊은 관 속에 초췌한 여자가 누워 있었다. 환한 불빛이 나이들고 수척한 얼굴 위로 사정없이 쏟아졌다. 아무리 괴롭힘을 당하고 굶거나 병에 걸렸대도 이 여자가 여전한 미모를 자랑한다는 레이디 프랜시스 카팩스일 수는 없었다. 홈스는 놀라워하는 한편으로 다행스러워하는 표정을 지었다.

"다행일세! 다른 사람이로군."

그가 중얼거렸다.

"아, 이번에는 제법 큰 실수를 하셨군, 셜록 홈스 씨."

우리를 따라서 식당 안으로 들어온 피터스가 말했다.

"죽은 여자는 누구인가?"

"정 궁금하다면 알려드리지. 예전에 내 아내를 길러주었던 유모요. 이름은 로즈 스펜더, 브릭스턴 구빈원 진료소에서 찾았다네. 우리는 그녀를 이리로 데리고 와서 퍼뱅크 빌라스 13호에 사는 호섬 박사를 호출해 기독교도답게 정성껏 진료를 부탁했지. 주소를 받아 적어야 하지 않겠소, 홈스 씨? 사흘째 되던 날에 죽었고 사망진단서에는 노환이라고 적혔지. 물론 그건 의사의 소견일 뿐이고 사망 원인은 탐정 나리가 더 잘 알겠지. 케닝턴 로드에 있는 스팀슨 장의사에게 장례식을 맡겨서 내일 오전 8시에 치를 예정이오. 여기에 무슨 문제가 있다고 보시나, 홈스 씨? 어처구니없는 실수를 저질렀다고 인정하시지. 레이디 프랜시스 카팩스가 있을 줄 알고 뚜껑을 열었는데 구십 대의 가엾은 할멈이 누워 있으니까 입을 떡 벌리고 빤히 쳐다보던 얼굴을 사진으로 찍어놨어야 하는 건데."

홈스는 적의 야유에 무표정으로 대응했지만 불끈 쥔 주먹을 보니 얼마나 약이 올랐는지 알 수 있었다.

"집안을 뒤져봐야겠군."

홈스가 말했다.

"과연 그럴 수 있을까?"

피터스가 외쳤을 때 복도에서 여자의 목소리와 묵직한 발소리가 들렸다.

"어디 한번 두고 보자고. 이쪽입니다, 경관님. 이 남자들이 내 집에 쳐들어왔는데 쫓아낼 방법이 없네요. 도와주십시오."

경사와 순경이 각각 한 명씩 문 앞에 서 있었다. 홈스는 케이스에서 명함을 꺼냈다.

"여기 내 이름과 주소가 있습니다. 이쪽은 내 친구 왓슨 박사고요."

"이런, 홈스 씨야 저희도 잘 알죠. 하지만 영장 없이 이러시면 안 됩니다."

경사가 말했다.

"당연하죠. 나도 잘 압니다."

"체포하세요!"

피터스의 외침에 경사가 당당하게 대꾸했다.

"이분의 수배령이 떨어지면 저희가 알아서 체포하겠습니다."

"홈스 씨, 이제 그만 나가주셔야겠는데요."

"알겠습니다. 왓슨, 나가지."

잠시 후에 우리는 다시 길가로 나왔다. 홈스는 여느 때와 다름없이 태연했지만 나는 분노와 수치심에 씩씩거렸다. 경사가 우리를 따라서 나왔다.

"죄송합니다, 홈스 씨. 하지만 법적으로 어쩔 수가 없어요."

"맞습니다, 경사님. 그렇게 하셔야 맞죠."

"저 집에 들어가신 이유가 있었을 텐데, 제가 도울 일이 있으면……."

"실종된 여자가 저기 있는 것 같습니다, 경사님. 지금 수색영장을 기다리고 있습니다."

"제가 저들을 감시하고 있겠습니다, 홈스 씨. 무슨 일이 벌어지면 당장 알려드리죠."

9시밖에 안 된 시점이라 우리는 다시 열심히 추적에 나섰다. 먼저 브릭스턴 구빈원 진료소에 가서 확인해보니 정말로 인정 많은 부부가 며칠 전에 찾아와서 치매에 걸린 할머니를 보고 예전에 같이 지냈던 유모였다고 주장하며 정식으로 허가를 받아서 데려간 것으로 밝혀졌다. 그녀가 그새 죽었다는 소식에 놀라워하는 사람은 없었다.

다음으로 찾아간 사람은 의사였다. 그는 호출을 받고 찾아가보니 노환으로 죽어가는 할머니가 있었고, 실제로 그녀의 임종을 지킨 뒤에 서식대로 사망진단서를 작성했다고 했다. 의사는 "모든 게 정상이었고 살인이라고 생각할 여지는 전혀 없었습니다"라고 말했다. 그런 저택에 사는 사람들이 하인도 없이 지내는 게 의아했을 뿐 의심스러운 구석은 전혀 없었다고 덧붙였다. 의사의 얘기는 거기까지였다.

마지막으로 우리는 런던 경찰청을 찾았다. 영장 발부 절차에 문제가 생겨서 불가피하게 지연되고 있었다. 내일 아침은 되어야 판사의 서명을 받을 수 있었다. 다음날 홈스가 9시쯤 런던 경찰청에 들러 레스트레이드와 함께 수색영장의 본때를 보여주러 그 집에 가야했다. 하루가 이렇게 끝나는가 싶었다. 자정 무렵에 경사가 어두컴컴한 대저택의 창문 너머로 여기저기서 불빛이 깜빡이는데 집에서 나온 사람도, 집으로 들어간 사람도 없다는 전갈을 보내왔다. 우리는 인내하며 내일을 기약하는 수밖에 없었다.

홈스는 신경이 곤두서서 대화가 불가능했고 불안해서 잠을 이루지 못했다. 나는 그가 촘촘하고 까만 눈썹을 찡그린 채 줄담배를 피우고, 기다란 손가락으로 의자 팔걸이를 신경질적으로 두드리며 모든 가능성을 점검하도록 내버려둔 채 방에서 나왔다. 밤새도록 그가 방안을 돌아다니는 소리가 들렸다. 다음날 아침에 내가 눈을 떴을 때 홈스가 나를 부르며 문을 벌컥 열었다. 취침용 옷차림이었지만 움푹 꺼진 눈과 핼쑥한 얼굴을 보건대 밤을 새운 모양이었다.

"장례식이 몇 시라고 했지? 8시라고 했지?"

그가 열띤 목소리로 물었다.

"자, 지금 7시 20분일세. 맙소사, 왓슨, 조물주가 내게 선물한 머리를 어디에 쓰려고 아껴두었을까? 서두르게, 얼른! 생사가 달린 문제야. 죽었을 가능성이 99라면 살았을 가능성이 1이란 말일세. 만약 때를 놓치면 평생 내 자신을 용서하지 못할 걸세!"

오 분도 안 돼서 우리는 이륜마차를 타고 베이커 스트리트를 질주했다. 그랬음에도 불구하고 8시를 이십오 분 앞두고 빅벤 앞을 지났고, 8시 종소리를 들으며 브릭스턴 로드를 질주했다. 하지만 남들도 우리처럼 늦었다. 예정된 시각에서 십 분 지났는데도 영구차가 문 앞에 서 있었고, 입에 거품을 품고 달리던 말이 멈추어 설 무렵에야 세 남자가 관을 들고 현관문을 넘었다. 홈스가 달려나가서 그 앞을 막아섰다.

"들고 다시 들어가시오!"

그가 맨 앞 사람의 가슴에 손을 얹으며 외쳤다.

"당장 들고 들어가십시오!"

"무슨 헛소리야? 다시 한번 묻겠는데, 영장을 들고 오셨나?"

화가 난 피터스가 시뻘건 얼굴로 관 저쪽 끝에서 우리를 노려보며 고함을 질렀다.

"조만간 나올 거다. 영장이 도착할 때까지 이 관은 여기 그대로 두어야 해."

권위가 느껴지는 홈스의 목소리에 상여꾼들이 동요했다. 피터스는 불현듯 안으로 사라졌고 상여꾼들은 새로운 명령에 순순히 응했다.

"얼른, 왓슨, 얼른! 여기 드라이버!"

상여꾼들이 식당으로 돌아가 관을 다시 식탁에 내려놓자 그가 외쳤다.

"자네는 이걸 쓰고! 일 분 안으로 뚜껑을 열면 일 파운드씩 주겠소. 질문은 삼가고 당장 시작하시오! 좋았어! 하나 더! 또 하나 더! 이제 함께 잡아당겨요! 움직인다! 움직인다! 아, 드디어 열리는군!"

우리는 힘을 모아서 관뚜껑을 뜯어냈다. 안에서 코를 찌를 듯이 지독한 클로로포름 냄새가 흘러나왔다. 마취제를 흠뻑 적신 탈지면을 얼굴에 둘둘 감은 사람이 안에 누워 있었다. 홈스가 탈지면을 뜯어내자 조각상처럼 아름답고 기품 있는 중년 여성의 얼굴이 드러났다. 그는 당장 그녀의 몸 밑으로 팔을 넣어서 일으켜 앉혔다.

"죽은 건가, 왓슨? 숨이 붙어 있나? 우리가 너무 늦은 건 아니겠지?"

삼십 분 동안은 너무 늦지 않았나 싶었다. 레이디는 유독한 클로로포름 연기에 질식해서 돌아올 수 없는 선을 넘은 듯했다. 하지만 인공호흡을 하고 에테르를 주입하고 온갖 의료 기기를 총동원하자 가물가물하게 생기가 돌고, 눈꺼풀이 파르르 떨리고, 거울을 코에 대자 날숨으로 김이 서리는 등 서서히 되살아나는 징후가 보였다. 마차가 멈추어 서는 소리가 들리자 홈스가 커튼을 벌리고 내다보았다.

"레스트레이드가 영장을 들고 왔군. 놈들은 이미 달아나고 없겠지만."

복도를 달려오는 묵직한 발소리가 들리자 그가 덧붙였다.

"이 여인을 간호할 권리가 있는 사람도 달려오고 있군. 안녕하십니까, 그린 공. 레이디를 얼른 옮기는 게 좋겠습니다. 그나저나 장례식은 그대로 진행하죠. 관 속에 누워 있는 가엾은 노파 혼자 마지막 안식처로 떠날 수 있게."

그날 저녁에 홈스가 말했다.

"왓슨, 이 사건을 자네 작품집에 넣으려면 온전한 정신의 소유자도 잠깐 판단이 흐려질 수 있다는 사례로 소개해야 할 걸세. 인간은 누구나 실수를 저지르지. 실수를 알아차리고 고칠 수 있는 사람이 대단한 것일 뿐이야. 내가 그래도 실수를 알아차리고 고치는 사람 축에는 들지 않을까 싶네만. 나는 내가 못 보고 지나쳤거나 보았어도 대수롭지 않게 넘긴 단서, 이상한 말, 특이한 부분이 있는 것 같다는 생각 때문에 밤새도록 잠을 이룰 수가 없었다네. 그러다 희미하게 새벽이 밝아올 때 몇 마디가 문득 떠오르지 뭔가. 필립 그린에게 전해 들은, 장의사의 아내가 한 말이었어.

'진작 배달됐어야 하는데. 표준 사양이 아니라 오래 걸렸어요.'

관 얘기였다네. 관이 표준 사양이 아니었다는 거지. 특별한 치수로 만들었다는 뜻이었어. 하지만 왜? 왜 그랬을까? 순간 깊숙한 관 바닥에 누워 있던 왜소한 시신이 떠오르더군. 시신이 그렇게 왜소한데 왜 커다란 관을 주문했을까? 또 다른 시신을 눕힐 공간을 마련하기 위해서였지. 한 장의 사망진단서로 두 명을 묻을 생각이었으니까. 누가 봐도 빤한 거였는데 내 눈이 침침해서 보지 못했던 거지. 레이디가 묻힐 시각이 8시였지 않은가. 관이 그 집을 빠져나가기 전에 막아야만 했다네.

그녀가 살아 있을 가능성이 아주 적긴 했지만, 결과를 보면 알 수 있다시피 일말의 가능성은 있었지. 내가 알기로 그들은 살인을 저지른 적이 없어. 어쩌면 막판에 움츠러드는 성격일지도 모르겠네. 그들은 아무도 모르게 그녀를 매장할 방법이 있었고 그런 식으로 매장해야 나중에 시신이 발굴되더라도 빠져나갈 구멍이 있었지. 나는 그들이 레이디를 살해하지 않았길 바랐다네. 전후 상황은 자네 혼자서도 얼마든지 재구성할 수 있겠지. 가엾은 숙녀가 한참 동안 갇혀 있었던 2층의 끔찍한 방을 자네도 보았잖나. 그들은 방으로 들이닥쳐서 클로로포름으로 그녀를 기절시키고, 1층으로 옮겨서 정신을 차리지 못하도록 관에도 클로로포름을 뿌린 다음 나사로 뚜껑을 박았지. 기발한 방법이었어, 왓슨. 내가 범죄자를 상대한 이래 그런 수법은 처음이었지 뭔가. 전직 선교사 친구가 레스트레이드의 손아귀에서 빠져나가면 나중에 또 기발한 범행 소식을 들려주지 않을까 싶군."

악마의 발

오랫동안 절친한 사이인 셜록 홈스와 함께한 진기한 경험과 흥미진진한 추억들을 기록하다 보면 세간의 관심을 질색하는 그의 성격 때문에 난처할 때가 많다. 음침하고 냉소적인 그는 대중의 박수갈채를 혐오했다. 그는 사건을 성공적으로 해결한 후 대중의 관심을 받을 기회를 정식 관료에게 넘기고 사람들이 엉뚱한 사람에게 보내는 찬사를 비웃으며 듣는 것을 가장 재미있어했다. 최근에 내가 대중에게 소개한 사건이 별로 없었던 것은 흥미진진한 사건이 없기도 했거니와 친구의 성격 탓도 있었다. 나는 그의 모험에 동참하는 특권을 누리는 대신 신중하게 행동하고 말을 조심해야 했다.

이런 이유로 지난 화요일에 홈스에게서 전보를 받았을 때 놀랄 수밖에 없었다. 그가 아무리 전보가 가능한 지역에서는 절대 편지를 쓰지 않는다고 해도 말이다.

> 독자들에게 콘월의 공포담을 들려주지 그러나. 내 탐정 수사 역사상 가장 특이했던 사건 말일세.

무슨 기억을 되새김질하다 그 사건이 생각났는지, 무슨 바람이 불어서 옆구리를 찔렀는지 모를 일이다. 하여튼 취소 전보가 올 수도 있으니 그전에 얼른 사건의 자세한 기록이 담긴 수첩을 뒤져서 독자 여러분에게 소개한다.

때는 1897년 봄이었고, 두뇌를 혹사시키다 보니 강철 같은 홈스의 체력에도 금이 가는 조짐이 보였다. 아마 이따금 저지르는 무분별한 행동으로 인해 상태가 빠르게 악화되었을 것이다. 그해 삼월에 할리 스트리트의 무어 에이거 박사가 유명한 탐정에게 신경쇠약에 걸리기 싫으면 모든 사건을 내려놓고 절대적으로 휴식을 취해야 된다고 경고했다. 그와 홈스가 서로 안면을 익히게 된 극적인 사연은 나중에 소개하도록 하겠다. 홈스는 초연한 정신의 소유자답게 자신의 건강 상태에 일말의 관심도 없었지만, 영원히 일을 포기해야 할지 모른다는 위협에 직면하자 지내는 환경을 완전히 바꾸는 수밖에 없었다. 그해 초봄에 우리가 콘월 반도의 최극단에 해당하는 폴두베이 근처의 작은 집에서 지낸 이유가 그 때문이었다.

이 특이한 지역은 섬뜩한 유머 감각을 자랑하는 내 환자와 잘 어울렸다. 회반죽을 바른 조그만 우리집은 잡초로 덮인 곶 위에 우뚝 자리잡고 있었다. 창가에 서면 불길한 분위기를 풍기는 반원 모양의 마운츠베이라는 만灣이 한눈에 내려다보였다. 시커먼 낭떠러지와 큰 파도가 몰아치는 암초로 이루어진 그곳은 예전부터 범선을 잡아먹는 죽음의 덫으로 유명했다. 거기서 최후를 맞은 선원들이 이루 헤아릴 수 없을 만큼 많았다. 북쪽에서 산들바람이 불어올 때는 잔잔하고 아늑해서 폭풍우에 시달린 선박들이 이곳에서 쉬었다 가고 싶은 유혹을 느낀다. 그러다 갑자기 돌풍이 일고 남서쪽에서 사나운 강풍이 닥치면 닻이 질질 끌리면서 해안 쪽으로 배가 밀리고 포말 속에서 최후의 일전이 벌어진다. 현명한 선원들은 이 끔찍한 만을 멀찌감치 피해 간다.

뭍으로 시선을 돌려도 주변이 바다 못지않게 음산했다. 집 주변은 회갈색으로 굽이치는 쓸쓸한 황야로 이루어진 시골이었다. 이따금 보이는 교회 첨탑이 오랜 역사를 자랑하는 마을의 위치를 알렸다. 황야에는 사라진 어떤 종족의 흔적이 남아 있었다. 이상하게 생긴 석상과 망자의 유골이 묻힌 울퉁불퉁

한 흙무덤과 선사시대 사람들의 갈등이 엿보이는 신기한 모양의 토루■들이 그들이 남긴 기록이었다. 사라진 나라의 불길한 기운이 감도는 매력적이고 신비로운 그곳이 상상력을 자극하는지, 한참 동안 산책을 하거나 황야에서 홀로 명상을 하는 것이 그의 하루 일과였다. 그는 고대 콘월어에도 관심을 보였다. 내 기억에 그는 고대 콘월어는 칼데아어와 비슷하며 페키니아의 주석 상인들로부터 영향을 받은 언어일지 모르겠다는 가설도 세웠다. 그가 언어학 관련 서적을 잔뜩 주문하고 본격적으로 연구에 착수하려던 찰나, 그 꿈속의 땅에서 런던에서보다 훨씬 강렬하고 충격적이며 기이한 사건이 느닷없이 우리를 찾아왔다. 나로서는 통탄할 노릇이었지만 그는 기쁨을 감추지 못했다. 그렇게 우리의 단순했던 생활과 평화롭고 건전했던 일상은 산산조각이 났다. 우리는 콘월뿐 아니라 잉글랜드 서부 전역을 떠들썩하게 만든 일련의 사건 속으로 빨려 들어갔다. 많은 독자들은 '콘월의 공포담'이라는 이름의 사건을 기억하고 있겠지만 사실 당시 언론은 사건을 부정확하게 전달했다. 그로부터 십삼 년이 지난 지금, 상상을 초월하는 사건의 진상을 공개하고자 한다.

■ 적의 침입을 막기 위해 흙으로 견고하게 쌓은 구축물.

앞에서도 이야기했다시피 콘월의 이 지역에서는 드문드문 보이는 교회 첨탑이 점점이 자리잡은 마을의 표지판 역할을 했다. 그중에서도 가장 가까운 트레대닉 울러스는 이끼가 낀 오래된 교회를 중심으로 몇백 가구가 옹기종기 모여 사는 마을이었다. 교구 목사이자 고고학에도 조예가 깊은 라운드헤이는 홈스와도 안면이 있었다. 그는 살집이 있고 상냥한 중년으로 그 지역의 설화를 많이 알고 있었다. 우리는 그의 초대로 목사관에서 차를 마실 때 모티머 트리제니스라는 재력가와 통성명을 하게 되었다. 그는 이리저리 멋대로 건축된 널찍한 목사관의 방 몇 개를 빌려 쓰면서 목사의 변변찮은 수입에 도움을 주고 있었다. 독신 목사는 그의 하숙을 환영했다. 하지만 까무잡잡한 피부에 안경을 썼고 기형인가 싶을 정도로 몸을 구부정하게 숙이고 다니는 비쩍 마른 하숙인과 목사는 공통점이 전혀 없었다. 짧게 만난 동안 목사는 수다스러웠지만 하숙인은 이상하리만치 말이 없었고, 슬픈 표정으로 시선을 돌린 채 멍하니 자기만의 생각에 잠겨 있었다.

3월 16일 화요일, 식사를 마치고 황야로 산책을 나서기에 앞서 담배를 피우고 있을 때였다. 갑작스레 두 사람이 우리의 조그만 응접실을 찾아왔다.

"홈스 씨, 간밤에 정말이지 희한하고 비극적인 사건이 벌어졌습니다. 생전 듣도 보도 못한 사건이에요. 홈스 씨가 신의 섭리로 여기 내려와 계신 게 아닌가 싶을 정도입니다. 지금 저희에게 닥친 일에는 영국을 통틀어서 홈스 씨만이 도움을 주실 수 있으니까요."

목사가 흥분한 목소리로 말했다.

나는 불쑥 찾아온 목사를 달갑지 않은 눈빛으로 노려보았지만, 홈스는 물고 있던 파이프 담배를 놓고 사냥꾼의 고함을 들은 사냥개처럼 등을 곧추세웠다. 그가 소파를 향해 손짓하자 숨을 헐떡이던 손님은 흥분한 동행과 함께 나란히 소파에 앉았다. 모티머 트리제니스는 목사에 비해 차분했지만, 그래도 씰룩이는 야윈 두 손과 반짝이는 까만 눈을 보니 목사와 마찬가지 심정이라는 것을 알 수 있었다.

"제가 얘기할까요, 아니면 목사님께서 하시겠습니까?"

그가 목사에게 물었다.

"뭔지 몰라도 선생이 발견했고 목사님은 전해 들으신 모양이니 선생께서 얘기하는 게 좋겠습니다."

홈스가 말했다.

나는 허겁지겁 옷을 갈아입은 것이 역력한 목사와 정장을 갖춰 입고 그 옆에 앉아 있는 하숙인을 흘끗 쳐다보았다. 홈스의 간단한 추론에 깜짝 놀라는 두 사람의 표정이 재미있었다.

"먼저 제가 몇 말씀 드리겠습니다."

목사가 운을 뗐다.

"그런 다음에 모티머 씨의 이야기를 들으시면 이 희한한 사건의 현장으로 당장 달려가는 게 좋을지 어떨지 결정을 내릴 수 있을 겁니다. 여기 이 친구는 어제저녁에 본가에 가서 형제인 오언과 조지, 누이인 브렌다를 만났습니다. 황야의 오래된 돌 십자가 근처에 있는 트레대닉 워서라는 저택이죠. 식탁에서 가족들과 같이 카드를 치고 10시가 막 지났을 때 나왔답니다. 그 때만 해도 다른 가족들이 정신적으로나 육체적으로 전혀 문제가 없었어요. 그런데 아침잠이 없는 이 친구가 다음날 아침 식사를 하기 전에 그쪽 방향으로 산책을 나섰다가 마차를 타고 가는 리처즈 의사와 맞닥뜨렸는데, 응급 호출을 받고 트레대닉 워서로 가는 길이라고 했답니다. 그 소리를 듣고 모티머 씨는 당연히 의사와 함께 갔죠.

트레대닉 워서에 도착하니 희한한 광경이 펼쳐져 있었습니다. 두 형제와 누이는 어제 그와 헤어졌을 때 그대로 카드를 펼쳐놓고 양초가 다 타도록 식탁에 앉아 있었습니다. 그런데 누이는 뻣뻣하게 굳은 시체가 되어 의자에 기대 있고 두 형제는 누이의 양옆에 앉아서 정신 나간 사람처럼 웃고 고함을 지르며 노래를 부르고 있지 뭡니까. 죽은 누이와 실성한 두 형제 모두 극도의 공포를 경험한 표정이었습니다. 쳐다보기도 끔찍할 만큼 얼굴이 일그러져 있었어요. 오래전부터 요리사 겸 가정부로 함께 지낸 포터 부인 말고는 집안에 사람이 없었는데 부인은 간밤에 곯아떨어져서 아무 소리도 듣지 못했다고 분명하게 못을 박았습니다. 도난당하거나 흐트러진 물건은 없었어요. 한 여자는 죽고 두 남자는 정신이상을 일으킬 만큼 공포스러운 게 뭐였을지 알 길이 전혀 없죠. 상황을 간단히 정리하자면 이렇습니다, 홈스 씨. 홈스 씨께서 사건을 해결해주신다면 큰 도움이 되겠습니다."

나는 조용한 시간을 누리려고 여기까지 온 게 아니냐고 친구를 설득하고 싶었다. 하지만 그의 집중한 얼굴과 찡그린 눈썹을 보니 얼마나 부질없는 바람인지 알 수 있었다. 그는 우리의 평화를 깨뜨린 괴상한 사건에 푹 빠져서 얼마 동안 한마디 말도 하지 않았다.

마침내 그가 말문을 열었다.

"한번 조사해보겠습니다. 언뜻 보기에는 특이한 사건인 것 같은데요. 목사님도 현장에 다녀오셨습니까?"

"아뇨, 홈스 씨. 모티머 씨가 목사관에 와서 사건 얘기를 하기에 당장 데리고 홈스 씨에게 자문을 구하러 온 겁니다."

"비극적인 사건이 일어난 집까지는 거리가 얼마나 됩니까?"

"육지 안쪽으로 이 킬로미터 정도 가야 합니다."

"그럼 같이 걸어갑시다. 출발하기 전에 모티머 씨에게 몇 가지 물어볼 게 있습니다."

그는 내내 아무 말이 없었다. 하지만 요란하게 호들갑을 떠는 목사보다 감정을 억누르고 있는 그가 더 흥분한 상태라는 것을 알 수 있었다. 얼굴이 창백한 그는 부들부들 떨리는 손을 맞잡았다. 그리고 초조한 눈빛으로 홈스를 물끄러미 쳐다보았다. 가족이 겪은 끔찍한 사건 이야기가 이어지는 동안 핏기 없는 입술은 파르르 떨렸고, 까만 두 눈은 처참했던 현장을 떠올리는 듯했다.

"뭐든 물어보십시오, 홈스 씨. 입에 담기조차 괴로운 일이지만 전부 사실대로 말씀드리겠습니다."

그가 열띤 목소리로 말했다.

"간밤의 이야기를 듣고 싶습니다."

"목사님께서 말씀하신 대로 본가에서 저녁을 먹었고 식사를 마쳤을 때 조지 형이 카드 게임을 하자고 했습니다. 9시쯤 다 같이 식탁에 자리를 잡고 앉았죠. 저는 10시 15분에 일어나서 집을 나섰고요. 저와 헤어졌을 때 다들 유쾌한 분위기로 식탁에 앉아 있었어요."

"누가 배웅을 해주었습니까?"

“포터 부인이 자러 들어간 뒤라 저 혼자 나왔습니다. 나오면서 현관문을 닫았지요. 식구들이 앉아 있는 식당은 창문을 닫았지만 커튼은 치지 않았어요. 오늘 아침에 가서 보니 문이나 창문 모두 어젯밤 상태 그대로였고 외부인이 드나든 흔적도 없었습니다. 그런데 형제들은 공포로 정신이 완전히 나갔고, 브렌다는 공포에 질려 의자 팔걸이 위로 고개를 늘어뜨린 채 죽어 있더란 말이죠. 식당에서 본 광경을 죽을 때까지 잊지 못할 것 같습니다.”

“들어보니 정말 놀라운 사건입니다. 그들이 왜 그렇게 됐는지 짐작 가는 데가 전혀 없으시다는 거죠?”

“이건 악마의 짓입니다, 홈스 씨. 악마의 짓이에요! 인간의 소행이 아니에요. 그들은 방안에 들어온 무언가를 보고 이성을 잃었습니다. 인간이 무슨 수로 그렇게 만들 수 있겠습니까?”

모티머가 외쳤다.

“인간의 소행이 아니라면 내가 해결할 수 있는 범주를 넘어서게 됩니다만. 그런 결론을 내리기 전에 가능한 가설을 전부 검증해보기로 하죠. 그나저나 모티머 씨는 가족들과 문제가 있는 모양이로군요. 다른 형제들은 다 같이 사는데 모티머 씨만 따로 나와서 사는 것을 보면.”

홈스가 말했다.

"맞습니다, 홈스 씨. 물론 과거의 일이고 지금은 다 풀렸지만요. 저희는 레드루스에서 하던 주석 광산 사업을 은퇴해도 될 만큼 충분한 금액을 받고 다른 업체에 팔아넘겼습니다. 그 금액 분배를 놓고 티격태격하느라 한동안 사이가 껄끄러웠던 건 사실입니다. 하지만 전부 잊고 서로를 용서했습니다. 그 뒤로 절친한 친구처럼 지냈고요."

"같이 보낸 저녁 시간을 돌이켜보면 비극의 실마리라고 할지, 뭐 기억나는 게 없습니까? 곰곰이 생각해보시기 바랍니다, 모티머 씨. 조그만 단서도 도움이 되니까요."

"전혀 없습니다."

"가족들의 기분은 평소와 다름없었고요?"

"그보다 더 좋을 수 없었습니다."

"가족들이 신경질적인 성격이진 않았나요? 위험을 앞두고 불안해하는 기미를 보이지는 않았습니까?"

"전혀요."

"덧붙이실 말씀 없습니까? 수사에 도움이 될 만한 사항 말입니다."

모티머는 잠깐 열심히 생각하다가 입을 열었다.

"하나 생각나는 게 있네요. 식탁에 둘러앉았을 때 저는 창문을 등지는 자리에 앉았고, 저랑 한편이었던 조지 형은 창문을 마주보는 자리에 앉았어요. 한번 형이 제 어깨 너머를 뚫어져라 쳐다보길래 저도 돌아보았습니다. 창문은 닫혀 있었지만 젖혀 놓은 커튼 사이로 정원의 덤불이 어렴풋이 보였는데 그 사이로 움직이는 형체가 언뜻 보였습니다. 인간인지 짐승인지 알 수 없었지만 뭔가 있는 것 같았어요. 형에게 뭘 보고 있었느냐고 물었더니 형도 저랑 같은 느낌을 받았다고 하더군요. 그게 전부입니다."

"나가서 살펴보지는 않으셨습니까?"

"네, 대수롭지 않게 생각하고 그냥 넘겼어요."

"집을 나섰을 때 불길한 예감을 받지는 않았습니까?"

"네."

"어쩌다 아침 일찍 소식을 듣게 되었는지를 다시 명확히 설명해주시겠습니까?"

"저는 일찍 일어나는 편이라 보통 산책을 하고 나서 아침 식사를 합니다. 오늘 아침에 길을 나서자마자 마차를 타고 가던 의사 선생님이 제 앞에 서시더군요. 포터 부인이 얼른 와달라며 심부름꾼 소년을 보냈다고요. 저는 얼른 마차에 올라타 함께 달려갔죠. 집에 도착해서 끔찍한 식당을 들여다보았습니다. 촛불과 벽난로 장작불이 몇 시간 전에 꺼졌을 테니 다들 날이 밝을 때까지 캄캄한 데 앉아 있었을 겁니다. 의사 선생님 말로는 브렌다가 죽은 지 최소 여섯 시간은 됐다고 하더군요. 폭행을 당한 흔적은 없었어요. 다만 끔찍한 얼굴로 의자 위에 널브러졌을 뿐. 조지 형과 오언은 노래를 몇 소절씩 끊어 부르며 원숭이처럼 꽥꽥대고 있었고요. 아, 얼마나 섬뜩했는지 모릅니다! 차마 보고 있을 수가 없었어요. 의사 선생님도 얼굴이 새하얗게 질렸고요. 실신하듯이 의자 위로 쓰러져서 저희가 그분까지 챙겨야 했죠."

"놀랍습니다. 정말 놀라운 사건이에요!"

홈스는 외치며 일어나서 모자를 집었다.

"얼른 트레대닉 워서로 가보는 게 좋겠습니다. 처음부터 이렇게 기묘한 문제투성이인 사건은 본 적이 없군요."

그날 오전에는 수사에 별 진전이 없었다. 하지만 시작부터 섬뜩한 경험을 했다. 비극의 현장으로 가려면 좁고 구불구불한 시골길을 지나야 했다. 길을 따라 걸어가는데 마차가 우리 쪽으로 덜컹덜컹 달려오는 소리가 들리기에 지나갈 수 있도록 옆으로 비켰다. 마차가 우리 옆을 지나가는 순간, 활짝 웃다 못해 흉측하게 일그러뜨린 얼굴로 쏘아보는 사람들의 모습이 닫힌 창문 너머로 언뜻 보였다. 이글거리는 눈동자와 이를 드러낸 모습이 끔찍한 환영처럼 우리를 스치고 지나갔다.

입술까지 하얗게 질린 모티머가 외쳤다.

"우리 형제들이에요! 헬스턴으로 데려가는 거예요."

우리는 느릿느릿 제 갈 길을 가는 까만 마차를 소름 끼쳐 하며 쳐다보았다. 그러다 그들이 기괴한 운명을 맞은 비운의 집을 향해 발걸음을 옮겼다.

그곳은 시골집이라기보다 넓고 환한 별장에 가까웠다. 제법 널찍한 앞마당은 콘월의 바람 속에서 벌써 봄꽃이 활짝 피어 있었다. 앞마당에서 응접실 창문이 보였다. 모티머는 창문을 넘어 들어온 끔찍한 무언가가 가족들의 정신을 한순간에 무너뜨렸다고 했다. 현관까지 이어지는 길 옆에 화단이 있었다. 생각에 잠겨 느릿느릿 길을 걷던 홈스가 물뿌리개를 걷어차는 바람에 물이 쏟아져 우리 발과 화단 사이 길이 젖었던 기억이 난다.

안으로 들어가자 콘월 출신의 나이 지긋한 포터 부인이 젊은 아가씨의 도움을 받아가며 필요한 일들을 처리하고 있었다. 그녀는 홈스가 묻는 말에 선뜻 대답했다. 그녀는 어젯밤에 아무 소리도 듣지 못했으며 모시는 가족들은 요즘 들어 분위기가 아주 좋았다고 했다. 그보다 유쾌하고 밝은 얼굴을 본 적이 없을 정도였다. 그녀는 아침에 식당으로 들어갔을 때 식탁에 둘러앉은 끔찍한 세 명의 모습을 보고 놀라서 까무러쳤다. 잠시 후 정신이 들자 문을 열어서 환기하고 큰길로 달려나가서 농부의 아들에게 의사를 불러오라고 시켰다. 브렌다는 2층 침대에 눕혔으니 거기 가면 볼 수 있다고 했다. 남자 형제들을 마차에 태워서 요양원으로 보내느라 장정 네 명이 동원됐다. 그녀는 단 하루도 이 집에 머물고 싶지 않다며 그날 오후에 당장 세인트아이브스에 사는 가족들 곁으로 갈 거라고 했다.

우리는 2층으로 올라가서 시신을 확인했다. 이제 막 중년으로 접어든 브렌다 트리제니스는 상당한 미인이었다. 그을린 피부에 이목구비가 뚜렷한 생김새는 죽어서도 아름다웠지만, 그녀가 마지막으로 느낀 공포의 흔적이 뒤틀린 표정 속에 남아 있었다. 우리는 그녀의 방을 나서 희한한 비극이 벌어진 식당으로 내려갔다. 간밤에 타고 남은 시커먼 잿더미가 벽난로에 남아 있었다. 식탁 위에는 바닥까지 타서 꺼져버린 양초가 네 개 있었고 카드가 여기저기 흩어진 채였다. 의자를 벽 쪽으로 치워놓았을 뿐 나머지는 어젯밤 그대로였다. 홈스는 식당 안을 가벼운 발걸음으로 날렵하게 돌아다녔다. 의자를 간밤의 위치로 다시 가져다 놓고 이 의자, 저 의자에 앉아보았다. 앉은 자리에서 앞마당이 얼마나 보이는지 확인했다. 바닥, 천장과 벽난로를 살폈다. 만약 새까만 어둠을 밝히는 한줄기 빛과 같은 단서가 보였다면 홈스가 갑자기 눈을 번뜩이며 입을 굳게 다물었을 텐데, 그런 일은 없었다.

한번은 그가 이렇게 물었다.

"왜 불을 땠을까요? 봄에도 저녁때 이 작은 공간에서 항상 불을 땠습니까?"

모티머 트리제니스는 간밤에는 날이 춥고 눅눅했다고 설명했다. 그래서 그가 도착한 뒤에 불을 지폈다고 했다.

"이제 어쩌실 작정입니까, 홈스 씨?"

모티머가 물었다.

내 친구는 웃으며 내 팔에 손을 얹었다.

"왓슨, 자네를 다시 담배 연기로 질식시켜야 할 때가 온 것 같군. 그걸 질색하는 자네 심정은 이해가 되지만 말일세. 여러분, 여기서 새로운 단서가 발견될 것 같지 않으니 괜찮으시다면 집으로 돌아갈까 합니다. 모티머 씨, 수집한 정보를 놓고 곰곰이 생각해보겠습니다. 뭔가가 생각나면 모티머 씨와 목사님께 꼭 말씀드리겠습니다. 그럼 이만."

폴두베이의 집으로 돌아오고 나서 홈스는 한참 완벽한 침묵에 잠겼다. 안락의자에 웅크리고 앉아 있는 동안 수도사처럼 금욕적인 얼굴과 찌푸린 까만 눈썹, 찡그린 이마, 멍하니 먼 곳을 응시하는 두 눈은 푸르스름한 담배 연기에 가려서 잘 보이지도 않았다. 마침내 그가 파이프를 내려놓고 벌떡 일어섰다.

"안 되겠네, 왓슨!"

그가 너털웃음을 터뜨리며 말했다.

"낭떠러지를 따라 걸으면서 돌살촉이나 찾을까? 이 사건의 단서를 찾느니 그걸 찾는 게 낫겠네. 충분한 자료 없이 머리를 돌리는 건 엔진을 과열시키는 거나 다름없지. 결국 망가지고 말 걸세. 바닷바람, 햇볕 그리고 인내심. 왓슨, 이것만 있으면 나머지는 저절로 따라오겠지."

같이 낭떠러지를 따라 걷기 시작했을 때 홈스가 다시 말문을 열었다.

"차분하게 상황을 점검해보세. 몇 가지 안 되는 정보나마 확실하게 파악해놓으면 새로운 증거가 발견되었을 때 알맞은 자리에 얼른 끼워 맞출 수 있으니 말이야. 먼저 분명히 해야 할 부분이 뭔가 하면 우리 둘 다 이 사건을 악령의 소행으로 보지 않는다는 거지. 그럴 가능성은 완전히 배제하고 이야기를 시작하세. 좋아. 그렇다 하더라도 피해자 세 사람이 정신에 극심한 타격을 입었다는 사실에는 변함이 없지. 자, 그럼 이 사건은 언제 발생했을까? 모티머의 진술이 사실이라고 가정한다면 그가 식당을 나선 직후일세. 그게 중요한 부분이라네. 추측건대 몇 분 이내였을 거야. 카드가 여전히 테이블 위에 놓여 있지 않았나. 평소 같으면 잠자리에 들 시간이 지났는데도 그들은 자리를 바꿔 앉거나 의자를 뒤로 밀지 않았어. 그러니까 다시 한번 말하지만 그가 식당을 나선 직후, 아무리 늦어도 어젯밤 11시 이전이었을 거야.

다음으로 할 일은 저택을 나선 모티머의 행보를 최대한 정확하게 파악하는 것일세. 거기에는 별 어려움이나 의심의 여지가 없는 듯하더군. 자네도 내 수법을 잘 아니 눈치챘겠지만 내가 물뿌리개라는 어설픈 수단을 동원하지 않았나. 덕분에 좀더 선명한 발자국을 입수할 수 있었지. 젖은 모래땅이라 잘 찍혔거든. 자네도 기억할 테지만 어젯밤에도 땅이 축축했기 때문에 그의 발자국을 찾아서 행적을 추적하는 데 별 어려움이 없었지. 입수한 표본이 있으니 말일세. 보아하니 그는 목사관 쪽으로 지체 없이 걸어간 눈치더군.

만약 모티머가 현장에서 사라진 뒤에 외부인이 삼 남매 앞에 등장했다고 생각해보세. 그 사람을 무슨 수로 찾아낼 것이며 그가 공포를 유발한 방법은 무엇이겠나? 포터 부인은 제외해도 좋아. 누가 봐도 결백하니까. 누가 앞마당에서 보이는 창가로 다가가서, 삼 남매에게 실성할 정도의 엄청난 충격을 안겼다는 증거가 있을까? 이 부분과 관련해서 유일한 단서는 형이 앞마당에서 무언가가 움직이는 것을 봤다고 하는 모티머의 증언뿐이라네. 그런데 그게 사실이라면 놀라운 것이, 어젯밤은 비가 오고 구름이 껴서 어두컴컴했단 말이지. 그들을 공포에 떨게 만들려고 작정한 사람이 있었다면 유리창에 얼굴을 갖다 대야 얼굴을 보일 수 있었을 걸세. 창문 아래에는 구십 센티미터 너비의 화단이 있는데 발자국이 없더군. 따라서 외부인이 무슨 수로 그들에게 엄청난 충격을 남겼는지, 특이하고 치밀한 범행을 저지른 동기가 무엇인지 짐작이 어렵단 말일세. 무슨 난관에 부딪혔는지 알겠나, 왓슨?"

"잘 알겠네."

나는 주저 없이 대답했다.

"자료가 추가되면 난관을 극복할 수 있을 걸세. 왓슨, 자네의 방대한 기록을 뒤져보면 이 정도 수준으로 막막했던 사건이 나오지 않을까? 아무튼 좀더 정확한 정보가 입수될 때까지 신석기 인류의 발자취나 따라가보도록 하세."

당장 할 일이 없으면 집중력을 사건이 아닌 다른 문제로 돌리는 홈스의 능력에 대해서는 이미 얘기한 바 있지만 콘월에서 보낸 그 봄날의 오전처럼 신기하게 느껴진 적은 없었다. 해결해야 할 섬뜩한 사건 같은 건 있지도 않은 양 두 시간 동안 켈트족, 화살촉, 사금파리를 주제로 강연을 늘어놓았던 것이다. 오후가 돼서 집으로 돌아가보니 손님이 기다리고 있었고 그제야 우리는 다시 당면 과제로 돌아갔다. 손님이 누군지 소개받을 필요는 없었다. 거대한 몸집, 주름살이 깊게 파인 우락부락한 얼굴, 험상궂은 눈빛과 매부리코, 천장에 닿을락 말락 하는 반백의 머리, 늘 물고 다니는 시가 때문에 누렇게 된 입가와 가장자리의 금색을 제외하면 전부 하얀색인 수염, 아프리카뿐 아니라 런던에서도 널리 알려진 이런 신체적인 특징들로 보았을 때 유명한 사자 사냥꾼이자 탐험가인 리언 스턴데일 박사임이 분명했다.

우리는 그가 근처에 머물고 있다는 이야기도 들었고, 황야의 오솔길에서 그의 훤칠한 모습을 한두 번 언뜻 본 적도 있었다. 하지만 그가 먼저 아는 체하지 않았고 우리도 그럴 생각조차 한 적 없었다. 여행과 여행 사이에 틈이 나면 비첨 애리언스라는 외딴 방갈로에 처박혀 지낼 정도로 은둔 생활을 좋아한다는 것이 널리 알려져 있었기 때문이다. 그는 여기에서도 의식주를 스스로 해결하고 주변에서 벌어지는 일에는 일절 관심을 보이지 않으며 책과 지도에 파묻혀서 절대적인 고독을 즐겼다. 따라서 수수께끼 같은 사건 수사에 진전이 있느냐고 홈스에게 묻는 그의 열띤 목소리를 들었을 때 놀랄 수밖에 없었다.

그가 말했다.

"이 지방 경찰들은 전혀 갈피를 못 잡더군요. 하지만 홈스 씨는 워낙 경험이 많으시니 그럴듯한 설명을 들을 수 있을까 해서 왔습니다. 무슨 권리로 기밀 사항을 들려달라고 하느냐고 물으신다면, 이 지방에 수시로 머무는 동안 트리제니스 집안사람들과 가깝게 지냈던 터라 그들에게 닥친 희한한 운명이 나로서는 상당한 충격입니다. 사실 우리 어머니가 콘월 출신이니 친척이라고 할 수도 있죠. 아프리카로 떠나려고 플리머스까지 갔던 차에 오늘 아침에 소식을 듣고 수사를 도와드리려고 곧장 돌아왔습니다."

홈스는 눈썹을 치켜 올렸다.

"배편까지 놓쳐가면서요?"

"다음 배를 타면 됩니다."

"이런! 진정한 친구시로군요."

"친척이라고 말씀드렸잖습니까."

"그렇죠. 외가 쪽으로 친척이라고요. 짐은 배에 실으셨습니까?"

"몇 개는요. 대부분은 호텔에 있습니다."

"그렇군요. 플리머스 조간신문에는 사건 소식이 실리지 않았을 텐데요?"

"네, 전보를 받았습니다."

"누구한테서 받으셨는지 여쭤봐도 될까요?"

탐험가의 험상궂은 얼굴 위로 그늘이 드리워졌다.

"궁금한 게 많으시군요, 홈스 씨."

"제 직업이니까요."

스턴데일 박사는 얼마간의 노력 끝에 흐트러졌던 평정심을 되찾았다.

"말 못 할 것도 없죠. 라운드헤이 목사가 보낸 전보를 받고 달려왔습니다."

"고맙습니다. 처음 하신 질문에 답변을 드리자면 아직 이 문제에 대해서 깨끗하게 생각을 정리하지는 못했지만, 모종의 결론에 다다를 거라고 확신합니다. 지금은 시기상조라 더이상 말씀드리기 곤란하지만요."

"특별히 의심스러운 구석이 있는지 정도는 알려줄 수 있지 않습니까?"

"아뇨, 말씀드릴 수 없습니다."

"그럼 내가 쓸데없이 시간을 낭비했군요. 이만 가보겠습니다."

유명한 박사는 언짢은 표정을 지으며 우리집에서 나갔다. 그로부터 오 분도 되기 전에 홈스가 뒤따라 나갔다. 나는 저녁에야 그를 다시 볼 수 있었다. 느린 발걸음과 초췌한 얼굴을 보니 수사에 별 진전이 없었던 모양이었다. 그는 배달된 전보를 슬쩍 확인하더니 벽난로에 집어던졌다.

"플리머스의 호텔에서 온 전보라네. 어느 호텔인지 목사에게 알아내고 리언 스턴데일 박사의 증언이 사실인지 확인하려 전보를 쳤지. 정말로 어젯밤에 그 호텔에서 묵었고, 실제로 짐 몇 개를 아프리카로 보내놓고 수사에 동참하러 돌아왔더군. 어떻게 생각하나, 왓슨?"

"관심이 지대한데?"

"관심이 지대하지, 맞아. 덕분에 실마리가 하나 생겼는데, 아직 정체는 알 수 없지만 그걸 통해 실타래를 풀 수 있을지도 모른다네. 기운 내게, 왓슨. 조만간 새로운 단서가 들어올 테니. 그것만 들어오면 조만간 모든 난관을 극복할 수 있을 걸세."

홈스의 장담이 금세 이루어질 줄, 해괴하고 섬뜩한 단서로 인해 수사가 전혀 새로운 국면을 맞이할 줄 어찌 상상이나 했을까. 아침에 창가에서 면도를 할 때였다. 말발굽 소리가 들리기에 고개를 들어보니 이륜마차가 전속력으로 달려오고 있었다. 마차는 우리집 앞에서 멈추어 섰고 그 안에서 튀어나온 목사가 앞마당 사이로 난 길을 허겁지겁 달려왔다. 홈스는 이미 옷을 갈아입은 상태였기 때문에 우리는 황급히 내려가서 그를 맞았다.

그는 흥분이 극에 달해서 말을 똑바로 하지 못했지만, 숨을 헐떡이며 끔찍한 사연을 더듬더듬 전달했다.

"마귀에 씌었어요, 홈스 씨! 이 마을이 마귀에 씌었어요!"

그가 외쳤다.

"사탄이 여기서 날뛰고 있어요. 우리는 사탄의 손아귀로 넘어간 겁니다!"

그는 가만히 있지 못하고 춤을 추듯 몸을 들썩였다. 흙빛이 된 얼굴과 휘둥그레 뜬 눈만 아니었더라면 우스꽝스럽게 보였을 테지만, 그의 입에서 튀어나온 것은 끔찍한 소식이었다.

"간밤에 모티머 트리제니스 씨가 죽었습니다. 다른 가족들과 똑같은 증상으로."

홈스는 당장 벌떡 일어섰다.

"타고 오신 마차에 저희 둘 다 탈 수 있을까요?"

"네, 탈 수 있습니다."

"왓슨, 아침은 조금 있다가 먹기로 하세. 목사님, 앞장서주십시오. 얼른 갑시다, 얼른. 현장이 훼손되기 전에."

모티머는 목사관의 방을 위아래로 두 개 쓰고 있었다. 아래층의 넓은 방이 응접실이고 위층이 침실이었다. 응접실 창문 바로 앞까지 크로케 잔디 구장이 깔려 있었다. 우리가 의사나 경찰보다 먼저 도착했기 때문에 모든 게 고스란히 보존되어 있었다. 옅은 안개가 꼈던 삼월의 그날 아침, 우리가 맞닥뜨린 광경을 정확히 묘사해보도록 하겠다. 그날 본 광경은 머릿속에 잊히지 않는 기억으로 새겨졌다.

응접실 안은 숨이 막힐 정도로 답답했다. 먼저 들어왔던 하녀가 창문을 열어놓았기 망정이지, 그러지 않았다면 더욱 견디기 힘들었을 것이다. 가운데 놓인 탁자 위에서 너울거리며 연기를 피우고 있는 기름등 때문일 수도 있었다. 그 옆 의자에 죽은 남자가 앉아 있는데, 수염이 듬성듬성 난 턱은 쭉 튀어나왔고 안경은 이마로 올라갔고 창문 쪽으로 고개를 돌린 좁고 까무잡잡한 얼굴은 죽은 누이처럼 공포로 일그러져 있었다. 공포에 질려 발작하다가 죽은 것처럼 팔다리는 뒤틀렸고 손가락은 꼬였다. 옷차림은 완벽한 정장이긴 했지만 급하게 걸친 티가 났다. 침대에 누웠던 흔적이 있다는 이야기는 이미 들었으니 변을 당한 시점은 새벽이었다.

죽음의 현장에 들어선 순간 갑자기 달라진 홈스의 모습을 보면 누구라도 침착한 가면 속에 가려진 이글거리는 에너지를 감지할 수 있었을 것이다. 홈스가 순식간에 긴장하며 신경을 곤두세웠다. 눈은 반짝이고 표정은 굳어지고 팔다리는 부지런히 움직이기 시작했다. 그는 마치 사냥감을 향해 돌진하는 사냥개처럼 잔디 구장으로 나갔다가 창문으로 들어와서 방을 한 바퀴 돌고 침실로 올라갔다. 침실을 얼른 훑어보고는 마지막으로 창문을 열었는데, 기뻐할 만한 이유가 생겼는지 환희의 탄성을 지르며 창밖으로 몸을 내밀었다. 그러더니 계단을 달려 내려가서 열린 창문으로 빠져나가 잔디 구장에 엎드렸다가 벌떡 일어나서 다시 응접실 안으로 들어왔는데, 마치 사냥감의 뒤를 바짝 쫓고 있는 사냥꾼처럼 기운이 넘쳤다. 그는 평범한 기름등을 꼼꼼하게 살피고 기름통 치수를 쟀다. 돋보기를 꺼내서 등피 꼭대기에 달린 활석 덮개를 유심히 들여다보고 덮개 윗면에 묻은 재를 살짝 긁어내서 봉투에 담고 수첩 사이에 끼웠다. 마침내 의사와 경관이 등장했을 때 그가 목사를 손짓해서 불렀고 우리 셋은 잔디 구장으로 나갔다.

그가 말했다.

"다행히 일말의 소득이 있었습니다. 저는 현장에서 경찰과 사건을 논의할 수는 없는 상황이라 목사님께서 경위에게 저의 인사를 전하고 침실 창문과 응접실 기름등 쪽으로 관심을 유도해주시면 정말 감사하겠습니다. 개별적으로도 시사하는 바가 크지만 둘을 합치면 결정적인 단서가 됩니다. 경찰 측에서 좀더 정보를 얻고 싶으면 아무라도 우리집으로 찾아오라고 전해주시고요. 자, 왓슨, 이제 이동하는 게 좋겠네."

아마추어가 개입한 데 분개했기 때문인지, 수사의 가닥을 잡은 건지, 경찰 측에서는 이틀 동안 아무 소식이 없었다. 그동안 홈스는 집에서 담배를 피우거나 몽상에 잠겼다. 하지만 혼자 시골 산책에 나선 시간이 더 많았다. 떠나면 몇 시간 뒤에야 돌아왔고 어디를 다녀왔는지 알려주지 않았다. 한번은 그가 수사 방향을 짐작케 하는 실험을 한 적이 있었다. 모티머가 변을 당한 날 아침에 그의 응접실에서 타고 있었던 것과 똑같이 생긴 기름등을 사다가 목사관에서 쓰는 기름을 채우고 완전히 탈 때까지 걸리는 시간을 잰 것이다. 훨씬 더 고약했던 또 다른 실험은 아마 평생 잊지 못할 것이다.

어느 날 오후에 그가 말했다.

"왓슨, 자네도 기억할 테지만 여러 사람의 엇갈리는 증언 속에 공통점이 한 가지 있다네. 방안의 공기가 맨 처음에 들어간 사람에게 미친 영향 말일세. 자네도 생각날 테지만 모티머가 말하길 형의 집에 찾아갔을 때 의사가 식당 안으로 들어가자마자 의자 위로 주저앉았다고 했지? 잊어버렸나? 나는 그가 그렇게 말했다고 장담할 수 있다네. 가정부 포터 부인도 식당에 들어가자마자 기절했다가 나중에 창문을 열었다고 하지 않던가. 두 번째로 벌어진 모티머 트리제니스의 사건 때 하녀가 먼저 창문을 열어놓았는데도 우리가 도착했을 때 응접실 안이 얼마나 답답했는지 자네도 기억하겠지. 나중에 물어보니 하녀는 속이 너무 안 좋아서 몸져누웠다고 하더군. 왓슨, 자네도 의미심장하다고 생각하지 않나? 양쪽 사건 모두 공기가 유독했다는 증거가 있으니 말일세. 그리고 양쪽 사건 모두 방안에서 뭔가가 타고 있었지. 첫 번째 경우에는 장작불이, 두 번째 경우에는 기름등이. 장작불은 필요해서 땐 거였지만 기름등은 소모된 연료를 놓고 따졌을 때 날이 훤하게 밝은 이후에도 한참 동안 켜져 있었어. 왜 그랬을까? 열기구, 숨막히는 공기, 실성하거나 목숨을 잃은 사람들, 이 셋 사이에 분명 연관성이 있기 때문이지. 분명 그렇지 않은가?"

"그래 보이는군."

"적어도 연관성이 있음을 가설로 상정할 수는 있어. 그렇다면 양쪽 다 특이한 유독가스를 발산하는 물질이 연소됐다고 볼 수 있지. 좋아. 첫 번째, 그러니까 트리제니스 가족의 경우에는 그 물질이 장작과 함께 탔지. 그래서 창문은 닫아놓았지만 연기가 굴뚝으로 어느 정도 빠져나갈 수밖에 없었다네. 따라서 연기가 빠져나갈 구멍이 적었던 두 번째 경우보다 유독가스의 효과가 덜할 수밖에 없었지. 그 결과, 연약한 여자만 목숨을 잃고 나머지는 독극물의 영향으로 일시적인 혹은 영구적인 정신장애를 입었지. 두 번째 경우에는 결과가 완벽했어. 따라서 태우면 효과가 나타나는 독극물이 동원됐다는 가설에 무게가 실리지.

내 머릿속에서 이런 생각들이 이어지고 있었으니 당연히 모티머의 응접실에서 독극물의 잔재를 찾아 나설 수밖에. 두말하면 잔소리지만 가장 먼저 살펴보아야 할 곳은 기름등의 연기를 차단하는 활석 덮개였다네. 그을음이 켜켜이 쌓였는데 아니나 다를까 덮개 가장자리에 연소되지 않은 갈색 가루가 묻어 있더군. 자네도 보았다시피 내가 절반을 긁어내서 봉투에 담았지."

"왜 절반만 넣은 건가, 홈스?"

"이런, 왓슨. 경찰의 공식 수사를 방해하면 쓰나. 증거를 발견하더라도 독점하지는 않고 있다네. 덮개에 묻은 독극물도 남겨두었으니 경찰 측에서도 재간만 좋으면 얼마든지 찾을 수 있어. 자, 왓슨, 이제 기름등을 켜겠네. 하지만 사회의 모범 시민들이 돌연사하지 않으려면 미리 창문을 열어놓는 게 좋겠지? 그리고 지각 있는 사람답게 사건에서 손을 떼기로 작정한 게 아니라면 자네는 열어놓은 창문 근처의 안락의자에 앉게. 아, 끝까지 함께할 작정이라고? 그럴 줄 알았어. 우리 둘이 독극물과 같은 거리를 두고 마주보고 앉을 수 있도록 이 의자를 자네 맞은편에 놓겠네. 문은 열어두고. 이렇게 서로 얼굴을 보고 있다가 위험한 증상이 보인다 싶으면 실험을 중단하는 걸세. 알겠나? 그럼 봉투에서 가루, 좀더 정확히 말하면 찌꺼기를 꺼내서 불을 붙인 기름등 위에 뿌리겠네. 됐어! 자, 왓슨, 이제 앉아서 기다려보기로 하세."

이내 효과가 나타났다. 내가 의자에 앉자마자 묵직하고 역겨운 사향 냄새가 희미하게 풍기기 시작했다. 연기를 들이마시는 순간, 내 머릿속을 내가 어찌할 수 없게 되었다. 눈앞에서 짙은 먹구름이 소용돌이쳤고, 세상의 온갖 끔찍하고 흉측하고 사악한 것들이 구름 속에 숨어 있다가 조만간 나를 덮칠 듯했다. 시커먼 구름의 장막 사이로 뭔지 모를 형체들이 빙글빙글 헤엄쳤고, 말로 표현할 수 없는 무언가가 문턱을 넘어와서 영혼을 갈기갈기 찢겠다고 협박하고 경고했다. 공포로 몸이 얼어붙었다. 머리카락이 쭈뼛 서고, 눈동자가 튀어나오고, 입이 벌어지고, 혀가 가죽처럼 뻣뻣해지는 것이 느껴졌다. 머릿속이 터질 것 같이 아수라장이었다. 나는 비명을 지르려고 했다. 꺽꺽대는 쉰 소리가 내 목소리는 분명한데 멀리서 들리는 느낌이었다. 내가 끙끙대며 그 절망의 구름을 가르고 빠져나오려 할 때 공포로 새하얗게 질려서 뻣뻣해진 홈스의 얼굴이 눈에 들어왔다. 죽은 사람들이 짓고 있던 바로 그 표정이었다. 나는 그 얼굴을 본 순간 정신을 차리고 기운을 냈다. 의자에서 벌떡 일어나 홈스를 끌어안고 휘청거리며 함께 문밖으로 빠져나갔다. 우리는 잔디밭에 나란히 누워서 정신을 옭아맨 끔찍한 공포의 구름을 뚫고 찬란하게 빛나는 햇살을 느꼈다. 안개가 걷히듯 구름이 서서히 걷히자 평정심과 이성이 되살아났고, 잔디밭에 앉아서 축축한 이마를 훔치며 끔찍했던 충격의 흔적이 남지는 않았는지 걱정스러워하며 서로의 얼굴을 살폈다.

마침내 홈스가 떨리는 목소리로 외쳤다.

"맙소사, 왓슨! 고맙고 미안한 마음을 어쩌면 좋겠나. 나 혼자

해서도 안 될 실험에 친구까지 끌어들이다니. 진심으로 사과하겠네."

"이보게. 자네를 돕는 것이야말로 나의 가장 큰 기쁨이자 특권일세."

나는 난생처음 홈스의 진심을 확인하고 뭉클한 마음에 이렇게 대답했다. 그는 익살맞으면서도 냉소적인 평소의 태도로 금세 되돌아갔다.

"독극물까지 동원해가며 정신병에 걸릴 필요는 없었는데 말이지. 옆에서 누가 봤더라면 그런 무모한 실험을 벌인 자체가 이미 제정신이 아니라는 증거라고 했겠네. 솔직히 고백하건대 효과가 그렇게 즉각적이고 엄청날 줄은 상상도 못 했다네."

그는 집안으로 달려 들어가서 아직 꺼지지 않은 기름등을 멀찌감치 들고 나오더니 덤불 사이로 던졌다.

"환기가 되려면 시간이 걸리겠어. 왓슨, 두 차례의 비극이 어떤 식으로 발생했는지 이제 의구심이 사라졌겠지?"

"당연하지."

"하지만 동기는 여전히 모호하단 말이지. 정자에 앉아서 같이 의논해보세. 지독한 독극물 때문에 아직도 목이 아프군. 모든 증거를 종합했을 때 첫 번째 사건의 범인은 모티머인 게 분명한데, 두 번째 사건에서는 그가 희생자 아닌가. 맨 먼저 기억해야 할 사항이 무엇인가 하면 가족들끼리 분쟁이 있었다가 화해를 했다는 걸세. 분쟁이 얼마나 심각했는지, 화해가 얼마나 형식적이었는지 우리로서는 알 도리가 없지. 여우를 닮은 생김새와 안경 뒤에서 약삭빠르게 번뜩였던 새우눈을 생각해보면 모티머 트리제니스가 너그러운 성격은 아닌 듯한데 말이지.

아무튼 두 번째로, 자네도 기억하겠지만 앞마당에서 뭔가 움직이는 것을 보았다는 그의 말을 듣고 우리가 잠깐 딴 길로 새지 않았나. 그는 우리를 엉뚱한 착각에 빠뜨릴 이유가 있었던 거지. 마지막으로 그가 식당에서 나오면서 독극물을 벽난로에 넣지 않았다면 누가 그랬겠나? 그가 식당을 나서자마자 벌어진 일인걸. 다른 사람이 들어왔다면 가족들이 자리에서 일어났겠지. 게다가 평화로운 콘월에서 밤 10시 이후에 남의 집을 찾아가는 손님이 있겠나. 따라서 모든 증거를 종합했을 때 모티머가 범인이라고 볼 수 있지."

"그럼 그의 죽음은 자살이었군!"

"왓슨, 언뜻 보기에 그럴 가능성이 전혀 없지는 않아. 가족을 그렇게 만들었다는 죄책감 때문에 스스로 목숨을 끊었을 수 있지. 하지만 자살이 아니라고 볼 이유가 몇 가지 있다네. 다행히 이유를 잘 아는 사람이 영국에 한 명 있지. 오늘 오후에 만나서 그의 입으로 직접 이야기를 들을 수 있도록 약속을 잡아놓았어.

아! 약속한 시각보다 조금 일찍 도착하셨군. 이쪽으로 오시겠습니까, 리언 스턴데일 박사님? 실내에서 화학 실험을 벌이는 바람에 손바닥만 한 거실이 귀한 손님을 맞을 수 없는 상태가 되었지 뭡니까."

대문이 딸깍하고 열리는 소리에 이어 저명한 아프리카 탐험가가 위풍당당한 모습을 드러냈다. 그는 우리가 앉아 있는 투박한 정자 쪽을 놀란 얼굴로 돌아보았다.

"나를 만나고 싶다고요, 홈스 씨. 한 시간쯤 전에 보낸 전갈을 받고 왔습니다. 내가 왜 당신의 호출에 응해야 하는지 그건 잘 모르겠지만."

"헤어지기 전에 이유를 파악할 수 있으실 겁니다. 아무튼 어려운 발걸음해주셔서 감사합니다. 이런 식으로 야외에서 격 없이 맞이해서 죄송합니다만, 친구 왓슨과 내가 하마터면 '콘월의 공포담' 사건에 한 단락을 추가할 뻔했던 터라 맑은 공기를 마시고 싶어서요. 앞으로 의논할 문제가 박사님의 신상에도 지대한 영향을 미칠 테니 아무도 엿들을 수 없는 곳에서 대화를 나누는 것이 좋기도 하고요."

탐험가는 입에 물었던 시가를 빼고 친구를 심각하게 노려보았다.

"내 신상에 지대한 영향을 미칠 문제라니 그게 뭔지 도통 모르겠군요."

"모티머 살해 말입니다."

순간 나는 무기를 들고 나오지 않은 걸 후회했다. 스턴데일의 험상궂은 얼굴이 시뻘게지고 눈동자가 번뜩거리며 이마 위로 혈관이 불룩 솟는가 싶더니 주먹을 쥐고 내 친구를 향해 달려들었던 것이다. 그러다 멈칫하더니 엄청난 노력 끝에 냉정을 되찾았다. 그 모습이 물불 안 가리고 달려드는 것보다 더 위험해 보였다.

"야만인들로 우글거리는 무법 지대에서 워낙 오랜 세월 동안 지내다 보니 뭐든 내 식대로 처리하는 습관이 생겼소. 그걸 잊지 않는 게 좋을 거요, 홈스 씨. 당신을 해치고 싶지는 않으니까."

"저도 박사님을 해치고 싶은 생각이 없습니다. 이 자리로 경찰을 부르지 않고 박사님을 부른 것을 보면 아시겠지요."

스턴데일은 찍소리도 못 하고 자리에 앉았다. 그의 탐험 인생 사상 남의 기에 눌린 적은 아마 이번이 처음이었을 것이다. 홈스의 침착하고 자신만만한 태도에는 거역할 수 없는 분위기가 있었다. 방문객은 불안한 마음에 큼지막한 손을 쥐었다 폈다 하며 잠깐 동안 말을 잇지 못했다.

마침내 그가 물었다.

"무슨 소리요? 괜히 허세를 부리는 거라면 상대를 잘못 택했소, 홈스 씨. 우리 단도직입적으로 얘기합시다. 그게 무슨 소리요?"

"무슨 소리인지 말씀드리죠. 이걸 말씀드리려는 이유는 제 쪽에서 솔직하게 털어놓으면 박사님도 솔직하게 털어놓아주시길 바라기 때문입니다. 박사님이 어떤 식으로 자기변호를 하느냐에 따라 제 다음 행보가 달라질 겁니다."

"자기변호?"

"그렇습니다."

"뭐에 대해서 자기변호를 하라는 거요?"

"모티머를 살해한 혐의에 대해서요."

스턴데일은 손수건으로 이마를 훔쳤다.

"나 원 참, 점점 짜증이 나려고 하는군. 당신이 지금까지 숱하게 성공을 거둔 것도 천부적인 허세 덕분인가?"

"허세를 부리고 있는 사람은 제가 아니라 리언 스턴데일 박사님이죠."

홈스가 딱 잘라 말했다.

"그렇다는 증거로 어떤 단서를 바탕으로 그런 결론을 내렸는지 말씀드리죠. 짐의 상당 부분을 아프리카로 부친 상태인데도 플리머스에서 되돌아왔다는 것. 그것 하나만으로도 이 비극적인 사건을 재구성할 때 박사님을 염두에 두어야 하는 이유가 충분한데…….”

“내가 돌아온 이유는…….”

“박사님의 설명은 이미 들었지만 설득력이 없고 타당성이 떨어지니 못 들은 걸로 치겠습니다. 박사님은 저를 찾아와서 누굴 의심하느냐고 물었죠. 저는 대답을 거부했고요. 그러자 박사님은 목사관으로 건너가 밖에서 서성이다 결국 박사님의 거처로 돌아갔습니다.”

“그걸 어찌 알았소?”

“박사님을 미행했으니까요.”

“나는 아무도 보지 못했는데.”

“제가 미행에 나서면 원래 아무도 눈치 못 챕니다. 박사님은 거처에서 이리저리 뒤척이다 모종의 계획을 세우고 새벽녘에 실행에 옮겼습니다. 동이 막 트기 시작했을 무렵, 대문 옆에 무더기로 쌓여 있는 불그스름한 자갈을 주머니에 가득 담고 집을 나섰죠.”

스턴데일은 크게 움찔하며 놀라워하는 눈빛으로 홈스를 쳐다보았다.

“그런 다음 목사관까지 이 킬로미터에 가까운 거리를 한달음에 달려갔습니다. 지금 신고 계신 테니스 신발을 신고요. 목사관에 도착하자 과수원과 측면의 산울타리를 지나서 모티머의 침실 창가로 다가갔죠. 그 무렵 날이 밝았지만 목사관 식구들은 아직 잠을 자고 있었습니다. 박사님은 주머니에서 자갈들을 꺼내서 위로 보이는 창문을 향해 던졌습니다."

스턴데일이 벌떡 일어섰다.

"이런 귀신같은 인간을 보았나!"

홈스는 칭찬에 미소를 지었다.

"두세 줌 던졌을 때 모티머가 창가로 다가왔습니다. 박사님은 그에게 내려오라고 했습니다. 그는 허둥지둥 옷을 갈아입고 응접실로 내려왔습니다. 박사님은 창문을 넘어서 응접실로 들어갔고요. 짧은 대화가 이어졌고 그동안 박사님은 방안을 왔다 갔다 걸었습니다. 그런 다음 밖으로 나가서 창문을 닫고 잔디 구장에 서서 시가를 피우며 추이를 살폈죠. 마침내 모티머가 숨을 거두자 박사님은 왔던 길을 되짚어서 돌아갔습니다. 자, 스턴데일 박사님, 박사님의 소행을 무슨 수로 변명하시겠습니까? 동기가 뭡니까? 분명히 말씀드리지만 박사님이 어물쩍 넘어가려고 하거나 저를 우롱하려 들면 이 문제는 영영 제 손을 떠날 겁니다."

홈스의 폭로가 이어지는 동안 방문객의 안색은 흙빛으로 변했다. 그는 두 손에 얼굴을 묻고 잠깐 고민에 잠겼다. 그러다 잠시 후 가슴 주머니에서 퍼뜩 사진 한 장을 꺼내 우리 앞에 놓인 투박한 테이블 위로 던졌다.

"이게 내가 그런 짓을 저지른 이유요."

엄청난 미인의 반신 사진이었다. 홈스는 그 위로 고개를 숙였다.

"브렌다 트리제니스로군요."

홈스가 말했다.

"맞소, 브렌다 트리제니스."

방문객이 대꾸했다.

"오래전부터 그녀를 사랑했소. 그녀도 오래전부터 나를 사랑했고. 다들 놀라워하는 콘월의 은둔 생활을 고집하는 이유가 그 때문이오. 이 세상에 단 하나뿐인 소중한 사람 곁에서 지낼 수 있으니까. 나는 그녀와 결혼을 하지 못했소. 내게 아내가 있기 때문이지. 오래전에 내 곁을 떠났지만 빌어먹을 영국 법 때문에 이혼을 하지 못했소. 브렌다는 나를 오랫동안 기다렸소. 나도 그녀와 함께하기만을 기다렸지. 그리고 우리가 오랫동안 기다린 결과가 이거라오."

그는 육중한 몸을 흔들며 희끗희끗한 수염으로 덮인 입을 틀어막고 큰 소리로 흐느껴 울었다. 잠시 후에 그는 애써 마음을 가라앉히고 말을 이었다.

"목사는 이 모든 걸 알고 있었소. 우리가 그에겐 비밀을 털어놓았지. 목사라면 그녀가 하늘에서 내려온 천사였다고 할 거요. 그가 전보를 쳐서 돌아온 거요. 사랑하는 사람이 그렇게 됐다는데 짐이며 아프리카가 무슨 소용이겠소? 내가 이 일을 저지른 이유가 바로 이거요, 홈스 씨."

"말씀 계속하시죠."

내 친구가 말했다.

스턴데일 박사는 주머니에서 종이봉투를 꺼내서 테이블에 올려놓았다. 겉면에 "라딕스 페디스 디아볼리"라고 적혀 있고 그 밑에 빨간색의 독극물 표시가 찍혀 있었다. 그가 봉투를 내 쪽으로 밀었다.

"그쪽이 의사라고 했지요? 이 약물의 이름을 들어본 적 있는지 모르겠소만."

"'악마의 발 뿌리'라니! 아뇨, 들어본 적 없습니다."

"들어본 적 없다고 해도 전문 지식이 부족하다고 할 순 없겠지. 내가 알기로 헝가리 부다의 한 실험실을 제외하면 유럽 어디에도 표본이 없으니까. 약전藥典이나 독극물 관련 문헌에 실리지도 않았소. 이 뿌리는 생김새가 절반은 인간, 절반은 염소의 발을 닮았다오. 그래서 식물학에 조예가 있는 선교사가 그런 기발한 이름을 지어준 거지. 서아프리카의 어느 지역에서는 주술사가 죄인을 판별하는 데 비밀리에 쓰는 약물이오. 이 표본은 내가 콩고 강 우방기 일대에서 우여곡절 끝에 입수한 거요."

그가 설명과 더불어 봉투를 펼치자 불그스름한 갈색의 코담배 비슷한 가루가 드러났다.

"그런데요?"

홈스가 정색하고 물었다.

"어떻게 된 일인지 이제 얘기하겠소, 홈스 씨. 당신이 아는 게 워낙 많아서 소상히 파악하도록 하는 게 낫겠으니까. 트리제니스 집안사람들과 나의 관계는 앞에서 설명한 그대로요. 나는 브렌다 때문에 그 집 형제들과 가깝게 지냈소. 재산 문제로 실랑이가 벌어지면서 모티머라는 자와 잠깐 틀어졌지만 화해를 했다고 하길래 이후에는 그자도 다른 식구들과 마찬가지로 만나면서 지냈지요. 그는 음흉하고 교활하고 속이 시커먼 작자였고 의심스러운 전적이 여러 번 있었지만 내가 괜히 트집을 잡을 이유는 없었소.

불과 이 주 전 어느 날, 그가 집으로 찾아왔기에 아프리카에서 수집한 신기한 물건들을 구경시켜주었다오. 그때 이 가루도 보여주면서 얼마나 특이한 가루인지, 냄새를 맡으면 뇌에서 공포라는 감정을 주관하는 부분이 어떤 식으로 자극을 받는지, 주술사에게 이 약물로 죄인인지 아닌지 판명을 받는 가엾은 원주

민은 어떤 식으로 죽거나 실성하게 되는지 이야기를 했소. 유럽의 과학자는 아무도 밝혀내지 못할 거라는 이야기도 했고. 내가 자리를 비운 적도 없는데 그자가 무슨 수로 가루를 입수했는지 모르겠는데, 아마 내가 캐비닛을 열고 상자들을 살피는 동안 슬쩍했을 거요. 그자가 효과를 보는 데 필요한 분량과 시간이 어느 정도인지 질문을 퍼부었던 기억이 똑똑히 난다오. 무슨 꿍꿍이가 있어서 그러는 줄은 상상도 못 했지만.

그때 일을 까맣게 잊고 있었는데 목사의 전보가 플리머스로 날아왔소. 이 악당은 내가 이미 출항한 뒤라 소식을 듣지 못하고 아프리카에서 몇 년 동안 지내다 올 거라고 생각한 모양이오. 하지만 나는 당장 돌아왔소. 두말하면 잔소리지만 자세한 정황을 들어보니 내 가루가 쓰인 게 분명하다는 생각이 들더군. 당신을 만나러 온 이유는 다른 가능성이 있는지 알아보기 위해서였소. 하지만 그런 건 있을 수가 없었지. 범인은 모티머가 분명했다오. 돈을 노리고, 형제들이 모두 정신장애를 일으키면 공동 명의의 재산을 혼자 독차지할 수 있다는 생각에 악마의 발 가루를 써서 두 명을 미치광이로 만들고, 누이 브렌다를 죽인 거요. 내가 유일하게 사랑하는 사람을, 나를 유일하게 사랑해주는 사람을 죽였소. 그런 범행을 저질렀는데 그자는 어떤 벌을 받았답니까?

내가 법에 호소해야겠소? 증거도 없는데? 나는 진실을 알지만 시골 농부들로 이루어진 배심원단이 기상천외한 이야기를 믿어주겠소? 가능성은 반반이었지. 하지만 도박을 감행할 수 없었소. 난 복수하고 싶어서 미칠 것 같았다오. 좀 전에도 얘기했다시피 무법 지대에서 워낙 오랜 세월 동안 지내다 보니 뭐든 내 식대로 처리하는 게 익숙해졌소. 그리고 지금이 그럴 때였지. 나는 모티머가 자기 손으로 형제들을 그렇게 만들었으니 똑같이 당해야 한다는 결론을 내렸소. 그렇지 않으면 내 손으로 직접 정의를 실현해야 한다고. 지금 나만큼 자기 목숨에 연연하지 않는 사람은 영국을 통틀어서 아무도 없을 거요.

이게 다요. 나머지는 당신이 이야기한 대로이고. 당신 말마따나 나는 밤새도록 뒤척이다 새벽에 집을 나섰소. 그를 깨워야 할 거라고 미리 짐작하고 당신이 말한 거기서 자갈을 몇 개 주워다가 그의 창문에 던졌지. 그가 내려와서 응접실 창문을 열어주더군. 나는 그의 죄목을 밝히고 심판하는 동시에 처형하러 왔다고 했소. 녀석은 내 리볼버를 보더니 의자 위로 털썩 주저앉지 뭐요. 나는 기름등을 켜고 그 위에 가루를 뿌린 다음 창밖에서 기다렸소. 밖으로 도망치려고 하면 협박한 대로 쏴버릴 준비를 하고서 말이오. 오 분 뒤에 그는 죽었소. 맙소사! 어찌나 처참하던지! 하지만 일말의 동정심도 느껴지지 않더군. 죄 없는 나의 연인이 먼저 겪은 고통을 고스란히 경험한 것에 불과하잖소. 내 이야기는 여기까지지요, 홈스 씨. 당신도 사랑하는 여자가 있다면 나처럼 했을 거요. 아무튼 내 운명은 당신 손에 맡기겠소. 마음대로 하시오. 얘기했다시피 나만큼 목숨에 연연하지 않는 사람은 없을 테니까."

홈스는 잠깐 동안 아무 말이 없었다.

"앞으로 어쩔 계획이었습니까?"

마침내 그가 물었다.

"중앙아프리카에 뼈를 묻을 생각이었소. 하던 일이 반이나 남아서."

"가서 하던 일을 끝내시죠. 저는 박사님을 막을 생각이 없습니다."

스턴데일은 거구를 일으켜 세우고 허리를 숙여서 정중하게 인사를 한 다음 정자에서 나갔다. 홈스는 파이프 담배에 불을 붙이고 담배쌈지를 내게 건넸다.

"유독하지 않은 연기를 피우면 기분 전환이 될 걸세. 우리가 개입할 사건이 아니라는 데 자네도 동의할 테지. 독자적으로 수사를 진행했으니 조치도 독자적으로 취해야 하지 않겠나. 자네 설마 그를 성토할 생각은 없겠지?"

"당연하지."

내가 대답했다.

"왓슨, 나는 아무도 사랑해본 적이 없지만, 사랑하는 여자가 그런 최후를 맞았다면 나도 저 법을 모르는 사자 사냥꾼처럼 대응했을지도 모르지. 뭐, 누가 알겠나. 두말하면 잔소리지만 창턱에 놓인 자갈을 발견하고 수사를 시작했다네. 목사관의 앞마당에는 그런 돌이 없었거든. 스턴데일 박사와 그의 집으로 시선을 돌려보니 비슷한 돌이 있지 뭔가. 환하게 밝은 대낮에 불을 밝힌 기름등과 덮개에 남은 가루는 누가 봐도 상관관계가 빤했고. 자, 왓슨, 이제 이 사건은 머릿속에서 지우세. 홀가분하게 위대한 켈트어의 콘월어파에서 볼 수 있는 칼데아어의 흔적 연구로 다시 돌아갈까?"

그의 마지막 인사

셜록 홈스의 에필로그

Sherlock Holmes
His Last Bow

팔월의 둘째 날 밤 9시였다. 인류 역사상 가장 끔찍한 팔월이었다. 타락한 세상 위로 신의 저주가 묵직하게 드리워지기라도 한 것처럼 후텁지근하고 답답한 공기 중에 무시무시한 침묵과 막연한 기대감이 맴돌았다. 해는 이미 오래전에 졌지만 머나먼 서쪽 하늘에 벌어진 상처처럼 핏빛 금이 남아 있었다. 머리 위로는 별들이 밝게 빛났고 내려다보면 항구에서는 선박들의 불빛이 어른거렸다. 박공이 여러 개 달린 길고 야트막한 집을 등지고 앞마당 오솔길가의 돌난간 옆에 선 저명한 독일인 두 명이 어마어마한 백악질 절벽 아래로 널따랗게 펼쳐진 바닷가를 내려다보고 있었다. 길 잃은 독수리처럼 떠돌던 폰보르크가 사 년 전에 자리를 잡은 절벽이었다. 두 사람은 머리를 맞대고 은밀하게 속삭였다. 아래에서 보면 시가의 벌건 불빛이 어둠 속에서 내려다보는 악귀의 이글거리는 눈동자처럼 느껴질 듯했다.

폰보르크는 대단한 위인이었다. 독일의 열혈 첩보원 중에서 비견할 자가 없었다. 애초에 가장 중요한 영국 첩보 임무를 맡을 인물로 발탁된 이유도 놀라운 재능 때문이었다. 임무를 수행하는 과정에서 폰보르크의 재능은 더욱 빛을 발하여 내막을 아는 사람들을 놀라게 했다. 그가 영국에서 첩보 활동을 한다는 사실을 아는 사람은 전 세계에서 단 여섯 명뿐이었다. 그중 독일 대사관의 일등 서기관 폰헤를링 남작이 현재 그와 접선중이었다. 백 마력의 거대한 벤츠 승용차가 주인을 다시 런던으로 데려가기 위해 시골길을 가로막은 채로 기다리고 있었다.

서기관이 말했다.

"추이를 보건대 자네는 아마 이번 주 내로 베를린으로 귀환할 수 있을 걸세. 돌아가면 깜짝 놀랄 만큼 열렬한 환영을 받을 거야, 폰보르크. 이 나라에서 자네가 거둔 성과를 최고위층이 어떻게 생각하는지 우연히 알게 됐다네."

서기관은 어깨가 넓고 키가 큰 거구의 사나이였다. 느리고 묵직한 말투는 정치 활동의 큰 자산이었다.

폰보르크가 웃었다.

"그들을 속이는 건 일도 아니에요. 이보다 더 다루기 쉽고 단순한 인간은 상상할 수 없을 정도거든요."

상대방은 생각에 잠긴 투로 말했다.

"과연 그럴까. 그들은 지켜야 할 선의 기준이 남들과 달라서 그걸 배워야 하거든. 겉으로는 단순해 보이기 때문에 잘 모르면 속아넘어갈 수 있어. 첫인상은 정말 유하지. 그러다 갑자기 사납게 굴면 선을 넘었다는 뜻이니까 잘 파악해야 해. 예컨대 섬사람 특유의 관습은 반드시 지켜야 하고."

"예의범절, 그런 거 말이죠?"

폰보르크는 당해본 사람답게 한숨을 쉬었다.

"온갖 희한한 형태로 표출되는 영국인들의 편견 말일세. 내 일생일대 최악의 실수를 예로 들어볼까? 자네가 내 실력을 잘 알기 때문에 스스럼없이 털어놓는 걸세. 내가 처음으로 파견됐을 때 있었던 일이야. 주말에 각료들이 모이는 시골 별장으로 초대를 받았지. 아주 몰지각한 대화가 오가더군."

폰보르크는 고개를 끄덕였다.

"저도 어떤 건지 잘 알죠."

그가 무미건조한 목소리로 말했다.

"그래. 나는 당연히 그날의 대화를 요약해서 베를린으로 보냈지. 그런데 안타깝게도 우리 총리께서 이런 분야에 요령이 부족해서 그날 오갔던 말을 아는 티를 냈지 뭔가. 두말하면 잔소리지만 불똥은 곧장 내게 튀었지. 내가 그것 때문에 얼마나 고생했는지 자네는 모를 걸세. 나를 초대한 영국인이 얼마나 딱딱하게 굴었는지 몰라. 만회하는 데 이 년이 걸렸지. 자네는 워낙 스포츠를 좋아하는 척해놓아서 문제가 없었겠지만."

"아뇨, 아뇨, 좋아하는 척이라고 하지 말아주세요. 그러면 거짓말이 되잖습니까. 그건 제 천성이에요. 저는 타고난 스포츠맨입니다. 스포츠를 즐기는 법을 알죠."

"아, 그래서 그들을 좀더 효과적으로 공략할 수 있었지. 그들과 요트 시합을 벌이고, 함께 사냥을 하고, 폴로를 하고, 온갖 시합에 참석하고, 올림피아에서 열린 사두마차 경기에서 상을 받고. 심지어 젊은 장교들과 권투 시합까지 했다며? 그 결과 어찌되었나? 아무도 자넬 요주의 인물로 대하지 않지. 자네는 '멋진 스포츠광', '괜찮은 독일인', '술에 취해서 나이트클럽을 전전하고 시내를 헤매고 다니는 천하태평'으로 간주되지. 영국에서 벌어진 온갖 못된 장난의 절반가량이 자네가 사는 시골의 이 조용한 집에서 시작됐고, 스포츠를 좋아하는 시골의 지주는 사실 유럽에서 가장 빈틈없는 첩보원인데 말일세. 천재적이야. 폰 보르크, 자넨 천재야!"

"너무 띄우시는데요, 남작님. 하지만 제가 이 나라에서 사 년을 허투루 보내지 않은 건 사실입니다. 제 누추한 창고를 보여드린 적이 없었죠. 괜찮으시면 잠깐 들어오세요."

테라스로 들어가자 서재 문이 나왔다. 폰보르크는 문을 열고 앞장서서 들어가 전등 스위치를 켰다. 체구가 커다란 남자가 따라 들어오자 뒤에서 문을 닫고 격자창을 덮고 있는 육중한 커튼을 단단히 여몄다. 사전 조치를 빈틈없이 취한 다음에서야 그는 매부리코가 달린 까무잡잡한 얼굴로 손님을 돌아보았다.

"일부 서류는 먼저 보냈습니다. 중요하지 않은 것만 어제 플리싱언으로 떠나는 아내와 다른 가족들 편에 보냈어요. 하지만 다른 서류들은 대사관에서 처리해주셔야겠습니다."

"진작 개인 수행원 명단에 자네 이름을 올려놓았네. 자네와 짐은 문제가 없을 걸세. 물론 우리가 이 나라를 떠날 필요가 없을지도 모르지. 영국이 프랑스를 운명의 여신에게 맡길 수도 있지 않은가. 그 두 나라는 구속력이 있는 조약을 맺은 적이 없으니 말일세."

"벨기에는요?"

"음, 벨기에도 마찬가지지."

폰보르크는 고개를 저었다.

"그럴 리가요. 분명 뭔가 조약을 맺어놓았을 겁니다. 여왕이 그런 굴욕을 어찌 견딘답니까."

"덕분에 당분간 평화롭게 지낼 수 있잖나."

"명예는 어쩌고요."

"쯧. 이봐, 우리는 지금 실용주의의 시대에 살고 있다네. 명예는 중세에서나 먹힐 개념이지. 게다가 어쩌면 그럴 수 있을까 싶지만, 영국은 아직 준비가 되지 않았어. 우리 나라가 오천만 마르크라는 전쟁 특별세를 거둬서 《타임스》 1면에 광고한 거나 다름없이 의도를 분명하게 드러냈는데 이 나라 사람들은 잠에서 깨어나지 않았단 말이네. 여기저기서 질문을 하기는 하지. 그러면 나는 대충 대답을 한다네. 여기저기서 짜증도 내지. 그러면 나는 어르고 달랜다네. 하지만 장담하건대 군수품 비축이라든지, 잠수함 공격에 대한 대비라든지, 고성능 폭약 제조라든지 기본적으로 아무 준비가 안 되어 있어요. 그런데 무슨 수로 영국이 개입을 할 수 있겠나? 가뜩이나 우리가 아일랜드 내전이며 여성 참정권 운동이며 기타 등등으로 들쑤셔놓아서 집안일로 정신이 없을 텐데."

"그래도 나라의 앞날을 생각하지 않겠습니까?"

"아, 그건 별개의 문제지. 향후에 영국을 어떻게 할지 우리가 확실하게 계획을 세울 때 자네의 정보가 유용하게 쓰일 걸세. 영국은 오늘 싸우느냐 내일 싸우느냐의 기로에 서 있다네. 영국이 오늘 싸우기로 결정해도 우리는 완벽하게 준비되어 있지. 내일 싸우겠다고 선택하면 준비가 더욱 완벽해질 테고. 영국은 홀로 싸우기보다는 동맹국과의 연합이라는 현명한 선택을 하겠지만 우리는 상관없다네. 이번 주 내로 그들은 운명을 결정지을 중대한 선택을 해야 하겠지. 아무튼 서류 이야기를 하고 있었던가?"

그는 벗어져가는 넓은 이마 위로 반짝이는 불빛을 맞으며 안락의자에 앉아 차분하게 시가를 피웠다.

떡갈나무로 벽을 두른 널찍한 서재에는 책들이 즐비했는데 한쪽 구석이 커튼으로 막혀 있었다. 커튼을 열어젖히자 놋쇠로 테두리를 장식한 큼지막한 금고가 등장했다. 폰보르크는 시곗줄에 달린 조그만 열쇠를 꺼내 제법 오랫동안 자물쇠를 만지작거린 끝에 묵직한 문을 열었다.

"보시죠!"

그가 비켜서서 손으로 가리켰다.

불빛이 열린 금고를 선명하게 비추자 서기관은 빨려 들어갈 듯한 눈빛으로 줄줄이 이어지는 칸막이 공간을 가만히 응시했다. 칸막이마다 라벨이 붙어 있었다. 그는 '강변', '항만 방어시설', '항공기', '아일랜드', '이집트', '포츠머스 요새', '영국해협', '러사이스', 이런 식으로 연달아 이어지는 제목을 눈으로 훑었다. 칸마다 서류와 설계도로 넘쳐났다.

"대단하군!"

서기관이 외쳤다. 그는 시가를 내려놓고 두툼한 손으로 조용히 박수를 쳤다.

"사 년 만에 거둔 성과입니다, 남작님. 술을 지나치게 좋아하고 말도 너무 좋아하는 시골의 지주치고는 괜찮은 성적이죠. 수집품 중 최고의 보석은 지금 오는 중입니다. 보관할 자리까지 미리 마련해놓았죠."

그는 "해군 암호"라고 적힌 칸을 가리켰다.

"거기에는 이미 다른 서류들이 잔뜩 들어 있는데."

"유효기간이 지난 휴지 조각입니다. 해군본부에서 이상한 낌새를 느꼈는지 암호를 전부 바꾸어버렸거든요. 타격이 컸죠. 이번 작전을 통틀어서 최악의 걸림돌이었어요. 하지만 수표와 앨터몬트라는 훌륭한 친구 덕분에 오늘 저녁에 모든 문제를 해결할 수 있게 됐습니다."

남작은 시계를 보고 실망스러워하며 큥큥 소리를 냈다.

"흠, 더이상 지체할 수가 없는데. 칼턴하우스 테라스■에서 뭐가 언제 어떻게 될지 모르는 상황이라 자리를 지켜야 한단 말이지. 자네가 얼마나 엄청난 소득을 거두었는지 얼른 가서 알리고 싶었는데. 앨터몬트라는 자가 약속 시간은 정하지 않았나?"

■ 런던 웨스트민스터에 있는 거리 이름. 빅토리아시대에 독일 대사관이 있었다.

폰보르크는 전보를 내밀었다.

오늘 저녁에 새 점화플러그를 들고 틀림없이 가겠음.

앨터몬트

"점화플러그?"

"그 친구는 자동차 전문가 행세를 하고 저는 대규모 정비소를 운영하는 것으로 되어 있어서요. 우리 암호는 전부 부품명이죠. 라디에이터는 전함, 오일펌프는 순양함, 이런 식으로요. 점화플러그는 해군 암호입니다."

"포츠머스에서 낮 12시에 보낸 전보로군."

서기관이 주소란을 보고 말했다.

"그나저나 대가로 얼마나 주기로 했나?"

"이 건 하나에만 오백 파운드입니다. 당연히 월급은 따로 계산하고요."

"욕심도 많은 작자로군. 매국노들이 쓸모가 있긴 하지만 그 녀석들한테 들어가는 돈을 생각하면 아깝기 짝이 없어."

"앨터몬트에게 쓰는 돈은 아까워할 것 없습니다. 얼마나 일을 잘하는지 몰라요. 보수만 두둑이 챙겨주면 그의 말마따나 물건을 틀림없이 배달해주니까요. 그리고 그 친구는 매국노가 아닙니다. 깊은 원한에 사무친 아일랜드계 미국인에 비하면 범게르만주의자인 독일 귀족의 영국에 대한 증오심은 아무것도 아니죠."

"아, 아일랜드계 미국인인가?"

"얘기하는 걸 들어보면 분명 아일랜드계 미국인이에요. 가끔은 무슨 소리를 하는지 못 알아듣겠더군요. 그 친구는 영국 왕뿐 아니라 그 왕의 나라에까지 선전포고한 사람 같아요. 정말 가보셔야 합니까? 금방 올지도 모르는데요."

"미안하지만 이미 늦었네. 내일 일찍 만나세. 암호책을 들고 우리 대사관의 조그만 문을 통과하는 순간, 영국에서의 임무는 당당히 마침표를 찍는 걸세. 아! 이건 토케이 와인 아닌가?"

그가 단단하게 밀봉된 상태로 먼지를 뒤집어쓴 채 늘씬한 잔 두 개와 함께 쟁반에 놓여 있는 유리병을 가리켰다.

"한잔 드릴까요?"

"아니, 됐네. 성대한 파티를 벌이려나 보군."

"와인에 일가견이 있는 앨터몬트가 이 토케이 와인을 보고 반색을 하더군요. 까다로운 친구라 소소하게 비위를 잘 맞춰주어야 해요. 하나하나 살피면서 말이죠."

그들은 다시 테라스로 나가서 끝까지 걸어갔다. 남작의 운전기사가 살짝 건드리자 커다란 자동차가 몸을 부르르 떨며 부르

릉거렸다.

서기관이 긴 외투를 걸치며 말했다.

"저건 하리치 항의 불빛이겠지. 얼마나 잔잔하고 평화로워 보이나. 일주일 안으로 다른 불빛이 번쩍이면 영국의 바닷가는 지금처럼 평화로워 보이지 못할 테지! 체펠린■이 약속을 지킨다면 하늘도 평화롭지 못할 테고. 그나저나 저 사람은 누군가?"

그들 뒤로 불이 켜진 창문은 딱 하나뿐이었다. 창문 너머로 전등이 서 있고 그 옆 탁자에 얼굴이 불그스름한 노파가 촌스러운 모자를 쓰고 앉아 있었다. 고개를 숙이고 뜨개질을 하다가 이따금 옆 걸상에 앉은 큼지막한 까만 고양이를 쓰다듬었다.

"딱 한 명 남겨놓은 마사라는 하녀입니다."

서기관은 빙그레 웃었다.

"나른한 분위기를 풍기며 자기 일에 푹 빠진 모습이라니. 영국의 상징이라고 해도 되겠군. 아무튼 또 보세, 폰보르크!"

그는 마지막으로 손을 한 번 흔들고 차에 훌쩍 올라탔고, 잠시 후 전조등에서 뿜어져 나온 황금색 불빛이 어둠을 갈랐다. 서기관은 리무진의 편안한 쿠션에 몸을 묻고 조만간 전운에 휩싸일 유럽에 대해 골똘히 생각하느라, 시골길 모퉁이를 돌았을

■ 최초의 경식 비행선인 체펠린 비행선을 만든 독일 퇴역 장군. 그의 비행선은 1차세계대전에서 독일군의 유력한 병기로 사용되었다.

때 맞은편에서 달려오던 포드 소형차와 엇갈리는 것도 알아차리지 못했다.

폰보르크는 자동차 불빛이 저멀리 완전히 사라지고서야 천천히 서재로 발걸음을 옮겼다. 창문 앞을 지나면서 보니 가정부는 전등을 끄고 방으로 들어간 후였다. 가족과 일손 들이 워낙 많았던 터라 정적과 어둠이 흐르는 널따란 집이 낯설었다. 하지만 부엌에 남은 노파 말고는 모두 안전한 곳으로 이동했고 그가 공간을 독차지하고 있다고 생각하면 마음이 놓였다. 서재에는 정리할 게 많았다. 그는 잘생긴 얼굴이 벌게질 때까지 종이를 태웠다. 탁자 옆에 가죽 여행 가방이 놓여 있었다. 그는 서재에 보관했던 보물들을 깔끔하게, 차곡차곡 가방 안에 넣기 시작했다. 이내 멀리서 다가오는 차 소리가 예민한 귀에 포착되었다. 그는 흐뭇한 탄성을 지르며 여행 가방을 끈으로 묶고 금고를 잠근 뒤 곧바로 테라스로 달려나갔다. 때마침 대문 앞에 멈추어 선 소형 자동차의 불빛이 눈에 들어왔다. 총알같이 튀어나온 승객 하나가 그를 향해 재빨리 다가왔고, 체격이 크고 희끗희끗한 수염을 기른 나이 지긋한 운전사는 한참 동안 보초를 서기로 작정한 사람처럼 운전석에 편안히 자리를 잡았다.

"성공했습니까?"

폰보르크는 달려나가서 손님을 맞으며 열띤 목소리로 물었다.

남자는 대답 대신 조그만 갈색 종이 꾸러미를 머리 위로 의기양양하게 흔들었다.

"오늘밤에는 나를 기쁘게 맞아주셔야겠소."

그가 큰 소리로 외쳤다.

"드디어 일용할 양식을 들고 왔으니까 말이오."

"암호 말이죠?"

"전보로 얘기한 그대로요. 수기신호, 불빛 신호, 무선 신호까지 모조리. 원본은 아니고 복사본이오. 원본은 위험해서. 하지만 진짜요. 믿어도 됩니다."

그가 친구처럼 어깨를 철썩 때리자 독일인은 움찔했다.

"들어갑시다. 집에 나 혼자뿐이에요. 목 빠져라 기다렸습니다. 당연히 원본보다 복사본이 낫죠. 원본이 없어지면 암호를 모조리 바꿀 거 아닙니까. 복사하는 데 별문제는 없었죠?"

서재로 들어간 아일랜드계 미국인은 안락의자에 앉아 긴 팔다리를 쭉 뻗었다. 그는 키가 크고 비쩍 마른 육십 대의 남자인데, 이목구비가 뚜렷하고 염소수염을 깔끔하게 길러서 전체적으로 엉클 샘▪과 비슷한 인상이었다. 그는 자리에 앉으면서 입꼬리에 물고 있던 반쯤 피우다 만 시가에 다시 불을 붙였다.

▪ 미국 정부를 의인화한 인물. 흰 수염에 높은 중절모를 쓰고 키가 큰 남자로 묘사된다.

"떠날 준비를 하는 거요?"

그는 두리번거리며 물었다. 그러다 젖힌 커튼 뒤로 보이는 금고에 시선이 닿자 덧붙였다.

"설마 저기다 서류를 보관하는 건 아니겠지?"

"왜요?"

"맙소사, 이렇게 단속이 허술해서야! 그러고도 첩자라고 할 수 있겠소? 깡통 따개 하나만 있으면 양키 도둑놈 아무라도 열 수 있겠네. 내가 보낸 편지가 저런 곳에 아무렇게나 방치될 줄 알았다면 편지 같은 건 절대 보내지 않았을 거요."

"저 금고는 어느 도둑도 열 수 없어요. 어떤 도구를 동원해도 절단할 수 없거든요."

폰보르크가 대꾸했다.

"자물쇠를 따겠지."

"이중 다이얼 자물쇠입니다. 그게 뭔지 압니까?"

"모르겠는데."

"숫자뿐 아니라 단어까지 필요한 자물쇠라는 겁니다."

그는 자리에서 일어나 열쇠 구멍을 이중으로 감싸고 있는 방사형 원반을 보여주었다.

"바깥쪽에는 단어를, 안쪽에는 숫자를 입력해야 합니다."

"오, 훌륭하구먼."

"당신이 생각하는 것처럼 단순한 장치가 아니에요. 사 년 전에 제작한 자물쇠인데 어떤 단어와 숫자를 암호로 지정했을 것 같습니까?"

"그걸 내가 어찌 알겠소."

"단어는 August(팔월), 숫자는 1914로 정했습니다. 바로 지금이죠."

미국인의 얼굴에 놀라움과 감탄이 떠올랐다.

"이런, 대단하십니다그려! 전쟁이 일어날 시기를 정확하게 알아맞히다니!"

"네, 우리 요원들 중 몇 명은 날짜까지 예상했죠. 그날이 다가왔으니 내일 아침에 여길 뜰 겁니다."

"나도 어떻게든 처리해줘야겠소. 이 빌어먹을 나라에 혼자 남을 생각은 없으니까. 내가 보기에는 일주일 안으로 영국이 길길이 뛰며 나를 잡으려 들 것 같거든. 그 꼴을 바다 건너에서 구경하고 싶소."

"당신은 미국 시민이잖습니까?"

"뭐, 잭 제임스도 미국 시민이었지만 영국 포틀랜드에서 형을 살고 있잖소. 영국 경찰 앞에서 나는 미국 시민이라고 해봐야 국물도 없소. 여긴 영국 법과 질서가 적용되는 곳이라고 할 테니까. 그나저나 잭 제임스 이야기가 나왔으니 말인데, 당신은 자기 사람들 뒷감당에는 별로 신경을 안 쓰는 것 같더군요."

"그게 무슨 소립니까?"

폰보르크가 날카롭게 물었다.

"아니, 당신이 그 사람들을 고용한 거 아니었소? 그러니까 그들이 자빠지지 않게 잘 챙겨야지. 자빠지면 일으켜 세워주고. 그런데 제임스만 해도……."

"그건 제임스의 잘못이었어요. 당신도 알잖아요. 제멋대로 고집을 부리다 그렇게 됐다는 걸."

"제임스는 돌대가리였지. 나도 인정하는 바요. 하지만 홀리스도 있잖소."

"그자는 제정신이 아니었어요."

"뭐, 막판에 살짝 맛이 가기는 했지. 언제 경찰에 찌를지 모르는 작자들을 밤낮으로 수없이 상대하다 보면 누구라도 정신이 나갈 수밖에 없을 거요. 하지만 스타이너는……."

폰보르크의 몸이 펄쩍 튀어올랐다. 불그레하던 안색은 창백해졌다.

"스타이너가 왜요?"

"잡혀갔소. 어젯밤에 그들이 가게로 들이닥쳐서 그는 물론이고 서류들까지 깡그리 포츠머스 감옥으로 직행했단 말이오. 당신이 떠나면 그 딱한 친구가 모든 책임을 뒤집어쓰겠지. 목숨이

나 부지하면 다행 아닌가. 그래서 나도 당신처럼 얼른 바다를 건너고 싶은 거요."

"녀석들이 스타이너를 무슨 수로 잡았지? 이제까지 입은 것 중 가장 큰 피해로군."

그가 중얼거렸다.

"그보다 더 심한 타격을 입을 수도 있소. 그쪽에서 내 꼬리를 잡기 직전이니까."

"그럴 리가!"

"그렇다니까. 프래턴 웨이의 하숙집 주인아주머니가 신문을 받았다는 거 아뇨. 그 소식을 듣고 서두를 때가 됐다는 걸 알았지. 내가 궁금한 게 뭔가 하면, 경찰들이 무슨 수로 눈치를 챘느냐는 거요. 당신과 손을 잡은 이래 스타이너까지 친구 다섯이 넘어갔소. 서두르지 않으면 여섯 번째는 누가 될지 뻔하잖소. 그걸 무슨 수로 설명할 거요? 당신의 동지들이 이런 식으로 줄줄이 무너지는데 창피하지도 않소?"

폰보르크의 얼굴이 시뻘게졌다.

"어디서 감히 그런 소리를!"

"내가 이런 소리를 지껄일 배포가 못 되면 애초에 당신 일을 맡지도 못했을 거요. 내 생각을 알려드릴까? 듣자 하니 당신네 독일 정치인들은 맡긴 일이 끝나면 요원이 잡혀가거나 말거나 전혀 신경쓰지 않는다던데."

폰보르크는 자리에서 벌떡 일어났다.

"요원들을 내 손으로 넘겨주기라도 했다는 겁니까?"

"그런 뜻이 아니라 어딘가에 끄나풀이 있으니 찾아내야 하지 않느냔 말이지. 아무튼 위험한 일은 이제 사양이오. 나는 네덜란드로 떠날 작정이니까. 빠르면 빠를수록 좋겠지."

독일인은 화를 꾹 참고 말했다.

"오랫동안 동지로 지냈는데 승리를 눈앞에 두고 아옹다옹할 수는 없죠. 지금까지 당신이 위험을 무릅쓰고 거둔 엄청난 성과는 잊지 못할 겁니다. 어떻게든 네덜란드로 건너가기만 하면 로테르담에서 배를 타고 뉴욕으로 갈 수 있어요. 앞으로 일주일 동안은 안전을 보장할 수 있는 다른 방법이 없어요. 이제 암호책을 주면 나머지 서류들과 함께 챙기겠습니다."

미국인은 조그만 꾸러미를 들었지만 넘기려 하진 않았다.

"짤랑이는 어쩌고?"

"짤랑이?"

"돈. 대가 말이오. 오백 파운드. 막판에 포병대장이 고약하게 나오는 바람에 백 달러나 더 쥐여줬소. 안 그랬으면 당신이나 나나 골로 갔을 거요. 대장은 어림도 없는 소리라며 끝까지 버텼는데 마지막으로 찔러준 백 달러가 먹혔지. 시작부터 마무리까지 이백 파운드가 들었으니 내 돈뭉치를 챙기기 전에는 어림없소이다."

폰보르크는 씁쓸한 미소를 지었다.

"나를 못 믿는 모양이로군요. 돈부터 받아야 암호책을 내주겠다?"

"뭐, 사업은 사업이잖소."

"알겠습니다. 좋을 대로."

그는 탁자에 앉아서 수표를 쓰고 수표책에서 뜯어냈지만 상대방에게 건네지는 않았다.

"결국 우리가 이런 사이가 되었군요, 앨터몬트 씨. 당신이 나를 못 믿겠다고 하는 마당에 무슨 수로 당신을 믿겠습니까? 그렇지 않습니까?"

그는 고개를 돌려 미국인을 돌아보았다.

"탁자 위에 수표를 놓지요. 당신이 그걸 집기 전에 꾸러미부터 확인해야겠습니다."

미국인은 군소리 없이 꾸러미를 건넸다. 폰보르크는 끈을 풀고 두 겹의 포장지를 벗겼다. 그러고는 자기 앞에 놓인 파란색의 조그만 책을 물끄러미 바라보았다. 표지에 금박으로 "실용 양봉 편람"이라고 적혀 있었다. 거물급 첩보원이 이 엉뚱한 문구를 노려본 것은 찰나에 불과했다. 누가 그의 뒷덜미를 억세게 낚아

채고 찡그린 얼굴에 클로로포름을 적신 스펀지를 갖다 댔다.

"한 잔 더 하게, 왓슨!"

홈스가 임페리얼 토케이 병을 내밀며 외쳤다.

탁자 옆에 앉아 있던 듬직한 운전사가 얼른 잔을 내밀었다.

"좋은 와인이로군, 홈스."

"훌륭한 와인이지, 왓슨. 소파에 누워 있는 친구 말로는 쇤브룬 궁전에 있는 프란츠 요제프 황제의 특별 와인 저장고에서 가져온 거라네. 미안하지만 창문 좀 열어주겠나? 클로로포름 냄새가 맛을 음미하는 데 방해가 돼서 말일세."

금고가 열려 있었다. 홈스는 그 앞에 서서 서류를 하나씩 꺼내어 얼른 살핀 뒤 폰보르크의 가방에 차곡차곡 넣었다. 독일인은 팔과 다리가 묶인 채로 소파에 누워서 드르렁드르렁 코를 골며 자고 있었다.

"서두를 필요 없다네, 왓슨. 방해받을 일이 없거든. 종을 울려주겠나? 역할을 훌륭하게 소화한 마사 말고는 집에 아무도 없어. 사건을 맡자마자 그녀를 투입했지. 아, 마사, 잘 끝났어요."

상냥한 노파가 문 앞에 등장했다. 그녀는 미소를 지으며 홈스에게 무릎을 굽히고 인사하고는 걱정스러운 눈빛으로 소파에 누워 있는 인물을 흘끗거렸다.

"괜찮아요, 마사. 다친 데는 전혀 없으니까."

"다행이네요, 홈스 씨. 나름대로 좋은 분이었거든요. 어제는 제가 부인과 함께 독일로 가길 바라더군요. 제가 따라갔더라면 홈스 씨의 계획대로 되지 않았겠죠?"

"그렇죠. 마사가 여기 있어서 마음이 놓였습니다. 오늘밤에도 마사의 신호를 기다렸고요."

"서기관 때문에요."

"압니다. 서기관의 차와 우리 차가 서로 엇갈려서 지나갔죠."

"서기관이 끝까지 안 가는 줄 알았어요. 그자가 여기 있으면 홈스 씨의 계획대로 되지 않았을 텐데."

"그렇죠. 뭐, 삼십 분 정도 기다렸더니 마사의 전등이 꺼져서 장애물이 사라진 걸 알겠더군요. 보고는 내일 런던의 클래리지 호텔에서 들을까요?"

"알겠습니다."

"떠날 준비는 다 됐죠?"

"네, 저분이 오늘 부친 편지는 일곱 통이에요. 주소는 평소처럼 기록해놓았고요."

"잘했어요, 마사. 주소는 내일 확인하겠습니다. 잘 자요."

노파가 사라지자 그가 말을 이었다.

"이 서류들은 별로 중요하지 않아. 여기 담긴 정보는 이미 오래전에 독일 정부로 넘어갔거든. 원본을 안전하게 반출할 방법이 없어서 금고에 보관한 거지."

"그럼 쓸모가 없겠군."

"아예 쓸모가 없지는 않지, 왓슨. 어떤 정보가 유출됐는지 파악할 수 있으니까. 대다수가 나를 통해 건너온 서류라 전혀 신빙성이 없지만 말일세. 내가 건넨 기뢰 매설 지도를 참고해 솔런트해협을 이리저리 항해하는 독일 순양함을 볼 수 있다면 나의 말년이 한결 즐거울 텐데. 그런데 왓슨, 자네."

그는 하던 일을 멈추고 옛 친구의 어깨를 붙잡았다.

"이제야 환한 데서 얼굴을 제대로 보는구먼. 나이는 어디로 먹은 겐가? 팔팔한 예전 모습 그대로일세."

"스무 살은 젊어진 기분일세, 홈스. 차를 몰고 하리치로 와달라는 자네 전보를 받았을 때 얼마나 행복하던지. 홈스, 자네도 거의 그대로군. 흉측한 염소수염만 빼면."

"조국을 위해서라면 이 정도 희생쯤이야 감수할 수 있지 않겠나, 왓슨."

홈스가 짧은 수염 가닥을 잡아당기며 말했다.

"내일이면 끔찍한 추억으로 남을 걸세. 머리를 자르고 외모에 변화도 몇 군데 주고 클래리지 호텔에 다시 나타날 테니까.

미국인 놀음을 시작하기 전으로 돌아가는 거지. 미안하네, 왓슨, 내 영어가 완전히 경박해졌어. 미국인 역할을 맡기 전이라고 해야 하는 건데."

"하지만 홈스, 자네는 은퇴했잖나. 다들 자네가 사우스다운스의 조그만 농장에서 벌떼와 책에 파묻혀 은둔하는 줄 아는데."

"맞아, 왓슨. 이것이 여유로운 휴식의 결실이자 내 말년의 최고 걸작 아니겠나!"

그는 탁자 위의 책을 집어서 "실용 양봉 편람: 여왕벌의 격리를 중심으로 작성한 소고"라는 제목 전문을 큰 소리로 읽었다.

"나 혼자 집필한 거라네. 예전에 런던의 범죄 세계를 관찰했듯 조그만 노동 집단을 관찰하며 낮에는 땀을 흘리고 밤에는 사색에 잠긴 결과물일세."

"그런데 어쩌다 다시 일을 하게 된 건가?"

"아, 그걸 생각하면 나도 경이롭지 뭔가. 외무부 장관이었으면 고사했을 텐데 총리까지 내 누추한 집을 찾아오겠다고 했으니! 사실 왓슨, 소파에 누워 있는 저자는 보통 실력이 아니라네. 타의 추종을 불허했지. 이상하게 꼬이는 일에서 아무도 이유를 알아내지 못했거든. 몇몇 첩자들이 용의 선상에 오르거나 심지어 체포까지 되었지만, 강력하고 은밀한 배후가 여전히 존재한다는 느낌이 들었지. 절대적으로 파헤칠 필요가 있었어. 사건을 수사하라는 강한 압박이 내게 가해졌다네. 이 년이나 걸렸지만 재미가 없지는 않았어. 시카고에서 순례를 시작해 버펄로에서 아일랜드 비밀 결사단에 가입하고 스키버린■ 경찰의 골치깨나 썩인 결과 폰보르크의 하수인의 눈에 들어서 적임자로 추천받았으니 얼마나 복잡한 여정이었는지 짐작할 수 있겠지. 그때부터 나는 그의 심복으로 지내는 영광을 누리면서 계획들을 묘하게 꼬이게 만들고 정예부대 다섯 명을 감옥에 넣었지. 나는 그들을 예의 주시하다가 무르익었다 싶으면 싹둑 잘랐다네, 왓슨. 아, 다친 데는 없길 바라오만."

맨 마지막은 폰보르크에게 한 말이었다. 그는 숨을 헐떡이고 눈을 수없이 깜빡이며 잠자코 누워서 홈스의 이야기를 듣다가 인상을 잔뜩 구기며 독일어로 격하게 욕을 쏟아냈다. 홈스는 포로가 욕설과 저주를 퍼붓는 와중에도 계속 서류를 점검했다. 폰보르크가 지쳐서 입을 다물고서야 그가 말했다.

"귀에 거슬리기는 하지만 독일어는 표현이 풍부한 언어이기는 하지. 아니, 이런!"

그는 등사지의 한쪽 모서리를 열심히 들여다보더니 상자 안에 넣었다.

■ 아일랜드의 도시.

"이걸로 새 한 마리를 더 잡을 수 있겠군. 오래전부터 주시하고 있기는 했지만 회계부장이 한패일 줄이야. 폰보르크 씨, 해명해야 할 일이 한두 가지가 아니겠습니다."

포로는 소파에서 끙끙대며 몸을 일으키고 앉아 놀라움과 증오가 묘하게 섞인 표정으로 노려보았다.

그가 한 단어 한 단어 또박또박 힘을 주며 천천히 말했다.

"복수하고 말겠다, 앨터몬트. 평생을 바쳐서라도 복수하겠다!"

"달콤한 옛 노래를 읊는군. 왕년에 그 노래를 귀가 따갑도록 들었지. 애석하게 고인이 된 모리아티 교수의 애창곡이기도 했고, 서배스천 모런 중령도 그 노래를 좋아하기로 유명했다네. 하지만 나는 이렇게 멀쩡히 살아서 사우스다운스에서 양봉을 하고 있지."

홈스가 말했다.

"뒈져라, 이 이중간첩아!"

폰보르크는 손과 발에 묶인 밧줄을 잡아당기며 외쳤다. 이글거리는 두 눈이 살의로 번뜩였다.

"이런, 이런. 이중간첩이라니 무슨 그렇게 심한 말을. 내 억양을 들으면 알겠지만 시카고 출신의 앨터몬트 씨는 존재하지 않아. 내게 이름만 빌려주고 폐기 처분됐지."

홈스가 웃으며 말했다.

"그럼 너는 누구냐?"

"내 정체는 전혀 중요하지 않지만, 당신이 궁금해하니 알려주지. 나는 폰보르크 씨 당신네 동포와 예전에도 만난 적이 있었어. 예전에 독일에서 이런저런 일을 많이 처리했기 때문에 당신도 이름을 들어본 적이 있을 거야."

"이름을 알고 싶군."

독일인이 험상궂은 투로 말했다.

"당신 사촌 하인리히가 칙사였을 때 아이린 애들러와 지금은 작고한 보헤미아 왕을 갈라놓은 사람이 나야. 당신의 큰 외삼촌 폰운트 추 그라펜슈타인 백작을 살해하러 나선 허무주의자 클로프만을 막은 사람도 나였고. 그리고……."

폰보르크는 놀라워하며 허리를 세우고 똑바로 앉았다.

"그런 사람은 딱 한 명뿐인데!"

"그렇지."

홈스가 긍정하자 폰보르크는 신음하며 소파에 몸을 묻었다.

"당신을 통해서 입수한 정보가 대부분이라니. 그런 정보가 무슨 쓸모가 있겠나? 내가 무슨 짓을 한 거지? 나는 완전히 끝장이로군!"

"미덥지 않은 정보이긴 하지. 확인해봐야 할 텐데 당신은 시간이 없고. 신형 대포는 당신네 제독이 예상한 것보다 조금 크고, 순양함은 살짝 빠를 거다."

홈스가 말하자 폰보르크는 절망감에 목을 움켜쥐었다.

"그 밖에도 여러 가지 자질구레한 부분들은 때가 되면 밝혀지겠지. 그런데 폰보르크 씨, 당신에게는 독일인답지 않은 특징이 하나 있군. 당신은 스포츠맨이지. 지금까지 남들을 앞지르다 내게 한 방 먹었는데도 원한을 품지 않는군. 따지고 보면 당신은 당신의 조국을 위해서, 나는 내 조국을 위해서 최선을 다했을 뿐이야. 그보다 당연한 일이 어디 있겠나."

홈스는 일말의 애정을 담아서 의기소침해진 남자의 어깨에 손을 얹으며 말을 이었다.

"게다가 열등한 적에게 패배하느니 이게 낫지 않나. 서류는 다 챙겼네, 왓슨. 자네가 포로를 옮기는 일만 거들어준다면 당장 런던으로 출발할 수 있겠군."

폰보르크가 힘이 세고 필사적으로 버텨서 옮기기가 쉽지 않았다. 결국 두 친구는 양쪽에서 그의 팔을 잡고, 불과 몇 시간 전에 그가 당당하게 유명 외교관의 축하 인사를 받았던 앞마당의 산책로를 천천히 걸었다. 그는 마지막으로 짧게 반항하다 손발이 묶인 채로 소형차의 빈자리로 밀려 들어갔다. 소중한 여행가방은 옆에 쑤셔넣어졌다.

"지금 상황에서 그 정도면 불편하지는 않을 거요. 시가에 불을 붙여서 입에 물려주면 결례가 되려나?"

모든 채비가 끝났을 때 홈스가 말했다. 하지만 화가 난 독일인 앞에서는 어떤 호의도 별무소용이었다.

"셜록 홈스 씨, 당신도 알겠지만 그쪽 정부에서 당신의 이런 행동을 용인한다면 선전포고요."

"그럼 당신네 정부와 이런 행동은 뭐요?"

홈스가 여행 가방을 손끝으로 두드리며 물었다.

"당신은 일개 민간인이잖소. 날 체포할 권리가 없어. 모든 게 정말이지 어처구니없는 불법행위요."

"그렇지."

"독일인을 납치하다니."

"게다가 사적인 서류를 훔쳤지."

"이제 당신과 당신 공범의 처지를 깨달은 모양이로군. 마을을 지날 때 내가 도와달라고 고함을 지르기라도 하면……."

"폰보르크 씨, 그런 어리석은 짓을 저질렀다가는 평범했던 이 마을 여관 이름들이 요란해질 거요. 목 매달린 독일인, 이런 식으로 말이야. 영국인이 참을성이 많기는 하지만 지금은 흥분한 상태라 자극하지 않는 게 좋다네. 조용히, 현명하게 런던 경찰청까지 같이 가주셔야겠어. 거기서 당신 친구 폰헤를링 남작을 호출해서 그자가 당신을 위해 마련해놓았다는 대사 수행원 직책이 남아 있는지 확인하자고. 그리고 내가 알기로 왓슨, 자네도 군에 복귀할 예정이라고 했으니 런던으로 간다고 시간을 낭비하는 것도 아닐 테지. 나랑 테라스에 잠깐 있어주겠나? 둘이서 조용히 대화를 나누는 마지막 기회일 수도 있으니."

두 친구가 옛 추억을 떠올리며 허물없는 대화를 나누는 몇 분 동안 포로는 밧줄을 풀려고 안간힘을 썼지만 헛수고였다. 차로 되돌아갔을 때 홈스가 달빛이 비치는 바다를 가리키며 생각에 잠긴 표정으로 고개를 저었다.

"거센 동풍이 불려는 모양이로군."

"아닌 것 같은데, 홈스. 날이 아주 포근하지 않은가."

"이 친구야! 자네야말로 급변하는 시대에도 변함이 없군. 그래도 동풍이 불 걸세. 영국에서는 분 적 없는 그런 바람이. 날이 춥고 사나워질 걸세, 왓슨. 많은 사람들이 거센 바람 앞에 쓰러질지 몰라. 그래도 신이 보내주신 바람이니 폭풍이 걷히면 좀더 깨끗하고 훌륭하고 강한 세상이 햇빛 아래로 모습을 드러낼 걸세. 시동을 걸게, 왓슨. 이제 떠날 시간이 됐어. 오백 파운드짜리 수표가 생겼는데 얼른 현금으로 바꿔야겠군. 수표를 쓴 사람이 여차하면 지급정지 신청을 할지 모르거든."

*

트리비아

TRIVIA

61쪽 | 부두교

서아프리카의 종교로, 영국이 공격적으로 식민지를 확장하던 시기에 아프리카의 금과 함께 흘러 들어왔다. 61쪽에서 왓슨이 묘사했다시피 빅토리아시대 영국 사람들은 "잡아 뜯긴 새, 피가 담긴 들통, 까맣게 탄 뼈" 등 동물의 뼈와 피를 사용한 부두교 의식과 부두교 인형을 미개한 문명의 산물이자 불길한 것으로 여겼다. 이는 곧 부두교도는 인육을 먹는다, 부두교 인형으로 저주를 내릴 수 있다는 괴담으로 이어졌다. 물론 이런 괴담은 사실이 아니며 당시에는 부두교에 대해 알려진 것이 적어 발생한 오해다. 영국 사람들이 탐험가가 가져온 낯설고 기이한 물건들을 보며 상상의 나래를 펼친 것이다. 「위스테리아 로지의 비밀」에서 홈스가 참고한 서적인 『부두교와 흑인종의 종교』 또한 실제로 있는 책이 아니라 코넌 도일이 꾸며낸 가상의 책이다.

65쪽 | 「소포 상자」 수록 문제

현재 단편 「소포 상자」는 미국판이냐 영국판이냐에 따라 수록된 단편집이 다르다. 대부분의 미국 판본은 「소포 상자」를 『셜록 홈스의 마지막 인사』에, 영국 판본은 『셜록 홈스의 회상록』에 싣고 있다. 왜 이런 차이가 생겼는지에 대해 코넌 도일이 명확한 설명을 남긴 바는 없다.

처음 「소포 상자」는 1893년 1월 《스트랜드 매거진》에 발표되어 같은 해 발표한 다른 '셜록 홈스' 시리즈 단편들과 함께 『셜록 홈스의 회상록』에 실릴 예정이었다. 그러나 뉸스 출판사에서 단편집을 내기 직전 도일은 무슨 이유에선지 「소포 상자」를 제외시켰고, 작품 도입의 '홈스의 왓슨 생각 읽기' 대목을 「장기 입원 환자」(『셜록 홈스의 회상록』에 수록)에 접붙였다. 1894년 미국 하퍼 출판사에서 처음 발행된 미국판 『셜록 홈스의 회상록』에는 「소포 상자」가 포함되어 있었지만 (아마도 도일의 항의로) 급하게 「소포 상자」를 제외한 개정판을 냈다. 1917년 머리 출판사에서 『셜록 홈스의 마지막 인사』에 「소포 상자」를 포함해서 낸 후로 미국판은 대체로 이 형태를 따르고 있다. 물론 잡지 연재분과 동일하게 '홈스의 왓슨 생각 읽기'가 포함된 완전한 형태의 「소포 상자」다. 반면 대부분의 영국판은 본래 단편이 실렸어야 할 『셜록 홈스의 회상록』에 싣고 있다.

76쪽 | 해부

「소포 상자」에서 쿠싱 양에게 잘린 귀 두 짝이 배송되며 사건이 일어난다. 홈스가 이건 해부학도의 소행이 아니라고 말한다. 19세기는 해부학의 성과로 의학, 특히 외과가 크게 발전한 시기였다. 의학계는 해부학 연구를 위해 더 많은 인체 표본을 필요로 했다. 그러나 1832년 이전까지 영국에서는 '1752년 사형법 Murder Act 1752'에 의해 처형된 시체만 해부할 수 있었는데 처형 횟수가 줄어들던 추세라 연구를 위한 인체 표본의 수가 부족했다. 그 결과 무덤을 파헤쳐 시체를 캐내는 도굴꾼이 생겨나고 시체를 거래하는 암시장이 형성되기에 이르렀다. 시체 거래에 대한 대중의 반발이 거세지자 정부는 '1832년 해부법 Anatomy Act 1832'을 제정했다. 이 법으로 의대에서는 구빈원에서 죽은 무연고자, 혹은 노숙자의 시신을 해부할 수 있게 되었다.

201쪽 | 타파눌리 열병, 흑색 포모사 부패증

「죽어가는 탐정」에서 홈스는 왓슨의 접근을 막기 위해 이런 병명을 늘어놓았다. 의사인 왓슨은 이 병을 모른다고 말했는데, 실제로 타파눌리 열병Tapanuli Fever과 흑색 포모사 부패증Black Corruption of Formosa은 실존하는 질병이냐 아니냐로 오랫동안 논란이 있었다. '타파눌리'는 수마트라의 북서부 해안을 가리키는 말이고, '포모사'는 대만을 가리키는 옛 이름이었다. 한동안은 코넌 도일이 이국의 지명을 차용해 가상의 질병을 만들어낸 것이라는 추측이 지배적이었다. 하지만 '타파눌리 열병'이 후에 '유사비저類似鼻疽'로 밝혀진 병이라는 설이 대두되었다. 호흡기에 균이 침투하는 이 병은 전염성이 높고 급성인 경우 삼 주 안에 사망에 이르기도 한다. 1912년 영국에서 이 병이 처음 발병했을 때(「죽어가는 탐정」이 쓴 시기는 1913년이다), 의사이기도 한 도일이 관련 기사를 흥미롭게 읽었으며 이를 활용하여 작품을 썼을 거라는 추측이다. 한편 홈스가 연출한 증세는 쓰쓰가무시병의 증상과 흡사하다. 진드기가 주요 병인인 쓰쓰가무시병은 두통과 열, 오한을 느끼다가 증세가 깊어질수록 전신에 발진이 퍼지고 심한 통증을 느끼며 정신착란까지 보인다. 치료를 하지 않을 경우 사망률이 삼사십 퍼센트에 달하는 무서운 질병이다.

227쪽 | 터키탕

『셜록 홈스의 마지막 인사』 서문에서 왓슨이 밝혔듯 홈스는 류머티즘을 앓고 있었다. 통증을 덜고 움직임을 편하게 하기 위해 둘은 터키탕에 종종 다녔던 것으로 묘사된다. 『셜록 홈스의 사건집』에 수록된 「유명한 의뢰인 사건」은 아예 터키탕의 휴게실에서 이야기가 시작될 정도다.

「레이디 프랜시스 카팩스 실종 사건」에서 왓슨이 말했듯 빅토리아시대에 터키탕은 체질 개선법의 일환이었다. 노폐물을 제거하고 심신을 편안하게 해준다는 믿음하에 터키식 목욕탕이 무수히 생겨났다. 덥고 습한 공기를 쐬는 정통 이슬람식 사우나와 달리 빅토리아시대 영국의 터키탕은 덥고 건조한 공기를 사용했다. 처음엔 온실Warm Room에서 따뜻한 공기를 쐬며 체온을 올린 후 좀더 온도가 높은 열실Hot Room로 들어간다. 땀으로 노폐물이 다 빠져나가면 냉탕에 들어가 몸을 씻는 식이다. 그리고 마사지를 받은 후 긴 의자와 시트가 마련된 휴게실Cooling Room에서 휴식을 취한다.

286쪽 | 탐험

빅토리아시대는 제국주의 열강들이 앞다투어 식민지를 확장하던 시기였다. 수많은 미개척지 중 아프리카는 특히 각광받는

지역이었고 「악마의 발」의 리언 스턴데일 박사와 마찬가지로 수많은 탐험가와 연구자 들이 아프리카로 향했다. 이 지역의 대표적인 탐험가로 유명한 리빙스턴 박사는 나일 강의 수원을 찾기 위해 고군분투하다가 결국 아프리카에 뼈를 묻었다. 그의 유지를 이은 존 스피크가 나일 강의 수원인 커다란 호수를 찾아내 빅토리아 호라고 명명한 일화가 유명하다.

탐험을 마치고 돌아온 탐험가와 연구자 들에게 이국에서 가져온 무용담과 수집품은 훌륭한 자랑거리였다. 아프리카뿐만 아니라 남미, 인도 등지도 인기 있는 미개척지였다. '셜록 홈스'시리즈 역시 이국의 특이한 물건을 소재로 하는 작품이 다수 포함되어 있다. 장편소설 『네 사람의 서명』에는 인도의 보물을 둘러싼 모험이 펼쳐지고, 『셜록 홈스의 모험』에 수록된 「얼룩 띠」에는 인도 원숭이와 독사가 등장해 섬뜩한 분위기를 자아낸다.

트리비아 참고 문헌

Arthur Conan Doyle, 『His Last Bow』, Oxford University Press, 1993
Jack Tracy, 『The Ultimate Sherlock Holmes Encyclopedia』, Doubleday & co., 1977
Nick Utechin, 『Amazing & Extraordinary facts-Sherlock Holmes』, David & Charles, 2012
데이비드 스튜어트 데이비스 외, 이시은 · 최윤희 옮김, 『셜록 홈즈의 책』, 지식갤러리, 2015
아서 코넌 도일, 레슬리 S. 클링거, 승영조 옮김, '주석 달린 셜록 홈즈' 시리즈, 현대문학, 2013

*

일러두기

본문의 1), 2) 등 반괄호 숫자로 표시된 미주는 모두 해설자 주이다.

해설

통찰의 표상, 대중문화 아이콘으로서의 홈스

2012년 5월, 기네스세계기록협회에 따르면 역사상 가장 많이 영화와 드라마로 만들어진 허구 인물은 셜록 홈스[1]다. 사람이 아닌 존재까지 포함하면 드라큘라에게 1위 자리를 내주고 2위가 되지만, 셰익스피어의 햄릿보다는 앞서는 기록이다. 또한, 현재까지 가장 영화에 많이 등장한 탐정 1위 기록[2]도 보유하고 있다. 서른 명이 넘는 배우들이 셜록 홈스 역을 맡았으며, 인물의 변종까지 포함하면 그 수는 훨씬 늘어난다. 2016년 현재, 인터넷 영화 데이터베이스 IMDB(http://www.imdb.com)에서 셜록 홈스라는 캐릭터와 관련 있는 드라마 · 영화 시리즈는 총 172편으로 잡힌다. 세계에서 가장 유명한 소설 속 인물이라고 해도 무리는 없을 것이다.

위의 수치는 전 세계 사람들이 셜록 홈스라는 인물에게 얼마나 매료되어 있는지를 보여주기는 하나 이유를 말해주지는 않는다. 귀를 덮는 사냥 모자와 짧은 망토가 달린 코트, 파이프로 형상화되는 그의 외모는 사람들의 시선을 사로잡을 정도로 매력적이지는 않다. 마약이나 담배에 중독된 생활이나 까다로운 성격이 보여주는 괴팍한 개성만으로는 백 년도 넘는 세월 동안 꾸준히 호감을 얻기란 힘들다. 그렇다면 역시 '두뇌'뿐이다. 영국 BBC의 드라마 시리즈 〈셜록〉 속 아이린 애들러의 대사, "영리하다는 건 새로운 개념의 섹시함이다Brainy is the new sexy"라는 말로 셜록 홈스의 매력을 요약할 수 있으리라. 홈스를 여타 다른 캐릭터들과 구분하는 성격, 행동적인 특질은 이성을 추구하는 그의 강직한 신념과 추리력을 동반할 때 비로소 생명력을 얻는다.

관능적이도록 영리한 가추법의 장인

기실 홈스의 천재성이 잘 드러나는 그의 추리 방식은 아서 코넌 도일이 처음 고안해내지도 않았으며, 홈스의 선임자인 오귀스트 뒤팽이 이미 활용한 바 있다. 홈스는 「소포 상자」(『셜록 홈스의 마지막 인사』에 수록)에서 그 사실을 정직하게 밝히고 있다.

"자네도 기억하지? 일전에 포의 단편집에서 뒤팽이 친구의 생각을 알아내는 구절을 읽어주었을 때 자네가 작가의 절묘한 재주로 치부했던 거. 나도 그럴 수 있다고 했더니 자네는 못 미더워했지." (본문 67쪽)

이 부분은 에드거 앨런 포의 「모르그가의 살인」에 나오는 한 장면을 말하는 것이다. 탐정 오귀스트 뒤팽이 하늘을 올려다보고 비틀거리는 친구의 모습만 보고는 그가 무슨 생각을 하고 있었는지 추론해낸다. 이러한 추리 방법을 기호학자 C.S. 퍼스의 용어를 빌려 가추법假推法 혹은 가설연역법Abduction이라고 부른다. 홈스는 추리소설의 역사 중에서도 가추법을 가장 적극적으로 발화한 인물로 기억되며 그의 천재성은 이 논리를 구현하는 과정에서 여실히 드러난다. 독자들은 바로 이런 장면에 가장 열광한다.

가추법은 귀납과 연역 사이에 있는 삼단논법으로, 가설을 세우고 그를 입증할 증거를 찾아 연역하는 방식이다. 기호학자 움베르토 에코와 토머스 A. 세벅이 셜록 홈스를 연구한 책 『셜록 홈스, 기호학자를 만나다』(김주환 · 한은경 공역, 이마, 2016)에서는 이 가추법을 귀납법, 연역법과 비교해서 이렇게 설명하고 있다.

연역법

법칙	이 자루에서 나온 콩은 모두 흰색이다
사례	이 콩들은 이 자루에서 나왔다
결과	이 콩들은 흰색이다

귀납법

사례	이 콩들은 이 자루에서 나왔다
결과	이 콩들은 흰색이다
법칙	이 자루에서 나온 콩은 모두 흰색이다

가추법

법칙	이 자루에서 나온 콩은 모두 흰색이다
결과	이 콩들은 흰색이다
사례	이 콩들은 이 자루에서 나왔다

『셜록 홈스, 기호학자를 만나다』, 29쪽

물론, 일반적인 규칙을 가설로 세우고 눈에 보이는 결과를 단서 삼아 사건의 과정을 추론하는 방식에는 오류가 일어날 위험이 항상 있다. 퍼스에 의하면 가추법은 "우리의 미래 행동을 합리적으로 규정할 수 있다"는 그럴듯한 희망일 뿐이다. 가설이 틀렸을 수도 있고, 규칙과 결과 사이에 얼마든지 틈이 생길 수도 있기 때문이다. 하지만 왓슨이 지적했듯이 작가, 혹은 주인공 셜록 홈스가 절묘한 재주를 부려 이 틈을 훌쩍 뛰어넘으며, 그 도약에서 독자들은 어느샌가 홈스에게 빠져들고 만다. 독자가 현실에서는 찾기 어려운 논리의 정합성에서 인간 이성의 위대함을 깨닫는 환희를 겪을 때 홈스는 영원불멸성을 획득한다.

홈스의 후예들

홈스의 출현 이후로 그의 추론 방식은 추리의 기본처럼 받아들여졌고, 이를 이용하는 인물들은 모두 홈스의 변용이라고 해도 과언은 아니다. 홈스의 추론 방식을 이어받은 후대의 탐정들, 그리고 가추법의 오류를 파고들어 반전을 만든 현대의 소설들 모두 홈스에게 빚을 지고 있다. 이는 추리소설의 영역뿐만 아니라 예술과 사회 전반에 해당된다.

움베르토 에코의 『장미의 이름』(이윤기 옮김, 열린책들, 2009)은 셜록 홈스의 방식에서 영감을 받은 것으로 유명하다. 주인공인 윌리엄의 출신지가 바스커빌인 것만 보아도 '셜록 홈스' 시리즈의 대표작인 『바스커빌 가문의 사냥개』를 오마주한 것임을 알 수 있다(윌리엄이라는 이름은 논리학자이자 프란체스코회 수사였던 윌리엄 오컴의 이름에서 가져왔다). 탐정 역할의 수사와 관찰자 역할의 수련 수사인 아드소의 관계도 홈스-왓슨의 관계와 닮았다. 책에서 묘사되는 윌리엄의 외양은 『주홍색 연구』에서 묘사된 홈스와 유사하기까지 하다. 하지만 무엇보다도 윌리엄의 추론과 그를 제시하는 방식은 셜록 홈스에서 그대로 따왔다. 『장미의 이름』의 첫 장章 '제1일', 아드소를 대동하고 수도원에 도착한 윌리엄 수사는 마중나온 수사에게 그들이 잃어버린 말을 찾을 방법과 말의 이름, 외양을 묘사하여 모두를 깜짝 놀라게 한다. 보지도 않은 말을 어떻게 알 수 있었는지 묻는 아드소에게 윌리엄은 홈스와 꼭 닮은 말투로 말한다.

> "네가 홀로 깨쳐야 할 것을 이렇게 일러주어야 하다니 참으로 한심한 노릇이구나. 저기 갈림길, 쌓인 눈 위에 말발굽이 찍혀 있지 않더냐? 말은 우리 앞의 오른쪽 길로 갔더구나. 발자국의 간격이 아주 일정치 않더냐? 이 말발굽의 자국을 보면, 발굽이 작고 둥글며, 보조가 규칙적이라는 것을 알 수 있다. 그래서 나는 말의 성격을 알아낸 것이다."
>
> 『장미의 이름』, 1권, 55쪽

"자연이라는 이름의 위대한 책"을 읽어내는 데 정통하며, 추론에 재능이 있고 지적 갈망까지 품은 수도사 윌리엄이 수도원에서 일어난 살인 사건을 수사하는 이야기인 『장미의 이름』은 역사, 종교, 기호학에 관한 기록인 동시에 셜록 홈스의 원형에서 시작한 작품 중 가장 정교한 소설이다.

셜록 홈스는 그 후 수많은 소설, 영화, TV 드라마, 만화에 분신을 남겼다. 위키피디아의 홈스 패스티시 페이지[3]에 실린 수많은 작품들은 일일이 열거할 수도 없을 정도이다. 인터넷 도서 서평 사이트인 굿리즈(http://www.goodreads.com)에는 셜록 홈스가 등장하는 패스티시 소설만 총 308편이 등록되어 있으며, 이 수는 날마다 늘어갈 것이다. 이 중 가장 빈번하게 언급되는 것은 아서 코넌 도일 재단이 공식적으로 인정한 앤터니 호로비츠의 『셜록 홈즈: 실크 하우스의 비밀』(이은선 옮김, 황금가지, 2011)과 『셜록 홈즈: 모리어티의 죽음』(이은선 옮김, 황금가지, 2015)이 있다. 『실크 하우스의 비밀』은 홈스가 다운스의 자택에서 시신으로 발견되고 일 년이 흐른 시점에 왓슨 박사가 쓴 회고록이라는 형식을 띤다. 당시에 여러 이유로 밝힐 수 없었던 사건을 백 년 뒤에야 공개한다는 설정이다. 이 작품은 가장 정통적인 홈스 패스티시 소설로 꼽힌다. 이보다 앞서 출간된 니콜라스 메이어의 『셜록 홈즈의 7퍼센트 용액』(정태원 옮김, 시공사, 2009)은 프로이트 심리학적인 요소를 도입하여 홈스의 트라우마를 추적하는 동시에, 홈스가 공백기 동안 유럽 전쟁과 관련된 사건에 휘말렸다는 설명을 던져주는 수작이며 영화로 만들어지기도 했다. 퓰리처상 수상 작가인 마이클 셰이본은 유대인 사회와 관련한 그의 주제를 꾸준히 추구하는 동시에 셜록 홈스의 구조를 교차해서 『셜록 홈즈 최후의 해결책』(최준영 옮김, 황금가지, 2009)을 써냈다. 로리 R. 킹의 『메리 러셀, 셜록의 제자』(이은선 옮김, 현대문학, 2013)는 은퇴 후 서식스에 정착하여 양봉하던 셜록 홈스와 부모를 잃고 미국 캘리포니아에서 온 열다섯 살 소녀 메리 러셀과의 만남을 시작으로, 메리가 홈스에게 탐정 훈련을 받는 내용을 다루었다.

국내에도 홈스 패스티시 작품이 있다. 한동진 작가의 『경성탐정록』(학산문화사, 2009)과 후속작 『피의 굴레』(북홀릭, 2011)는 1930년대의 경성을 무대로 탐정 설홍주의 활약상을 그렸다. 그는 중국에서 공부하러 온 한의사 왕도손과 함께 경성에서 일어나는 미스터리한 사건을 해결해나간다. 첫 권인 『경성탐정록』은 인물의 구성뿐만 아니라 사건의 구조까지도 셜록 홈스의 단편을 참조한 충실한 패스티시였다면, 『피의 굴레』에 이르러서는 일제강점기 한국의 현실까지 같이 담고 있는 야심을 보여준다.

화면 위에서 움직이는 홈스

첫 출현 후 백 년 넘게 지난 지금에도 여전히 셜록 홈스가 가장 인기 있는 소설 인물인 이유는 TV와 영화의 화면 속에서 홈스가 꾸준히 뛰어다닌 덕이 가장 크다. 피터 쿠싱, 로저 무어, 피터 오툴 같은 유명 배우들이 홈스를 거쳐갔지만, 20세기에 가장 유명한 셜록 홈스로는 제러미 브렛을 꼽을 수 있다. 영국 그라나다 텔레비전사社에서 1984년부터 제작한 TV 시리즈에서 홈스를 연기했던 제러미 브렛은 1994년에 이르기까지 TV 영화 〈네 사람의 서명〉, 〈바스커빌 가문의 사냥개〉는 물론, 드라마 시리즈 '셜록 홈스의 모험', '셜록 홈스의 사건집', '셜록 홈스의 회상록'에 출연하며 홈스를 연기하는 대표적인 배우로 자리매김했다.

제러미 브렛 이후에 대중에게 큰 인상을 남긴 셜록 홈스는 로버트 다우니 주니어다. 왓슨 역의 주드 로와 함께 2009년 영화 〈셜록 홈스〉에 출연했던 그는 섹시하면서도 퇴폐적인 느낌으로 홈스를 연기했다. 그 후 속편인 〈셜록 홈스: 그림자 게임〉에도 출연했고, 발표 시기는 확실히 정해지지 않았지만 3편에도 참여할 계획이라고 한다.

하지만 이 모든 전임자의 휘광을 가린 건 단연 2010년 영국 BBC사에서 만들어진, 베네딕트 컴버배치의 〈셜록〉이었다. 마크 게이티스와 스티븐 모펏의 현대식 각색이 세련된 덕도 있지만, 이제 세상 사람들은 셜록 홈스라고 하면 사냥 모자에 파이프를 문 홈스만큼이나 곱슬곱슬 고수머리에 긴 얼굴, 푸른 눈의 컴버배치를 연상하게 되었다. 추리에 몰두하면 쏟아지는 대사, 평소에는 거만하지만 왓슨에게는 한없이 약한 태도, 단호한 행동력 등은 과거의 홈스를 계승하면서도 현대식 풍취가 더해졌다. 고지식하고 성실한 왓슨 역의 마틴 프리먼도 인기를 끌면서 홈스가 다시 대중문화의 주인공으로 재림하는 데 한몫을 했다. 각 편의 플롯은 원작을 충실히 모사하며 원작이 가진 본연적 한계를 현대적 기술과 반전으로 메워낸 좋은 패스티시 · 패러디의 전범을 보여주기도 했다. 2010년 '분홍색 연구'로 시작한 〈셜록〉 시리즈는 2017년 1월 4시즌 방영을 앞두고 촬영중이다.

BBC의 〈셜록〉과 동시대에 나온 다른 홈스들은 그에 가려지는 운명을 피할 수 없었다. 미국 CBS사에서 2012년부터 방영한 〈엘리멘트리Elementary〉 또한 예외는 아니었다. 이 시리즈의 제목은 홈스의 대사로 가장 유명한 말, "Elementary, my dear Watson(기초적인 걸세, 친애하는 왓슨)"에서 따왔을 것으로, '셜록 홈스' 시리즈의 패러디임을 명확히 하고 있다.(실제로 홈스가 정확히 이렇게 말한 적은 없고, 'Elementary'와 'My dear Watson'을 각각 따로 말했다.) 이 드라마에서 홈스는 마약 중독자이자 전직 런던 경찰청 자문이었다가 미국 뉴욕에서 재활에 힘쓰는 인물로, 시즌 1의 첫 회에서는 거의 죽음에 이르렀다가 다시 살아나는 모습으로 그려져 충격을 주기도 했다. 루시 류가 조앤 왓슨 역으로 출연, 홈스의 중독을 치료하며 함께 사건을 해결해나간다. 〈엘리멘트리〉는 〈셜록〉과 비교당하며 힘겹게 출발했지만 이내 시리즈 본연의 명쾌함을 되찾아 현재 5시즌까지 방영하며 셜록 홈스의 명성을 이어가고 있다.

셜록 홈스는 원래 캐릭터뿐 아니라 다른 작품의 모델로 등장하는 경우도 많았다. 대표적인 작품으로는 의학 드라마인 〈닥터 하우스House M.D〉가 있다. 휴 로리가 연기한 그레고리 하우스는 괴팍하기 그지없고 오만불손한 진단의학과 의사로, 셜록 홈스식 소거법으로 원인 모를 질병으로 입원한 환자들의 병명을 밝혀낸다. 보통의 의학 드라마들은 치료나 수술에 중점을 두지만, 이 드라마의 경우에는 환자의 주변을 수사하여 병인病因을 파헤치는 데 초점이 있다. 이 작품과 셜록 홈스의 관계는 알아차리기 쉽다. 주인공 이름(홈스-하우스)의 의미와 철자가 유사하고, 하우스를 이해해주는 성격 좋은 의사 동료의 이름은 제임스 윌슨으로 존 왓슨과 머리글자가 똑같다. 하우스의 성격과 외양은 물론, 중독 습관도 유사하고, 하우스의 집주소도 221B 베이커 스트리트다. 이 작품은 2004년부터 2012년까지 꾸준한 인기를 끌며 방영되었다.

홈스가 반드시 인간의 모습으로만 대중문화에 모습을 드러낸 것은 아니다. 홈스는 애니메이션에도 여러 번 등장했으며, 그중

1984년에 나온 〈명탐정 번개名探偵ホームズ〉가 있다. 미야자키 하야오 감독이 일부 에피소드를 감독한 이 시리즈는 일본과 이탈리아의 합작으로 만들어졌다. 국내에는 1986년에 KBS사에서 〈명탐정 번개〉, 1995년 SBS사에서 〈명탐정 셜록 하운드〉라는 제목으로 방영되었다. 이 만화는 홈스, 왓슨, 허드슨 부인 등의 등장인물이 모두 개로 묘사된 것이 특징인데, 활극적 요소가 더해져 많은 사람들에게 어린 시절의 추억으로 남아 있다.

한국 만화 『레이디 디텍티브』(전혜진 글, 이기하 그림, 대원씨아이, 2011)는 19세기 런던을 배경으로 한 추리 로맨스 만화로 소설가이자 아마추어 탐정인 엘리자베스 뉴턴이 집사이자 약혼자인 에드윈과 함께 사건을 해결해나가는 이야기를 담고 있다. 레스트레이드 형사, 마이크로프트 홈스와 제임스 모리아티 등 실제 홈스 세계와 교차되는 패스티시 계열의 작품으로 영어로 번역되어 여러 매체에서 호평을 받았으며 2013년에는 미국 청소년 도서관 협회Young Adult Library Services Association에서 청소년을 위한 우수 그래픽 노블에 선정되기도 했다.

셜록 홈스의 발자취

1887년 처음 등장한 이래로 130년에 가까운 시간 동안 세계인에게 가장 친숙한 인물이 된 셜록 홈스의 영향력을 제한된 지면에서 설명하기는 불가능하다. 그의 이름은 유능한 탐정을 가리키는 일반 명사가 되었고, 현대의 이성적인 추리법은 그를 계승하면서, 혹은 그를 비판하면서 진화했다. 홈스와 왓슨, 홈스와 모리아티의 관계는 수많은 작품에서 재생산되었고 지금도 재생산되고 있다.

지금은 거대 담론이 무너지고 이성이 지배하는 절대적 합리성의 세계가, 예외-변칙-개별로 이루어진 불확실의 세계로 대치되고 있다. 그렇다고 세상의 논리와 질서에 대한 신념을 잃어도 좋다는 뜻은 아니다. 사회에는 항상 믿음이 필요하기에, 논리와 질서의 상징인 셜록 홈스는 꾸준히 우리에게로 돌아온다. 실재하는 수수께끼를 해결할 수 있다는 의지가 사라지면 삶은 의미를 잃는다. 그러기에 셜록 홈스는 여전히 사람들의 사랑을 받는 것이다. 혼란의 세계에서 사물의 본질을 꿰뚫어볼 수 있는 통찰의 표상으로서의 홈스는 여전히, 그리고 늘 유효하다.

박현주(서평가, 에세이스트)

해설 주

1) http://www.guinnessworldrecords.com/news/2012/5/sherlock-holmes-awarded-title-for-most-portrayed-literary-human-character-in-film-tv-41743
2) http://www.guinnessworldrecords.com/world-records/most-portrayed-detective
3) http://en.wikipedia.org/wiki/Sherlock_Holmes_pastiches

셜록 홈스의 마지막 인사

His Last Bow

초판 발행 2016년 12월 9일

지은이 아서 코넌 도일 | **옮긴이** 이은선 | **펴낸이** 염현숙

책임편집 이송 | **편집** 임지호 이현 김세화
아트디렉팅 이혜경 | **본문조판** 이정민 이보람 | **일러스트 및 캐릭터디자인** 박해랑
저작권 한문숙 김지영 | **마케팅** 정민호 나해진 박보람 이동엽
홍보 김희숙 김상만 이천희
제작 강신은 김동욱 임현식 | **인쇄** 한영문화사 | **제본** 신안제책사

펴낸곳 (주)문학동네
출판등록 1993년 10월 22일 제406-2003-000045호
임프린트 엘릭시르

주소 10881 경기도 파주시 회동길 210
문의 031-955-1918(편집) 031-955-3576(마케팅) 031-955-8855(팩스)
전자우편 editor@elmys.co.kr | **홈페이지** www.elmys.co.kr

ISBN 978-89-546-4311-5 04840
978-89-546-4306-1(SET)

엘릭시르는 출판그룹 문학동네의 임프린트입니다.